Geçmişten bi

Yazan: Sinan İşlekdemir - 2023. Esp
sinan@islekdemir.com

Bu kitapta yazan olaylar, kişiler, mekanlar ve hikayeler tamamen hayal ürünüdür.

Not: Bu kitap, ilk kez 2023 yılında Bir Bar Hikâyesi adı ile yayınlanmıştır.

This is a work of fiction. Similarities to real people, places, or events are entirely coincidental.

GEÇMIŞTEN BIR HIKAYE

First edition. November 11, 2024.

Copyright © 2024 sinan islekdemir.

ISBN: 979-8227287977

Written by sinan islekdemir.

İthaf:

Parasını bir türlü alamayan, hakkı yenen, hayatın çarklarında ezilen, defalarca vazgeçmeyi düşünen tüm fikir üreticisi, "freelance" çalışanlara.

Ve kızıma...

Bölüm 1.

Herifin teki karton bardak altlığını ikiye katlamış. Koyu ahşap masanın üzerinde ağır yaralı bir kağıt parçası. Üstünde siyah bir reklam. Kırışmış yazıları artık okunmuyor. Tam ortasındaki yırtıktan, içindeki beyaz kağıt katlarını görebiliyorum. Geriye kalan sağlam bardak altlıklarının artık bir önemi yok. Saygısız bir herifin kırıp ortada bıraktığı karton parçasını, bira bardağımın altına koyuyorum. Kırılmış, bozulmuş ve ortada bırakılan her şeyde biraz ben varım.

Bugün günlerden pazar. Yorgunum. Kafamın içindeki onlarca gereksiz karmaşadan sıyrılıp, birkaç saatlik ateşkes için yine bardayım. Aslında çok uzun zamandır keyfim yerinde. Hayat güzel. Kötü olan, beni yoran, hep geride kalanlar. Bugün aklımın ölülerini gömüp, yaralılarını kaldırma zamanı. Bazen bir iki saat alkolik bir sessizlik tüm bu kakofoniyi susturmaya yetiyor. Ya da belki üç dört bardak bira. Her şey sessizleşiyor. Dışarıda güzel bir hava var. Benim gibi birkaç müdavim dışında, ılık rüzgarların estiği mavi bahar günlerinde bir bar köşesine tıkılıp kalan yok.

Barın arkasında yine aynı sarışın genç çocuk duruyor. Geçen hafta da o vardı. On sekizini yeni doldurmuş gibi. İki haftadır, alışık olduğum barmenleri görmüyorum. Arada sırada barın ardında duran sarışın kısa boylu, sürekli gergin ve huzursuz kızcağızı görmeyeli uzun zaman oldu. Belki de işi bıraktı. Yerine bu eleman başladı. O yaşlarımı hatırlıyorum. İnsan, bir sürü farklı iş değiştiriyor. Farklı şeyler deniyor. Ben de öyleydim.

Herhalde herkes yaşamıştır bunu. Yirmili yaşların ortasında bir his gelir. Dünyayı değiştirebileceğine inanırsın. Kendini güçlü hisseder, macera ararsın. Çok para kazanabileceğini ya da hayatını

GEÇMİŞTEN BİR HİKAYE 3

değiştirebilmek için tek şansının, o an olduğunu düşünürsün. Tren kaçmadan zengin olmak ister insan. Mühim biri olmak istersin.

O yaşlardayken, yani yirmilerin ortasına yaklaşırken Ege'de bir yerlerde yeni kurulan bir inşaat şirketinde çalışıyordum mesela. Hayatta, ne yapmak istediğime karar vermeye çalıştığım zamanlardı. O zamanlar zaten yeni geldiğim bu küçük şehirde, çalışabileceğim çok fazla yer de yoktu hani. Bir şekilde patronu bir öğlen yemeği saatinde yakalayıp kendimi tanıtmış, neler yapabileceğimi anlatıp işe alınmıştım.

Genelde insanların aklına inşaat şirketi denildiğinde, siyah takım elbiseli, mafya tipli insanlar gelir. Oysa şirketin sahibi Tuğrul Abiyi hiç takım elbiseyle görmedim. O zamanlar otuzlarının sonundaydı. İyi giyinir ama takım elbise sevmez, bir tarzı vardır ama kimseye üstün görünmek gibi dertleri yoktur. Böyle saçmalıklara pek önem vermez. Tanıdığım en kültürlü ve naif insanlardan biridir. Sürekli aktif bir zekaya, derin bir dünya görüşüne ve iyi bir müzik kulağına sahiptir mesela. Onu en son gördüğümde uzun sakalı ve gitarıyla, gençlerle şarkılar çalıp söylüyordu.

Neyse lafı uzatmayayım. Ben de yeni yapılacak konutlara satış dosyaları falan hazırlıyordum. Reklam, tanıtım, broşürler, görseller, üç boyutlu tasarımlar, internet siteleri... Bu konularda fena değildim. Oldum olası bilgisayarla aram iyi olmuştur. Tabi, bunlar sürekli beni meşgul tutabilen şeyler değildi. Arda kalan zamanlarda yapabildiğim kadar müşterilerle konuşuyordum. Evrak işlerine yardımcı oluyor ya da inşaatlarda işçilerle, ustalarla laklak edip bir işe yaramaya çalışıyordum. Aslına bakılırsa, zamanımın çoğu bomboş geçiyor gibiydi. Patron beni seviyordu. Aynı tuhaf frekanstaydık. O da benden bir şeyler yaratmaya çalışıyordu ama ne yapabileceğine dair henüz bir fikri yoktu. O yüzden bir yerlerde deneyip duruyordu. Ben de bu konuda onun işini kolaylaştıran birisi değildim. Ne işe yaradığı belirsiz parlak bir kumaştım yalnızca.

Bir ara şehrin biraz dışında, denize yürüme mesafesinde yeni bir inşaat yapmaya başladık. Denizle inşaatın arasından bir yol geçiyordu. Yolun kenarına konteynerden bir satış ofisi açtık. Üç yanı yerden tavana kadar uzanan geniş cam duvarlarla kaplıydı. Güneş bütün gün bu camlardan içeri hücum ediyor, yerdeki koyu parkeleri ısıtıp, içeride kavurucu bir hava yaratıyordu. Kimsenin aklına sabahın köründe gidip ev satın almak gelmediğinden; sabahları bu konteynerin yanında bir gölgelikte takılıyordum. Öğleye doğru, güneş ofisin diğer tarafına geçtiğinde biraz olsun serinleyebilmek için yola ve denize bakan küçük bahçe alanını sulayıp içerideki masama geçiyordum. İçeride, iki büyük masa, masanın üzerinde broşürler ve inşaat planları, kenarda su sebili, ucuz bir kahve makinesi, arkada dandik bir tuvalet, bir depo, ve çoğu zaman bir halta yaramayan küçük bir klima vardı. Gün bitip akşam üstü serinliği çöktüğünde, kapıları kilitleyip birkaç kutu soğuk bira alıyor, sahile yürüyüp kendi çapımda serinlemeye çalışıyordum. Bugünkü gibiydim. Çok geniş bir çevrem yoktu. Pek değişmedim. Çok arkadaş aramıyordum.

Bu satış ofisi açılmadan önce bir alışveriş merkezinin içinde küçük bir standımız vardı. Orası da eğlenceliydi ama kapının girişinde olduğum için sürekli toz içindeydim. Hemen yanımda bir güvenlik noktası. Tüm güvenlikçilerle ahbap olmuştum. Benim standın karşısında bir kozmetik standı vardı. O stantta çalışan, derin dekolteli, fit ve makyajlı hatunlarla geçirdiğim zaman sayesinde, süslü görünen kadınlara karşı bir bağışıklık geliştirdim. Tüm o kalın makyaj, topuklu ayakkabılar, boyalı saçlar, takma kirpikler, kırmızı dudaklar, doğal ya da yapay renkli gözler... Hepsinin ardında hepimiz kadar normal bir insan durduğunu öğrenmiştim. O kadınlar için görünüş, çoğu zaman hayatın acımasızlıklarından koruyan -ve zaman zaman da başlarına başka bir takım belalar açan- süslü bir maskeydi.

Neyse, en azından bu yeni satış ofisi, alışveriş merkezindeki bir önceki dandik standa göre daha konforlu ve havalı görünüyordu. Gelen müşteriler genellikle büyük şehirden tatile gelen, ya da burada bir yakınları yaşayan, şehri beğenen, denize yakın bir ev almak isteyen zengin züppe tiplerdi. Zaten yeni yapılan inşaat buralarda yaşayan insanların pek oturmayı isteyeceği bir muhitte değildi. İnşaatın hemen iki sokak ilerisinde, kimseye söylemediğimiz ve görmemelerini umduğumuz bir balık işleme tesisi vardı. Bazı günler, rüzgar tersten estiğinde, tüm bölgeye kötü bir ceset kokusu yayılırdı. Öyle günlerde, kapıyı kapatır, masanın arkasında gözden kaybolmaya çalışırdım. Bana sorarsanız kendim için oradan tek bir ev almazdım. Yaptığımız evler gerçekten kaliteliydi yanlış anlamayın, ama yeri beş para etmezdi.

Tabi bu müstakil saunada bekleme ve müşteri karşılama, pek benlik olmayan geçici bir işti. Yeni konutların satış dosyalarını hazırlamam gerektiği için, yerime daha iyi görünen birilerini bulmamız gerekiyordu. Önce üniversiteyi yeni bitirmiş Fatma diye bir kız bulduk. Uzun, gür, siyah saçlı, güzel ve konuşkan biriydi. Adından gerçi çok emin değilim. Hiç Fatma tipi yoktu kızda. Belki de yanlış hatırlıyorumdur. Birkaç gün ona hızlıca neyi nasıl yapması gerektiğini, bilmesi gereken bazı teknik detayları ve pazarlama dosyalarını anlatıp asıl ofisteki masama geri döndüm. Ama Fatma çok durmadı. Birkaç hafta çalıştı. Sonra memleketindeki hastanede okuduğu bölümle ilgili bir iş bulunca ayrılmak istediğini söyledi. Mecbur, yeni birini bulmak gerekti.

Tuğrul Abi'nin yaşlı kurt bir babası vardı. Enteresan bir adamdı. Eski solculardan. Solcunun eskisi zamanla biraz tuhaflaşıyor. Hala hayatta mıdır bilmiyorum. Bir gün merkez ofisteydik. Satış müdürü, Tuğrul Abi ve ben, satış elemanı ilanı için gelen başvuruları incelerken, yaşlı kurt çıkageldi. O ara incelemek için masaya bıraktığım özgeçmişlere bir göz attı. Çok kriterim yoktu açıkçası. İyi görünen ve ağzı laf yapan, az buçuk da hesap kitap yapabilen herkese öğretebileceğimiz bir işti. Genellikle bu iş için fazla parlak ve kısa sürede bırakıp gideceğini tahmin ettiklerimizi eliyordum. Zaten bu dış ofise gelen müşterilerin sözleşmelerini şehir merkezindeki satış ofisinde imzalıyorduk. Merkezde daha insafsız pazarlamacılarımız vardı. Onlara paçanızı kaptırırsanız bir şekilde sizi ikna etmenin bir yolunu bulup imzayı attırıyorlardı. Yani alacağımız kişinin, detayları konuşmak için müşterileri merkez ofise çekmesi yeterliydi.

Dediğim gibi, özgeçmişleri incelerken yaşlı kurt geldi. Geniş bir ofisteydik. Masanın bir tarafında Tuğrul Abi, diğer tarafında satış müdürü, ben ve Tuğrul Abi'nin babası, oturuyorduk. Çok fazla başvuru olduğu için ilk elemeyi ben yapıyordum. Şansı olanları masanın üzerine bırakıyor, geri kalanları sonrasında yırtıp atmak için bir kutuya koyuyordum. Bir özgeçmişi masaya bıraktığımda yaşlı kurdun gözleri açıldı.

Bana dönüp "Demir", dedi. "Bunu alalım."

Hepimiz ona baktık.

"Yahu," dedi, "iş yapmasa da canımız sıkılmaz. Bakar dururuz ne var!".

Resminde görünen çok güzel bir kızdı. Koyu siyah saçlı, pudramsı beyaz tenli, koyu kırmızı bir ruj. Bir kimono giyip eski bir Japon filminde başrolü oynayabilirdi. İlginçtir, o kızı işe aldık. Ama yaşlı kurt istedi diye değil. Adı Suna. Uzun boylu ve zarifti.

Bölüm 2.

Suna'nın ilk işe başladığı gün çok eğlendiğimizi hatırlıyorum. Suna'nın ilk günü, Fatma'nın da son günüydü. Yaz sıcakları iyice bastırmıştı. Yanımızdaki asfalt yoldan yükselen öğlen sıcağı, kavurucu güneş, bulutsuz hava ve hiç esmeyen rüzgar... Sıcaktan kaldırımda erimiş sakız gibiydik. İnce bir pantolon ve ucuz bir gömlek giyiyordum. Kravatı katlayıp cebime koydum. Yakamı gevşettim. Fatma işteki o son gün için, yeşil ve derin dekolteli yazlık bir elbise giymişti. Yan döndüğünde göğüslerini görebiliyordum. İster istemez baktığımı fark ettiğine eminim. Umursamadığına da. Kendimi savunmam gerekirse, gerçekten meraklısı değildim. Ama gençtim. Salaktım. Bazen engel olamazsınız, orada durur, bakarsınız işte. Onu hatırlıyorum. O zamana kadar çok samimi bir sohbetimiz olmamıştı. Biraz iş etiği, biraz fırsatın olmaması. Belki de rahatsız etmekten korkmuştum, bilmiyorum. Bazen, ne kadar güzel olursa olsun ve şartlar ne kadar uygun görünürse görünsün, bir kadına farklı şekilde bakmayı düşünmezsiniz. O iş arkadaşıdır. Zaten iş arkadaşlarını özel hayatınıza aldığınızda her şey boka sarar. Bu değişmez bir kuraldır. En iyi ihtimalle, ikisinden birisini bok edersiniz. Çoğu zaman ikisini de.

O vakitler Suna'nın gemici bir erkek arkadaşı vardı. Suna, buralardan değildi. Babasını hiç tanımamış. Annesiyle yaşadığı problemlerden bunalıp erkek arkadaşının peşinden buraya kadar gelmiş. Şehri pek bilmiyordu. Sabah Suna'yı satış ofisine erkek arkadaşı bıraktı. Ucuz, eski, sağı solu dökülen bir arabayla geldi. Arabadan çıkıp benimle tanışmayı, sertçe elimi sıkmayı, bölgesini işaretlemeyi ihmal etmedi. Böyle şeyler bende pek işe yaramazlar. Ben kadına saygı duyarım. Yanındaki hıyara değil.

Neyse, tüm gün eski kız Fatma, Suna'ya neyi nasıl yapması gerektiğini anlatırken ben de oralarda vakit öldürüp, arada sırada akıllarına gelen soru olursa cevaplamaya çalışıyordum. Hızlı bir oryantasyon eğitimi. Arada sırada birkaç müşteri geldi, onlarla pratik yaptılar. Gün sonuna bir saat kala, konuşabileceğimiz her şey bitti. Ben gidip yakın bir büfeden birkaç soğuk bira aldım. Ofisin yanındaki bayrakları indirdik. Kapıyı kilitledik. Ofisin arkasında, az ileride bir incir ağacı vardı. Sandalyelerimizi alıp gölgesine oturduk. Sıradan bir sohbete başladık. Suna, Fatma ve ben.

Konu nereden nasıl açıldı hiç fikrim yok ama bir noktada kendimizi soğuk biralarımızı yudumlayıp tuhaf bir ütopya üzerine konuşurken bulduk. Fikir aşağı yukarı şöyleydi: Tüm etik değerleri unutun. Onun yerine insan en basit seviyeye indirgenerek, hayata her gün yeniden başlıyor. Bir önceki güne, geçmişe ait herhangi bir bağınız olmadığını düşünün. Bir önceki gün evlendin mi? Sabah özgürsün. Bir önceki gün çiftçi miydin? O tarla artık senin değil. Bir ev mi aldın? Ev artık senin değil. Üstelik bu, iç güdülerimizin ve psikolojimizin bir parçası. Aldırmıyoruz. Tekrar aynı şeyleri yapabilirsin. Yapmaya da bilirsin. Asla yargılanmadığın ve günlük seçimlerinin günlük değerlendirildiği bir ütopya. Suçlar ve suçlular bu yüzden günlük cezalandırılıyorlar. Öç almak doğal bir hak.

Misal sabah uyanıyorsun, gidip bir eş buluyorsun. Sevişiyorsun. Biraz meyve bulup yiyorsun. Ya da bir av yakalıyorsun. Sonra bir başka kadınla sevişiyorsun. Aslında bir saat sonra fark ettiğimiz şey şuydu: Sahip olduğumuz sorumluluklardan, duygusal bağlardan, hayatın süregelen rotasından, bize verilen kimliklerden hiçbir yargılanma kaygısı duymadan yirmi dört saatliğine sıyrılarak, delice ve belki sapıkça, en ilkel yanlarımızı yaşamaya ve sonra sanki hiçbir şey olmamış gibi, sevdiğimiz ve değer verdiğimiz insanlara ve medeniyete geri dönmeye ihtiyacımız vardı. Ütopik ve hayvanca, en basit şekilde yaşamak, bizim bu gerçek üstü tutkulu isteklerimize ve ihtiyacımıza, hafif çakırkeyif bir haldeyken bulduğumuz bir kılıftı. Bir ay suratına bakmadığım Fatma, arada sırada o kadar sapıkça şeylerden bahsediyordu ki, taş gibi sertleşiyordum. Zaten ütopyayı falan bırakıp, sadece o özgürlükte neler yapabileceğimizi düşünmeye başlamıştık. Ama günün sonunda Fatma gitti. Hiçbir şey yapmadık. Çünkü bizi yolda tuttuğunu zannettiğimiz çok şey vardı. Gerçek dünyada yargılanırsınız. En çok da kendi vicdanınız tarafından. Bunun riskine giremedik. Son biralarımızı içtik. Fatma'yla vedalaştık. O bir otobüs durağından evine gitti ve onu bir daha hiç görmedim. Gemici *-bir kaçıncı kaptan falandı galiba-* hemen ardından döküntü arabasıyla geldi ve tüm sohbetten yeterince etkilenmiş çakırkeyif olan Suna'yı alıp evine götürdü. Eminim o gece hayatının en güzel gecelerinden birini yaşamıştır.

Bölüm 3.

Bazı kadınlar vardır. Bilirsiniz. Onları elinizde tutamazsınız. Onlar, göçmen kuşlar gibidir. Çok güzel renkleri ve sesleri vardır ama bir yere ait olamazlar. Elinizde tutmaya çalışırsanız ısırırlar, kafese koyarsanız ölürler. Özgür bırakırsanız, harika sesleriyle öttüklerini işitirsiniz. Onların varlığıyla mutlu hissedersiniz. Bir süre yanınızda, etrafınızda kalırlar. Ama bilirsiniz, sonra giderler. Bir yerlerden gitmek onların tabiatında vardır. Buna karşı gelemezsiniz. Belki bir başka mevsim geri gelirler. Kim bilir? Onların zamanına ya da varlığına sahip olamazsınız. Adınız gibi bilirsiniz, gideceklerdir. Sıcak bir ağustos öğleden sonrasında yüzünüze vuran, nereden estiği belli olmayan serin bir rüzgar gibi gelir ve giderler. Onlar ev ya da yuva değildir. Sizin yalnızlığınıza bir süre misafir olurlar. Bir gece uğrar, kalır ve giderler. Geriye bir gazete haberi bırakırlar. Tanıdım öyle kadınlar. Yanlış bindiğiniz şehirlerarası bir otobüste, hafif çatlak yan koltuk arkadaşıdır onlar. Hayır, sandığınız gibi onlara hiç aşık olmadım. Onlarla sevişmedim. Ama bir süre tanıdım onları. Mutlu olmanın en boktan karmaşa ve kargaşalar içinde dahi kendini seviyorsan, hala hayattaysan ve nefes alıyorsan mümkün olduğunu öğrettiler bana. Suna da bunlardan birisiydi.

O satış ofisinde çalıştığı süre içinde bir daha o kadar erotik bir sohbetin içine girmedik. Bir daha o kapıyı aralarsak, işlerin çarşafa dolanacağına ikimiz de emin gibiydik. Bazı günler yüzünde ya da kollarında morluklarla geliyordu. Orospu çocuğu bilmem kaçıncı kaptan erkek arkadaşının onu deli gibi kıskandığını ve bazen dövdüğünü biliyordum. Suna'ya sorarsanız bunu çok sevdiği için yapıyordu. Fazla içtiği zaman kendisine hakim olamıyordu. Ama içinde bir yerde, onu çok seviyordu. Bu kıskanılma ve sahte sevilme duygusu

GEÇMİŞTEN BİR HİKAYE 11

Suna'ya tutku gibi geliyordu. Onun için erkek arkadaşı ideal bir erkek figürüydü. Onun bir keresinde sarhoşken söylediğine göre benim gibi kadınlara kibar davranan ve kıskançlıkları olmayan entelektüel erkekler güçsüz varlıklardı. Çok takılmadım bu dayak problemine. Bunu bir problem olarak görmüyordu. Onun özel hayatıydı. Kurtulmak istediğine dair bir işaret vermiyordu. Her zaman neşeliydi. Belki de değildi, bilmiyorum. Sadece öyle görünmeye çalışıyordu. Nereden bilebilirdim ki? O zamanlar ben de kendi şeytanlarımla boğuşuyordum.

Hayatın monoton ve sıkıcı bir rutine girdiği ve bir türlü çıkamadığım günlerdi. Bahsettim ya, daha yirmili yaşların ortasındaydım ve kendime bir kimlik arıyordum. Bazı insanlar şanslıdır. Onlara kimlik en başında verilir ve onlar bu kimliği çocukluktan ölene dek taşırlar. Onların hayatında çok çalkantı yoktur. Onlara verilen yolda emin adımlarla yürürler. Hayatın kuralları vardır. Kurallara uyarlar. Verilen görevleri yerine getirirler. Sorgulamazlar. Mantıklı bulurlar. Ders çalışırlar. Ödev yaparlar. Sınavlara girerler. Okullarını okurlar. Doktor falan olurlar. Ne yapacaklarını, kim olacaklarını çocukluktan itibaren bilir, o yolu takip edip bir şeyler olurlar. Öğretmen, doktor, polis, hakim, avukat. Ne fark eder?

Bir de yolu bir türlü bulamamışlar ya da bir yere kadar takip edip sonra, "ben neden buradan gidiyorum ki?" diye sorgulayan benim gibi salaklar vardır. Aslında herkes sorgular bunu. Ama çok az kişi yoldan çıkar. Yoldan çıkmak kaostur. Çünkü gidecek bir yeriniz yoktur ve yürümeye devam etmeniz gerektiğini hissedersiniz. Ait olduğunuz bir başka yol olduğunun ve o yola çıkmanız gerektiğinin yanılgısıyla cesaretinizi toplar, adımınızı atarsınız. Bazı, çok nadir yoldan çıkanlar, daha iyi bir şeyler olurlar. Rock yıldızı ya da herkesin hayran olduğu bir oyuncu! Sizden bir bok olmaz. Hatta artık kendiniz dahi olamazsınız.

O vakitler, aklımdan çok fazla şey geçiyordu. Kim olmak istediğim, nasıl yaşamak istediğim, hayattan ne beklediğim. İşin aslı, kökleri derinden koparılmış, rüzgârda savrulurken bir yerlere tutunmaya çalışan yitik bir ruhtu benimkisi. Hafta sonları düşüncelerden bunalıp kendimi dışarı atıyordum. Bugün yaptığım gibi bir bar buluyor, oturuyor, patates kızartması ve bol bira içerek sarhoş oluyordum. Ya da bazen patronla haritada yeri bile olmayan bir meyhaneye gidiyor ve yıkılana kadar içiyorduk. Hayata dair tüm kaygılarımı içime atıyor ve orada kilitlemeyi umuyordum. O yüzden, etrafıma çok ilgi gösteremiyordum. Bir taraftan da sanırım bu işe bulaşmak istemiyordum. Hatun, yani Suna, tam bir belaydı ve onun için dayak yiyip yiyemeyeceğimden emin değildim. Her şeyi yapmakta özgürdüm aslında, ama buna değmesi gerekir. Suna buna değer miydi? Bu sorunun cevabını öğrenmeme gerek kalmadı. Birkaç hafta sonraydı sanırım, o heriften ayrıldı.

Bölüm 4.

Bir şekilde para biriktiriyordum. Parayı harcayacak sahaflar sokağı, içki ve patates kızartması haricinde pek bir şey yoktu. Bazı zamanlar, haftalarca Tuğrul Abi'nin villasında kalıyordum. Sabahtan akşama kadar çalışıyorduk. Müthiş işkolik bir adamdı. Akşam olunca içiyorduk. İçince ya şarkı söylüyor ya yine iş konuşuyordu. Sabah kalkıp çalışmaya devam ediyorduk. Birileri gelip gidiyordu. Kararlar veriliyordu. Sonra yine çalışmaya devam ediyorduk. Ve içmeye. Birlikte şiirler okuyorduk. Yazarları tanıyordum. Küçük bir şehirde, bilge bir adamdı. Ona hep saygı duydum ve çok şey öğrendim. Villasının çatı katında geniş bir kütüphanesi vardı. Ben de bu çatı katında bir yatakta yatıyor, iki metre ötesinde büyük bir masada çalışıyor, nadiren alt katlara iniyordum. Neyse, hayat bu rutinde gitmeye devam edince, tüm param cebimde kalıyordu.

Ama hayatta nerde durmam gerektiğini bir türlü kavrayamıyordum. İçimden bir ses, sürekli "tren kaçıyor," diye bağırıyordu. Ben o sese inandım. Bir gün, tüm cesaretimi toplayıp, artık abi kardeş gibi olduğumuz Tuğrul Abi'nin karşısına çıktım ve işi bırakmak istediğimi söyledim. Ne yapacağıma henüz tam karar vermemiştim. Aklımda, bu reklam pazarlama işlerine devam edeceğim serbest bir ajans fikri vardı.

"Peki," dedi. Maddi olarak bana destek olmak için beni işten kovdu. Böylece cebime birkaç maaş daha girmişti. Paranın insanda yarattığı o özgüven duygusunu bilirsiniz. Tren raylarında dans eden bir geri zekâlı gibiydim.

Önce aklımdaki serbest çalışma fikrine daha uygun iki katlı bir ev tutmaya karar verdim. Ondan öncesinde, biraz da göçebe olduğumdan, ucuz bir pansiyonda kalıyordum. Dışarıda yiyip içtiğim için akşamdan akşama kullandığım tek yataklı küçük bir odam vardı pansiyonda. Bu işler orada olmazdı tabi. Bu, ev arama süreci ilginç bir şekilde çok uzun sürmedi. Daha uzun süre ev aramam gerekeceğini düşünüyordum. İnşaat şirketinden emlakçı çevrem genişti. Tanıdığım emlakçılardan biri, para almadan beni bir ev sahibiyle tanıştırdı. Ev sahibinin, büyük bir takı mağazası vardı. Emlakçıyla birlikte takı mağazasına girip, beklemeye başladık. Bir süre sonra, arkalardan bir ofisten, elinde bir kira sözleşmesi ve kalın bir defterle ev sahibi göründü. Ahmet adında, kırklarında, sıradan bir adamdı. Yıllar sonra o adama dair aklımda kalan en ufak bir özelliği olmadığını söylemeliyim. Ne bir iz, ne bir tavır, ne bir karakter. Her şeyi son derece sıradandı. Ayak üstü tanıştık. Daha önce çalıştığım inşaat şirketini ve Tuğrul Abiyi zaten tanıyordu. Bu işlerimi kolaylaştırdı. Biraz beni dinledi, neden dubleks bir ev aradığımı sordu. Alt katı ofis, üst katı ise özel alanım, yatak odam olarak kullanacaktım. Tuttuğum ev şehir merkezinde, tam aklımdaki gibi bir çatı katıydı. Bütün apartman adama aitti. Kirayı her ay gidip takı dükkanında elden vermemi istedi. Sorun etmedim. İmzaları attık.

Yan komşum Hande çıtı pıtı, nazik ve narin, biraz arsız, sürekli neşeli, bekar, sigortacı bir hatundu. Herhangi bir saatte çekinmeden kapımı çalıp iki lak lak edip evine geri dönen, Budizm, yoga, astroloji, çakralar gibi şeylerle uğraşan ilginç bir tipti. Kendi çapında takılan iyi biriydi. Gelen gideni olmazdı. İstanbul'da bir üniversitede yüksek lisans yapıyordu. Hayali akademisyen olmaktı. Sonraki günlerde onun gibi bir komşum olduğu için ne kadar şanslı bir insan olduğumu daha iyi anlayacaktım tabi.

Dediğim gibi, yeni evim şehir merkezinde sayılırdı. Ana caddenin bir sokak arkasında, iki dar sokağın kesiştiği yerdeydi. Asansör yoktu ama çok dert etmiyordum. Üst katta, geniş bir terası ve güzel bir manzarası vardı. Terasın ortasında durduğumda şehirdeki tüm çatıları ve arkasında uzanan masmavi denizi görebiliyordum. Çoğu akşam terastan çatının üzerine çıkıp manzaraya karşı içmek en büyük keyfimdi. Bir de evleri izlemek. Yanlış anlamayın. Röntgenci değilim.

GEÇMİŞTEN BİR HİKAYE 15

Kadınlara falan bakmak değildi keyfim. Camların ışıltısından görünen koltukları, eşyaları, insanların hareketlerini, sohbetleri, sofraları... binlerce farklı hikâye yaşanırdı o camların ardında. Ben o hikâyeleri severdim. *Mutlu bir evin nasıl göründüğüne dair dinmez özlemdi benimkisi.*

İlk yapmam gereken şey kendime düzgün eşyalar bulmaktı. İmaj her şeydi. Birileri beni ziyarete geldiği zaman, modern ve sade bir ofis görmelerini istedim. Tabi buna para vermek istemiyordum. Param çoktu ama yine de kıymetliydi. Zaten hepsine yeter miydi onu da bilmiyorum.

Eski satış ofisine gidip gelirken yolda gördüğüm bir mobilya mağazası vardı. Mağazanın sahibi, bir tanıdığımın arkadaşıydı. Bir şekilde bağlantıları kurdum ve tahmin ettiğim gibi, mağazanın reklama ihtiyacı vardı. Benim de mobilyalara. İnternet kataloğu ve onun gibi şeyler yapacaktık. Bilirsiniz. İki binlerin başında sayılırdık ve herkeste bir internete açılma hevesi vardı.

İlk gün güzel bir koltuk takımı, camdan bir çalışma masası, güzel ergonomik bir sandalye, bir yatak, sehpa falan. Bir kamyon eşya. Ne lazımsa siparişini verdim. Para yerine onların reklam, internet, tanıtım gibi işlerini yaparak ödeyecektim. En azından plan oydu. Hepsine para verseydim cebimdeki paradan daha fazlasını vermem gerekirdi. Yine de sahip olduğum saçma özgüvenle, altından kalkabileceğimi düşünerek tüm eşyaları aldım.

Eşyaları eve attık. Kurulumlar yapıldı.

Yeni evimde kalmaya başladığım ilk gün çok heyecanlıydım. Bu ilk gündü ya, hemen öyle çalışmaya başlamayacaktım. Dışarı çıktım. Evden çıkınca iki yanında yüksek apartmanlar yükselen, denize doğru inen ara sokak boyunca yürümeye başladım. Öğle vakti hariç hep gölge olurdu. Sokak ileride bir başka caddeye açılır, sonra trafiğe kapalı bir başka geniş sokaktan denize kadar devam ederdi. Ev sahibinin takı mağazası da işte bu geniş sokak üzerindeydi. Adımlarım beni sokak boyunca deniz kıyısına götürdü. Yazın ortasıydı. Denizin hemen önündeki barlar ve gece kulüpleri her yaz günü kadar kalabalıktı. Barlar sokağı dediğimiz bir başka ara sokaktan devam ettim. Deniz kenarından ilerleyen dar caddeden bir arkadaki sokağa açılıyordu. Bu arka sokakta da kafeler, barlar ve sahaflar yan yanaydı. Sevdiğim bir sahaf vardı. Sahibi Gökhan adında, benden beş altı yaş büyük, denizden esmerleşmiş, zayıf, genç bir adamdı. Dükkan ona babasından kalmıştı. Dükkanın üzerinde küçük bir dairesi vardı. Hem ikinci el, hem yeni kitaplar satıyordu. Aynı zamanda edebiyat dergileri için yazılar yazıyor, bazen de yerel amatör yazarların kendi paralarıyla kitaplarını basıp yayınlamalarında onlara yardımcı oluyordu. İyi bir adamdı. Bu dükkan ve sağa sola yazdığı kitap eleştirileriyle kendisini zor döndürüyordu. Arada sırada el altından üniversite öğrencilerine hafif narkotik haplar falan da satardı. Ama o dönem açıkçası çok umurumda değildi; arkadaşlığımıza zarar vermemek için bu konuyu hiç açmadım. Sadece, bazen ilginç tipler gelir, hızlıca bir kitap isterlerdi. Müptezellerin istediği kitap gözümün önündeki rafta dururken, Gökhan arkadan bir kopya getirir, elemana verip hızlıca yollardı. Para tezgâhta değil, elden ele geçerdi. Onu hiç yargılamadım. Hayatta kalmak için hepimizin farklı yolları vardı. Onu yargılayabilmek için onun hayatına hakim olmalıydım. Değildim. Ben sadece, akşam üstü o dükkana gidip çene çalmayı, önündeki alçak tahta taburelere oturup, geleni geçeni seyrederken soğuk tekila yuvarlamayı, bira içmeyi, yeni çıkan kitaplardan konuşmayı falan seviyordum. Yazdığı dergileri takip ediyordum. Yeni bir yazısı çıktığı zaman onun fikirlerine karşı çıkmak özel zevkimdi. Çabuk sinirleniyordu Gökhan. Sinirlendiği zaman, içinden başka, daha samimi bir herif çıkıyordu. Ben o samimiyeti seviyordum. Takıntılı olduğu kitap evleri vardı örneğin. O kitap evleri Dostoyevski bile basacak olsalar, çöp kabul ederdi. Sahafa sokmazdı. Zaten onlar da Dostoyevski basmazlardı. O kitap evleri için sırf kağıt israfı diyordu. Kitaplara karşı hiç o kadar gaddarca düşünmedim açıkçası. Birileri okumayı bir şekilde sevsinler de, konu kitaba kalsın,

GEÇMİŞTEN BİR HİKAYE 17

diyordum. Hala aynı fikirdeyim. İsterlerse Danielle Steel'in aşk romanlarını okuyup otuz bir çeksinler. Umurumda değil. Yeter ki okusunlar.

Arka sokakta Gökhan'ın dükkanına geldim. Dükkanın önünde bir dergiyi karıştırıyordu. Beni gördü. Tekrar dergiye döndü. Konuşmadan eliyle yanındaki tabureyi işaret etti. Oturdum. Aramızda alçak bir sehpa duruyordu. Sehpada bir tekila şişesi. Birkaç kesik limon. Birkaç küçük tekila bardağı. Kendisine ve bana birer bardak doldurdu. Hala konuşmuyorduk. Bir şeylere kaptırmıştı kendisini. Aynı anda içkimizi içtik. Bardakları alçak sehpaya koyduk. Sonra dergiyi bana uzattı.

"Okusana," dedi.

Dante'nin İlahi Komedya'sının berbat bir çevirisine dair yeni bir yazısı yayınlanmıştı. O çeviriyi hatırlıyorum. Dip notlarla birlikte dalga geçmiştik. Gerçekten çok kötüydü. Gereksiz, hiçbir amaca hizmet etmeyen ve suçlayıcı notlarla dolu, Dante'yi yerin dibine sokmaya çalışan bir safsatadan ibaretti. Ne kadar istesem de bu sefer karşı çıkamadım.

Yarım saat kadar orada oturduk. Birkaç haftadır görüşmemiştik. Ona işten ayrıldığımı anlattım. Arada sırada birileri gelip gitti, selamlaştık. Tanıdık yüzler. Hani bilirsiniz, normalde kim olduğuna dair fikriniz yoktur ama o kadar çok denk gelirsiniz ki, artık selam vermeye başlarsınız. Hayatınızın bir parçası olurlar. Ben onlara aynı durağın insanları diyorum. Sabahın köründe bir sistemi memnun etmek için uyanır, bir yerlere gitmek için uykusuz gözlerle evden çıkarsınız. Okul. İş. Otobüs durağına geldiğinizde, sizinle aynı evlerde oturan diğer uykusuz, aksi ve yorgun yüzlerle beklemeye başlarsınız. Hep aynı yüzler. Bir zaman sonra, kim hangi otobüse biniyor, kim gitti, kim yeni geldi, kim küfür ediyor, kim daha uykusuz... hepsini öğrenmeye başlarsınız. Onlardan birini başka bir yerde gördüğünüzde, istemsizce selam verirsiniz. Durakta gördüğünüzde, selam vermezsiniz. İşte, aynı durağın insanları.

Sonra kalktık. Dükkanı kapattı. Deniz kıyısındaki barlardan birine girdik. İki bira ısmarladım. Oturduk. Daha önce görmediğim bir müzisyen köşede sevdiğim bir şarkının ırzına geçiyordu. Yeni yetme vasat müzisyenler hep bu erken saatlerde sahne alırlar. Kafa sikerler. Bir daha da o mekana dönmezler.

Biraz oturduk, sağdan soldan lafladık. Gökhan'ı tanıyan öğrenci gençler geldi masamıza. Sanattan ve kitaplardan konuşmaya hevesli tiplerdi. Gökhan da severdi bu muhabbetleri. Ben yalnız kitapları severdim. Şu kitabı, bu kitabı okudun mu muhabbeti, siklerinin boyunu yarıştırmak kadar saçma gelirdi bana. Aslında herkes, kendi egosunu tatmin etmenin yarışındaydı. Çoğu zaman bana sorulduğunda, yok ben okumadım deyip geçerdim.

Belki üzerine saatlerce konuşabilirim ama uzatmama gerek yok. Ben, kitapları sevdiğim için okurum. Onlar hakkında konuşmak için değil. Hepsi bu. Alçak gönüllü insanları severim. Bilgisiyle, parasıyla, kültürüyle hava atmaya çalışanlara da eşit derecede ayar olurum. Bütün akşam hiçbir şey yapmayıp televizyonda yetmişlerden kalma bir Kemal Sunal filmini yedinci kez izleyen, o esnada çayını içen, şansı varsa ayda bir karısıyla yorgan altında karanlık ve peynir kokulu bir seks yapan, işe giderken yırtık gömleğini saklamaya çalışan bir adama, kitap okumuyor diye sığ diyemem. Günde on saat inşaatlarda bedeninin posası çıkan, ruhu kararan, hayatta nerede yanlış yaptığını aramaktan vazgeçen bir insanın karşısına çıkıp, sen cahilsin, diyemezsin. Problem şu ki, yirmili yaşlarının başındayken hayatın ne zaman ve nasıl şekilleneceğine karar verebileceğini zannedersin. Ancak bu çok nadir zamanlarda denk gelir. Geri kalan insanlar, ellerindeki hayatla bir ömür geçirirler. Ona bir anlam katmaya çalışırlar. Her sabah, uyanıp yeni güne devam etmek için, yaşamaktan vazgeçip kendini o inşaatın on yedinci katından aşağı atmamak için çareler ararlar. Onun baktığı yerden dünyaya bakmadan, kitapların dünyaya farklı bir yerden baktığını söyleyemezsin. Ya bir kitabı okursun ya da onun içindesindir.

GEÇMİŞTEN BIR HIKAYE

Gece uzadıkça muhabbetlerinden iyice koptum. Masadaki sohbetin çok sarmadığı uzun kızıl saçlı, hafif balık etli, siyah bir tişört ve siyah bir etek giyen hoş bir hatun vardı. Hafifçe müziğin ritmiyle sallanıyor, arada sırada birasından yudumluyordu. Arkadaşlarıyla eğlenmeye gelmişti ve şimdi saatlerce kitaplardan falan konuşmak hiç içinden gelmiyordu.

Kulağına eğildim.

"Bir daha Kafka derlerse şu şişeyi götüme sok da bir daha Gökhan'la bara gelmemem gerektiğini unutmayayım," dedim. Zaten çakırkeyif ve sıkılmıştı. Kendisini tutamayıp bir kahkaha attı. Birkaç kişi bize baktı. Onların o salak hallerine daha çok güldü. Birası bitiyordu.

"Gel bira alalım," dedim. Elinden tutup onu masadan kaldırdım. Barın önüne geçtik. İki bira söyledim. Bir bardak altlığını çekip birasını üzerine koydu. Hoşuma gitti.

İnsanın geldiği mekana saygısı olmalı. Para verdiğin için sadece birayı satın alıyorsun. Mobilyaları, insanları değil. Mekana saygısı olan insan, bunu basit şekillerle gösterir. Tuvaletin duvarlarına sıçmaz. Yere kusmaz. Bardak altlığı kullanır. Bir şeylere zarar vermez. O insanlar için bar onların evi gibidir.

"Sen kimsin?" diye sordu bana. "Demir," dedim.

"Eee, ne yaparsın?"

"Bilmem? Demir'im ben. İşim bu. Sen kimsin?" diye sordum.

"Melda," dedi.

"Peki Melda. Hiç bir çatıya çıkıp yıldızların altında, diğer evlerin pencerelerinden içeri bakıp sarhoş olmayı denedin mi?"

"Nerelisin, ne okuyorsun, öğrenci misin, gerçek kızıl mısın yoksa boya mı falan diye sormayacak mısın?"

"Çok sıkıcı değil mi bunlar?"

"Evin yakın mı?" diye sordu.

Bölüm 5.

İlk günler düşündüğüm kadar keyifli sayılmazdı. Sabah erkenden uyanıp dışarı çıkıyordum. Ana caddenin diğer tarafında, birkaç sokak ileride sevdiğim bir kafe vardı. Oraya oturup bir şeyler atıştırıyor, gazete okuyor, öğleye doğru mobilya mağazasına gidiyordum. Mağazanın sahibi Tuna Bey konuşkan, sempatik tipli ve kan emici bir şerefsizdi. Bu üç özellik aynı insanda bir araya geldiyse ve ona borçlandıysanız, verdiğinden daha fazlasını ruhunuzdan çekip çıkarmadan sizi bırakmaz. Saatlerce beni orada kilitliyor, en ufak detaya kadar onun yanında yapmam konusunda ısrarcı oluyordu. Gençtim. Herife borçluydum. İlk müşterim bu adam olduğu için, buna alışmam gerektiğini zannediyordum. Saatlerce kafa ütülüyordu. Sürekli aklına yeni fikirler gelip duruyordu. Tam bitirdik zannederken hep bir şeyler eklemek istiyordu. Hiçbir şey içine tam sinmiyor gibiydi. Bunların hiçbirisi benim umurumda değildi. Bir an önce ne istiyorsa verip yoluma gitmek istiyordum. Günün sonunda bir arpa boyu yol alamıyorduk. Daha fazla zaman kaybetmeden buna bir çare bulmam gerektiği hissediyordum.

Cebimde param vardı. En azından bir iki ay rahat edeceğime emindim. Bu süre içinde bir yerlerden para kazanmaya başlamak yeterliydi. Harcamalar konusunda biraz hızlı gidiyordum ama kafamda kendimce bir plan vardı. Hevesimi alınca yavaşlayacaktım. Şu anda sadece özgürlüğün tadını çıkarıyordum. Mobilya mağazasından çıktıktan sonra, yürüyerek barlar sokağına gidiyordum. Yol uzundu ama havalar güzeldi. O yolu seviyordum. Yol boyu farklı bir sürü mağaza vardı. Işıltılı vitrinler, neşeli insanlar, kafeler... hayatın içindeydim o yolda. Yolun bir yerinde, denize akan bir nehrin üstündeki köprüde duruyordum. On dakika hiçbir şey yapmadan,

GEÇMİŞTEN BİR HİKAYE 21

nehri, üzerinde hareketsiz duran kayıkları, banklarda oturan insanları izliyordum. Bilirsiniz, bazen insanın beyninin içinde her biri alakasız notalar basan dandik bir orkestra çalar. Rahatsız edici ve anlamsız düşünceler, sessiz sesler bütünüdür. Onlara zaman vermeniz gerekir. Eğer yeterince zaman verir ve onları dinlerseniz, yavaş yavaş aynı ritmi yakalarlar. Gittikçe düzene girer. Sonra güzel bir caz dinlersiniz, sonra susar ve sahneyi terk ederler. Onlar dinlenmek ister. Hepsi bu. Ben de bu köprüde onları dinliyordum.

Sonra yoluma devam ediyor, evde yemek yapmadığımdan -ki o vakitler yemek yapmaktan da pek anlamıyordum açıkçası- ayaküstü bir şeyler atıştırıp, birkaç bira ya da ucuz bir şarapla eve dönüyordum.

Eve ilk taşındığımda günlerden cumartesiydi. Bütün hafta mobilya mağazasının saçma sapan işleriyle uğraştım. Cuma akşam üstü eve girerken Melda geldi. Onu son gördüğümden çok farklıydı. Bu sefer bankadaki işinden çıkıp gelmişti. Bir bankada çalıştığını o zaman öğrendim. Beyaz gömlek, kalem etek, külotlu çorap, küçük siyah bir sırt çantası. Duman gibi bir hatundu. Soyunmasında yardımcı oldum. Güneş batıp gece ilerleyene kadar ucuz şarap içip seviştik. Yanında getirdiği sırt çantasından bir pantolon çıkardı. Gömlekle pantolonu üzerine geçirdi. Makyajını yaptı, saçlarını düzeltti. Dışarı çıktık.

Beni Deniz Caddesi'nin ilerisinde turistik bir otelin çatı katındaki küçük bir diskoya götürdü. Yüksek sesli saçma sapan bir müzik çalıyordu. İçine bol su katılan içkilerin ayak üstü satıldığı dandik bir barın önünde küçük bir dans pisti, dans pistinin etrafındaki duvar kenarlarına sıralanmış üç dört ufak yuvarlak masa, oturmak için birkaç koltuktan ibaret, etrafa renkli ışıklar saçan dandik bir disko topunun dönüp durduğu, bir duvarı ayna kaplı, karanlık ve izbe bir mekandı. Bir şeyler söylüyordu ama gürültüden bir bok anlamıyordum. Sonra anlamaya çalışmaktan vazgeçtim. Bara gidip sürekli tek attığımızı hatırlıyorum. Sarhoş oldukça müzik daha çekilir oluyordu. Nihayet gevşeyip kendimi umursamazlığın rahatlığına bıraktım. Dans etmekten pek anlamam aslında. Ama yeterli miktarda alkol, karanlık ve yüksek seste müzikle halledebileceğim bir konu. En azından göze batmıyordum. Bazen küçük sayılan dans pistinin ortasında zıplıyorduk. Bazen de barın karşısındaki duvarda gölgelerimizi seyrediyorduk. Gece ilerledikçe sarhoşluğumuz artıyordu. Bazı çiftler, küçük koltukların üzerinde kucak kucağa sevişmeye başlamışlardı. Sonra birden ortalık karıştı. Dans pistinin ortasında iki turist yumruk yumruğa birbirlerine girdi. Ne olduğunu anlayamadan, birisinin ağzı burnu dağılmıştı. Birkaç kişi ikiliyi ayırmaya çalışırken kadınlar çığlık çığlığa kaçacak yer arıyordu. Dandik diskonun tek bir kapısı vardı. İnsanlar önüne yığıldılar. Bu iki geri zekâlının kendilerinden başkasına bir zararları yoktu. Kapıya doğru hareket eden Melda'yı kolundan tutup bir kolonun arkasına çektim. O kalabalığın içinden çıkmaya çalışmak anlamsızdı. İki dakika sonra ışıklar açıldı. Güvenlik geldi. İki geri zekâlıyı ve arkadaşlarını dışarı çıkardılar. Gece orada sona erdi.

Epeyce sarhoştuk zaten. Eve gidip sessizce sızdık. Cumartesi sabah erken uyandım. İçtiğimde öyle olur. Çok uyuyamazdım. Garip bir enerjiyle uyanırdım. Melda gözlerini araladı. Gülümsedi. Beni öptü. Saatine baktı.

"Siktir," dedi. Telefon numarasını verdi. Kahvaltı teklif ettim ama eve dönmesi gerektiğini söyledi. Sorgulamadım. Onu kapıdan yolcu ettikten hemen sonra tuhaf komşum Hande ilk defa hoş geldin demek için kapımı çaldı. Üstünde sıradan pembe bir tişört, altında bol bir pijama, kumral saçlarını tepeden basit bir tokayla tutturmuş, umursamaz bir ev kızı gibiydi.

"Kız arkadaşın mı?" diye sordu.
"Yok," dedim.
"Ben Hande," dedi. Kapıda ayak üstü tokalaştık.
"Ben de Demir," dedim.
"Açsan gel kahvaltı edelim," dedi.
"Olur," dedim. Altımda dün geceden kalma bir pantolon, üstümde ter kokulu tişörtüme aldırmadan yan daireye geçtim.

Sigortacıydı. Bahsetmiştim değil mi? Çok sıcak kanlıydı. Benim terasım onunkinden daha büyüktü ama O terasının her yanına türlü türlü saksılar, örtüler, resimler falan koyarak burasını samimi bir ev haline getirmişti. Benim terasım şimdiden birikmeye başlayan bira kutuları ve yerdeki bir parmak tozla daha çok unutulmuş bir cinayet mahali gibi görünüyordu.

Bölüm 6.

Mobilya mağazasının sahibi Tuna -kendisinden burada bey diye bahsetmeyi gereksiz buluyorum-, hafif mafya bir adamdı. Zaman geçtikçe daha iyi tanıyordum. Çevrede bilinen birisiydi. Mobilya mağazası haricinde turistik bir oteli olduğunu öğrendim. Bir de sahildeki marinayı işletiyordu. Kibar konuşan, uzun saçlı, fit, sürekli pahalı bir takım elbise giyen, bahsettiğim gibi, sempatik bir adamdı. Ama çevresindeki adamların bazıları sadece dış görünüşleri yüzünden üç beş yıl hapis yatabilirdi. Bazen benim yanımda birileriyle konuşması gerekiyordu. O anlarda, gözlerindeki ani duygu geçişlerini ve öfkesini görebiliyordum. Sonra sessizce dışarı çıkıp, duymadığım bir yerde konuşmaya devam ediyordu.

Benim çok umurumda değildi açıkçası. Ben işime bakıyordum. Ödemem gereken mobilyalar vardı. Bir haftayı daha bu şekilde çarçur ederken, gittikçe sıkılmaya başladım. Bütün gün farklı mobilya fotoğrafları görmekten ve hepsini teker teker sisteme kaydetmekten gözlerim ağrıdı. Aslında başlangıçta bu işi onların yapacağında anlaştığımızı hatırlıyorum. Ben sadece ürünleri girecekleri siteyi hazırlayacaktım. Ürünleri onlar girecekti. Ama sesimi çıkarmaya cesaret edemiyordum. Neyse ki mağazada çalışan sekreter kız biraz safça ve hayli seksiydi. Kısa boylu, uzun sahte sarı saçlı. Takma kirpikler ve tırnaklar. Ya Tuna'yla yatıyordu ya da yatmak için elindeki tüm kartları oynuyordu. Arada sıkılınca kalkıp dolaşıyor, onunla laflıyordum. Yine de bu katalog ve site işinden en ufak bir keyif almıyordum. Sürekli bir şeyleri beğenmiyordu. Beni kullandığını biliyordum. Mesela bir broşür tasarlıyorduk, binlerce basıyordu, sonra içime sinmedi diyerek bunu kabul etmiyordu. Broşürlerin bir yerlerde kullanıldığına emindim. Herifin bunu sadece beni kullanmak için

GEÇMİŞTEN BIR HIKAYE

yaptığını fark ediyordum. Sesimi çıkaramıyordum. Kendi adıma tek iyi yanı, öğlen yemeklerini bedavaya getiriyor olmaktı. Kavga edip rest çekmeliydim belki. Şimdi olsa herhalde çok farklı konuşurum. O günlerde toydum ve yeni çıktığım bu yolda başarısız olmaktan korkuyordum. Paçamı kaptırmıştım bir kere. Sonuna kadar gidip bu adamdan kurtulmalıydım. O kadar. Ama işte, neyin ne zaman nasıl bittiği konusunda bir türlü anlaşamıyorduk.

Evde olduğum zamanlarda Melda uğruyordu. Bazen öğle yemeği arasında arayıp evde olup olmadığımı soruyordu. Evim diğer her şey kadar, çalıştığı bankaya da yakındı. Yarım saatliğine geliyordu. Alt kattaki koltukta biraz oynaşıp müzik dinliyorduk. Onun dışında, hafta içi pek görüşmüyorduk. Cuma gecelerini birlikte geçiriyorduk. Bazen Cumartesi. Sevgili falan değildik. Bir ismi yoktu. Ona karşı kalbimde bir his yoktu. Sevgi sözcükleri fısıldamıyorduk. Flört edip sevişiyor, sarhoş oluyor, gene sevişiyor, gecenin bir yarısı çıkıp bir şeyler yiyor, eve dönüyor, sızıp kalıyorduk. Sonra o gidiyordu.

İkinci ya da üçüncü haftadan sonra evde bir tempo yakaladım. Yavaş yavaş mobilyacı Tuna da benden sıkılmaya başlamıştı. Bu iyiydi. Bir iki saat kadar her şeyin üzerinden geçip ayrılıyorduk. Kalan zamanda, evde sakince çalışabiliyordum. Arada Hande uğruyordu. Kahve falan içiyorduk. Ya da gitar falan çalıyordum. Kitap okuyordum. Film izliyordum. Çıkıp Gökhan'a uğruyor, bir yerde demleniyor, bir şeyler atıştırıp denizi seyrediyordum. Mobilya mağazasından çıkınca, çok uzak olmayan bir plaj vardı. Bazen oraya gidip biraz serinliyordum. Zaman öldürüyordum. Ama tabi, para hızlı akıyordu. Sürekli bir şeylerin eksik olduğunu hissedip gerekli gereksiz bir sürü zımbırtı alıyordum.

Bir iki hafta sonra mağazadan eve döndüğümde paramı kontrol ettim. Oturdum, nerede ne kadar var hesapladım. Cepleri boşalttım. Cüzdanıma baktım. Banka hesaplarımı kontrol ettim. Başta ne kadar vardı. Şimdi ne kaldı. Eğer abuk sabuk şeylere para harcamayı bırakırsam iki ay daha kirayı ödeyip sıradan mutfak alışverişlerimi yapabiliyordum. Sonra paralar suyunu çekecekti. Henüz bir şirket olmamıştım. Muhasebecim yoktu. Muhasebeciye verebileceğim ya da bir şirket kurabileceğim bir param da yoktu. Bunu hesaplamamıştım. Küçük hesaplar peşindeydim, el altından alışveriş yaparsın. Olur biter. Hazır Tuna benden sıkılmaya başlamışken ve işler zaten ağır ilerliyorken, başka müşteriler bulup nakit akışını sağlamak gerektiğini düşündüm. Paranın yarısını işe başlamadan peşin almayı, kalanını da işi teslim ettiğimde almayı makul görüyordum. Adil bir düşünceydi. Geriye, müşterileri bulmak kalıyordu.

Ertesi gün falandı, şansıma Suna aradı. Ben inşaat şirketinden ayrıldıktan sonra bir daha görüşme fırsatımız olmamıştı. Suna'nın çalıştığı bahsettiğim satış ofisi merkeze uzaktı ve açıkçası hiçbir güç bu sıcak havada o balık tesisinin yanına yaklaşmamı sağlayamazdı.

"N'aber?" dedi.

"İyidir."

Nerede olduğumu sordu, evi tarif ettim. Çıktı geldi iş çıkışı. Hafta içiydi. Sıcaktı.

"Yiyecek bir şey var mı?" diye sordu. Öğleden kalma yarım bir pizzayı paylaştık. Bir süre alt katta havadan sudan sohbet ettik. Sonra evi gezdi. Yatağıma oturdu. Neler yaptığımı sordu. Bir sigara yaktı. Ben içmiyordum. Ama ses etmedim. Onu izlemek güzeldi. Yatağın yanında pansiyondayken satın aldığım ucuz ahşap bir çalışma masası daha vardı. Yatakta sıkıştırmak istemediğim için oraya oturdum. Mobilyacıyı falan anlattım. Dinledi.

Sonra hemen konuya girdi. Biriyle tanışmış. Öyle romantik bir şey değil. Adamın buna ilgisi varmış. Küçük işler yapan ve büyümeye hevesli bir müteahhit. Bizim eski şirketteki satış dosyalarını falan çok beğeniyormuş.

"Sizi tanıştırayım, onun projelerini al, beni de görürsün," dedi.

"Olur," dedim. Paraya ihtiyacım vardı.

Vakit kaybetmemek için adamı aradı. Ofisindeydi. Kalkıp evden çıktık. Hava henüz kararmamıştı. Adamın ofisi merkezden hastaneye

GEÇMİŞTEN BİR HİKAYE 27

giden yol üzerinde bir apartmanın giriş katındaydı. Mimar Fatih Bilmemneoğlu. Kısaca F mimarlık. *Çok yaratıcı gerçekten.* İçeri girdik. Adam Suna'nın içine düşüyordu. Orta yaş üstü, hafif göbekli, saçları seyrelmiş bir herifti. Tüm satış dosyası, afiş konularının falan sadece Suna ile görüşmek için bir bahane olduğu çok belliydi. Suna da bu fırsatı görmüş ve bunun üzerinden bir iş çevirmişti. Şeytan kadar akıllı bir kızdı Suna, hakkını vermeliyim. Ayak üstü tanıştık. Bana yeni başlayacağı projenin teknik çizimlerini verdi. Çok fazla sayılmayacak ama yine de birkaç hafta beni idare edeceğini düşündüğüm bir fiyata anlaştık. Zaten benim için iki üç günlük bir işti. Paranın yarısını ertesi sabah havale edeceğini söyledi. "Para yatınca çalışmaya başlarım," dedim. Sonra oturup biraz daha çene çaldık. Adam gözlerini Suna'dan ayıramıyordu. Eminim kalkıp gitmemi, onunla Suna'yı yalnız bırakmamı umuyordu. Suna'yla hiç şansı olmadığını biliyordum. Sıradan aile babası bir tipti. Masanın üzerinde çocukları ve eşiyle bir fotoğrafı bile vardı. Macera arıyordu sadece. Kahvelerimizi içtikten sonra adamın o salak hallerine dayanamadım, kalktım. Suna da benimle birlikte geleceğini söyledi. Adamı ağrıyan taşaklarıyla bırakıp çıktık.

Bölüm 7

İşi aldığımda günlerden cumaydı. Sabah erken saatte para hesabıma geçti. Suna'ya bir mesaj attım. Banka bilgilerini yolladı. Net bir hesap konuşmamıştık aslında. Yatan peşinatın yarısını ona yolladım.

"Yeter mi?" diye sordum.

"Fazla bile. Bitirdiğinde sana bir bira ısmarlayayım," dedi.

Hemen işe koyuldum. Öğleden sonra bankadaki işinden çıkıp geldi Melda.

"Ne yapıyorsun?" diye sordu.

"Çalışıyorum," dedim. Merak etmişti.

Bu sefer alt kattaki cam masada çalışıyordum. Yanıma bir sandalye çekti. Dikkatlice izlemeye başladı. Aslında yaptığım şey eğlenceliydi. Bir sürü çizgiden oluşan bir mimari projeyi gerçek bir ev gibi üç boyutlu çizip, işin içine biraz da sanat ekleyip gerçekte olmayan bir binanın gerçek gibi görünen fotoğrafı haline getiriyordum. Melda geldiğinde henüz tasarım aşamasındaydım. Ama hızlı ilerliyordum. Bir ara sıkılmış olabileceğini düşünüp, "çıkalım mı?" diye sordum. Bana baktı.

"Çizmeye devam et, ben geliyorum şimdi," dedi. Anahtarımı alıp çıktı.

Ne olduğunu anlamadan bekledim. Çalışmaya devam ettim. On dakika kadar sonra geldi. Mutfağa gitti, elinde içinde buz küpleriyle iki bardak ve bir şişe Jack Daniels ile geri geldi. Yanıma oturdu.

"Bana değil işine bak," dedi. Bardakları doldurdu. Tokuşturduk. Bir iki yudum aldım. Büyülenmiş gibi beni izliyordu. Arada sırada ne yaptığımı merak edip birkaç şey soruyordu. Bazı çizgileri anlayamıyordu. Ona basitçe projeyi nasıl okuması gerektiğini anlatıyordum. O gün, Melda için bambaşka bir adam olmuştum.

GEÇMİŞTEN BİR HİKAYE 29

Meraklı bir kız çocuğu gibi tüm gece beni izledi. Viski içtik. Gece yarısına yaklaşırken yorulduğumu söyledim. Dışarı çıktık, biraz kafa dağıttık. Bir şeyler yedik. Cuma gecesiydi. Hava güzeldi. Tüm mekanlar tıklım tıklımdı. Birinden çıkıp diğerine giriyorduk. Bazen müzik sarmıyordu. Bazen birilerini görüp ayaküstü sohbet ediyorduk. Sonra başka bir yere geçiyorduk. Eve döndüğümüzde kör kütük sarhoştuk yine. Melda alt kattaki tuvalete koştu. Ne varsa çıkardı. Yüzü kireç gibi beyazdı. Ben, herhalde uzunca süre Tuğrul Abiyle içmiş olmaktan, biraz daha dayanıklıydım alkole. Tuvaletten çıkmasını beklerken alt kattaki koltukta uzanıyordum. Sonra yanıma geldi, koynuma girdi. Ona sarıldım. Öyle uyuyakaldık.

Sabah, farklı bir şey oldu. Uyandığımda hala koltukta yatıyordum. Melda benden önce kalkmıştı. Tepemde iki surat vardı. Ne olduğunu anlamam birkaç saniyemi aldı. Hande gelmişti. Kapıyı Melda açmış. Kahvaltıya çağırıyordu. Bok gibi görünüyorduk ikimiz de. Dert etmedi. Hızlıca üzerimizi değiştirdik. Melda benim bir tişörtümü giydi. Sanırım o tişört hala o hatundadır. Neyse, o hafta sonu evden hiç çıkmadık. Sevişmedik bile. Ben çalıştıkça o gelip gidiyordu. Hiç sıkılmadan beni izliyordu. Pazar öğleden sonra her şey bitti. Dosyayı hazırladım. Tek tek neler olması gerektiğini saydım. Kontrol etti.

"Beğendin mi?" diye sordum.

Ben hiç, o pazar öğleden sonrası seviştiğim gibi sevişmemiştim.

Pazar gecesi çıktı Melda. Eve gidip sonraki güne hazırlanması gerekiyordu. Pazartesi sabah Suna ile buluştuk. İzin günüydü. Birlikte Mimar Fatih'in ofisine gittik.

Mimarlar, doktorlar ve avukatlardan sıfatlarını çıkarırsanız geriye ne kalıyor hiç fikrim yok.

"Sunumu bana bırak," dedi.

"Peki," dedim.

Yolda yürürken hızlıca dosyaya göz gezdirdi. Adama tek başıma gitseydim eminim beni süründürecekti. Bir sürü revize isteyecek, parayı vermemek için bahaneler bulacak, kendisinden tiksindirecekti. Ancak sunumu Suna yapınca, hiçbir şeye itiraz etmedi. Her şeyi -*Suna'nın dekoltesi ve dar kot pantolonu dahil*- sanki Da Vinci'nin bir eseriymiş gibi büyük gözlerle izliyordu yalnızca. El sıkıştık. Paranın geri kalanını da havale etti. Sonra bir şeyler söylemek ister gibi durdu, vazgeçti. İş bu kadardı. Bitmişti. Sanki oyuncağı elinden alınmış bir çocuk gibiydi.

Çıkınca Suna'ya teşekkür etmek için, bonkör davranıp yatan paradan bir miktar daha yolladım. Melda'ya da bir teşekkür borçluydum. Muhtemelen o proje benim elimde bir iki hafta sürünecekti. Sonra revizeler olacaktı. Melda sayesinde hiç durmadan saatlerce çalışmaya motivasyonum olmuştu.

Bölüm 8.

İkinci kirayı ödemekte hiç zorlanmadım. Zaten birikmişim vardı. Üstüne, Mimar Fatih'e yaptığım işten de cebime yarım kira kadar para kaldı. Daha fazla isteyebilirdim aslında ama insanların beni tanımaları için bir şeylerden ödün vermeliydim. Eğer ucuza yapmazsam kimse beni kimseye tavsiye etmez diye düşünüyordum.

Diğer taraftan mobilyacının işi çoktan boka sarmıştı. Bir yere varamadığımız için yanına gidesim gelmiyordu. F Mimarlığın işinden sonraki birkaç gün hiçbir şey yapmadan aylaklık ettim. Gündüzleri Gökhan'a sahafta yardım ediyordum. Arada inşaat şirketine uğrayıp Tuğrul Abiyle kahve içip sohbet ediyordum. Her şeyi yapıyordum ama mobilya mağazası için hiçbir şey yapmıyordum.

Sonra iki şey oldu. Bir pazartesi sabahıydı. Önce kapı çaldı. Kısa bir süre sessizlik oldu. Uyanmaya çalışıyordum. Kapı sesini rüyamda duyduğumu düşünüyordum. Sonra gelen davetsiz misafir kapıyı yumruklamaya başladı. Apar topar yataktan fırladım. Üst kattan yuvarlanmadan hızlıca inmeye çalışırken, "Geldim!" diye sesleniyordum. Kapıyı açtım. Otuzlarında, belki kırk, benden rahat on yaş büyük bir adam. Öfkeli bir yüz. Gözleri kızarmıştı. Ağlamış mıydı yoksa başka bir şey mi emin değilim. Nefesi ağır sigara kokuyordu. Saçı başı dağılmıştı. Uykusuz görünüyordu. Belli ki, saatlerdir buraya gelmeyi bekliyordu.

"Hayırdır?" diye sordum.
"Biliyor muydun?" diye sordu.
"Neyi?"
Adam Melda'nın kocasıymış. Bilmiyordum. Bilseydim o boka asla girmezdim. Apartmanı inletmesinden korktuğum için içeri davet ettim. Oturdu. Etrafa bakındı. Melda'ya ait bir şeyler aradı gözleri.

Bense mutfaktaki bıçaklara ne kadar hızlı gidebilirim diye düşünüyordum.
"Burada mı sikiyordun karımı?", diye sordu. Cevap vermedim.
"Sana da sevgilim dedi mi? Sevişirken çığlık atıyor muydu?" diye sordu öfkeli ve kısık bir sesle.
Bana bir tane yumruk sallasa yine cevap veremezdim. Bir aydır adamın karısıyla yatıyordum. Sakinleşmesi için sessizce bekledim.
"Bana seni hiç anlatmadı. Bilmiyordum," diyebildim. Yakın bir kasabada öğretmenmiş. Bir yıl önce evlenmişler. Aylardır burada bir okula tayin bekliyormuş. Karısına burada bir ev tutmuşlar. Son bir aydır, karısı bahaneler uydurup hafta sonları kasabaya gelmeyince şüphelenmiş. Onu takip etmiş. Burayı bulmuş. Bir şey diyemedim. Özür diledim.
"Melda bana bunu gerçekten söylemedi. Üzgünüm," dedim. Ben de sormamıştım zaten. İnsan böyle bir şeyi sorar mı? Sormaz herhalde. Sonra gitti. Ne Melda'yı ne de o adamı bir daha görmedim.
Beş dakika kadar sonra Hande çaldı kapımı.
"Her şey yolunda mı?" diye sordu.
Olanları anlattım.
"Has siktir!" dedi.
Sonra ona geçtik. Bana tuhaf bir bitki çayı yaptı. Terasa oturduk. Sessizce çayımızı içtik. Martıları izledik. Güneş dönüp yüzümüze vurmaya başladı. Yazın sonuydu. Yine de bir şeyler ruhumu hareketsizleştiriyordu. Anlamsız kalmıştım. Korkuyordum. Melda'ya olacaklardan, adamın Melda'ya bir zarar verip vermediğinden, şimdi ne olacağından, ne yapacağımdan, o adamın bir daha karşıma çıkıp çıkmayacağından, Melda'yı aramam gerekip gerekmediğinden ve diğer her şeyden. Kelimeler, düşünceler, kabuslar sıralanıyordu zihnimde. Cehennemden bir kakofoniydi düşüncelerim.
"Bir daha karşına çıkmaz," dedi Hande. "Sana bir şey yapmak gibi bir fikri olsaydı eve girdiğinde yapardı."

GEÇMİŞTEN BİR HİKAYE

Doğru söylüyordu. "Bırak, karı koca aralarında halletsinler, senin yerinde olsaydım bir daha Melda'ya yaklaşmazdım," dedi. Telefonumu aldı. Melda'yı sildi. Kendisini ekledi. Kendisini çaldırdı. Numaramı kaydetti. Biraz rahatlamış hissediyordum.

Sonra telefonum çaldı. Arayanın Melda olduğunu sandım önce. Numara kayıtlı değildi. Sonra acaba kocası mı diye düşündüm. Açamadım.

"Sen açabilir misin?" diye sordum Hande'ye. Açtı. Biraz dinledi, "Bir saniye," dedi. Eliyle ahizeyi kapatıp, "Tuna diye biri," dedi. Telefonu aldım.

Adam sinirliydi. İşleri neden aksattığımı, bir problem mi olduğunu sordu. Vardı işte. Sen kan emici bir bok beğenmeyen şerefsizin tekisin, diyemedim. Bir aydır düzdüğüm hatun evliymiş, az önce kocası belamı sikecekti, diyemedim. Param azalıyor ve senden para alamıyorum, diyemedim. Al mobilyalarını götüne sok, diyemedim.

"Kusura bakmayın, kız arkadaşımdan ayrıldım, dağıldım biraz, yarın sabah mutlaka geleceğim," diyebildim. Sesim zaten yeterince yerlerdeydi. Fark etti. Üzerime daha fazla gelmedi.

"Yarın bekliyorum," deyip kapattı. Telefonu kapatınca okkalı bir küfür salladım. Sonra "pardon," dedim. Bana bir çay daha yaptı. Yüzüme baktı.

"Bu yetmez," dedi. Bir tütsü yaktı. "Hiç meditasyonu denedin mi?" diye sordu. Güldük.

Bölüm 9

Her işin üstesinden gelemezsin. Çünkü aslında herkes işi bitirmeyi istemez. İşler öyle yürümez. Bazen, seninle oynamaktan keyif alırlar. Bu mobilya mağazasının işi de onlardan birisiydi. Emindim. Adamın işleri bitirmek gibi bir amacı yoktu. Beni, kullanabildiği kadar kullanacaktı. Sürekli, internet sitesi gecikiyor diye, araya planda olmayan başka işler sokuşturuyordu. Hayır, diyemiyordum. O günlerden sonra Lidyalıların parayı neden icat ettiklerini daha iyi anladım. Her şeyi mutlaka sadece parayla ödemelisin. Minnet cinsinden borçlanır ya da toplam tutarından emin olmadığın mobilyalarla ödeme alırsan, bedelini mutlaka daha fazlasıyla ödersin.

Ama bu kan emme konusunda herkes aynı yeteneğe sahip değildi elbet. Bu mobilyacının karşı kaldırımında bir başka mağaza daha vardı. Sahibi Mehmet adında mobilyacının yakın arkadaşı kaypak bir herifti. Tuna, sözde bana iyilik olsun diye bizi tanıştırdı. O adamın da birkaç işi vardı yapılacak. Bir günümü ona ayırdım. Oturduk konuştuk. Bir plan yaptık. İşin güzel yanı, Mehmet'in istediği şeyler net bir şekilde belirliydi. Kıvırma şansı yoktu. Kuralları esnetemezdi ve en güzeli, para ile anlaşmıştık. F Mimarlıkta yaptığım gibi, yarısı peşin anlaştım. Parayı aldım. Birkaç gün, sabahları mobilyacıda, öğleden sonraları da bu adamın yanında vakit geçiriyordum. Aslında, en temel kurallardan biridir. Müşterinin yanında çalışmamalısın. Bu senin değerini azaltır. Konsantre olamazsın. Konuya odaklanamazsın. İşi bitiremezsin. Ama dediğim gibi, fazla gençtim ve hayır deme yeteneğim bugünkü kadar gelişmemişti. Şimdi siktir git deyip insanları sinek gibi kovalamak çok kolay. O zamanlar hayatta kalmaya ve kendimi kendime ispatlamaya çalışıyordum. Öyle bir lüksüm yoktu.

GEÇMİŞTEN BİR HİKAYE 35

Birkaç gün üst üste çalıştık. Sonra iş bitti. Adam bir türlü, ya param yok diyordu ya da bir şeyler gözüme hoş görünmüyor diyerek işin bittiğini kabul etmek istemiyordu. Bana göre iş bitmişti. Üstelik basılı işler matbaaya bile gitmişti. Ama bir türlü para alamıyordum. Nihayetinde vazgeçtim. En azından paramın yarısını kurtarabilmiştim. Ne o beni parası için aradı, ne de ben onu paranın geri kalanı için. Canım sıkılmıştı ama yapacak bir şey yoktu. Belki bir muhasebecim, resmi bir şirketim olsaydı peşine rahatlıkla düşebilirdim. Biliyorum. Ama hep resmi kağıt kürek işlerinden çekinmişimdir. Bir türlü o işlerin üzerine düşemedim.

Aklım sürekli Melda'ya gidiyordu. Hayatta mıydı? İyi miydi? Bilmeden, benim yüzümden başı belaya girmişti. Hayatı alt üst olmuş olmalıydı. Arada sırada çalıştığı bankanın önünden geçerken içeri göz atmaya çalışıyordum ancak onu göremiyordum. Bir gün, Gökhan'ın dükkanında otururken gelen müşterilerden birisini tanıdım. Melda ile tanıştığımız gece yanında olan genç çocuklardan birisiydi. Ona, Melda'yı görüp görmediğini sordum. Önce hatırlaması zaman aldı. Bilmiyormuş. Masadaki kızlardan birisinin kuzeni olduğunu tahmin ediyordu ama emin değildi.

Hande'ye sorsanız, kendimi gereksiz yere suçluyordum. Ben tüm kartlarımı açık oynamıştım. Sıradan bir flört yaşamıştım. Hiçbir şeyin suçlusu değildim. Ne onun evli olduğunu ne de olacakları tahmin edemezdim. O yüzden kendime haksızlık ediyordum. Hakkı vardı aslında. Kendimi suçlamaya meyilliyimdir. Acaba onu sevmiş miydim gerçekten? Bu hissettiğim o muydu? Bugün, aradan yıllar geçmiş olsa da, bu sorunun cevabından emin değilim. Belki de sevdim ve deli dolu bir aşk yaşadım. Bilmem ki. Belki sonra barıştılar, üç çocuk yapıp uzak bir şehre taşındılar. Belki boşandılar. Hayat işte. Aslında bir aralık bu sorunun cevabını öğrenebilirdim. Öğrenmedim. Ama ona birazdan geleceğim.

İçkiyi azaltmaya çalışıyordum. Artık dışarıda fazla içmiyordum. Bir kira daha ödeyebilirdim ama bir sonraki kira için hala eksiğim vardı. Bir yerlerden bir haber çıkmasını bekliyordum. Arada sırada Suna uğruyordu ayak üstü. Laflıyorduk. Bana eski erkek arkadaşından nasıl ayrıldığını anlattı. Ailesiyle yaşadığı krizleri, annesini, kardeşini. Aslında kısa hayatında çok fırtınadan geçmiş, hızlı büyümüştü. Dedim ya, her fırtınanın ortasında mutlu kalabilmeyi öğrenmesi gerekmişti. Diğer türlü yaşamak onun için mümkün değildi. O yüzden kendi derdimi anlattığımda gerçekte onu ne kadar etkiledi emin değilim. Sanki her gün bir yerlerde duyduğu bir hikâyeyi dinler gibiydi. Yine de dinledi.

Bölüm 10

Eski çalıştığım inşaat şirketiyle aynı iş merkezinde küçük bir büroda takılan, arada sırada basit grafik işleri yapan, Mehmet Ali adında biri vardı. Mali. Bizim eski patron, benden önce ufak tefek işleri ona yaptırıyordu. Ben çalışmaya başlayınca, mecburen onunla tanışıp ondan bazı işleri devralmam gerekmişti. O vesileyle tanıştık.

İlginç bir adamdı. Kolpacının, yalancının tekiydi. Çok iyi biliyordum. Yalancıları iyi tanırım. Onların kokusunu alırım. Bana yalan söylemeleri gerekmez. Yalancıların değiştirdikleri maskeleri izlemeniz yeterlidir. Bunu iyi biliyorum çünkü ben de yalancı herifin tekiyimdir. Yalan söylerken yüzüm kızarmaz. Hayat sana yalan söylemeyi öğretir. O bir savunma mekanizması olur. Neyse, arada sırada çalışırken, satış ofisinin gürültüsünden kaçıp bunun küçük bürosuna giderdim. Bazen de işe sıradan kıyafetlerle gittiğimde, patron önemli müşteriler gelecek beni Mali'nin yanına postalardı.

Aslında eğlenceli biriydi Mali. Yalanlarına inanmadığınız sürece hiç problem yoktu. Size hiç gitmediği ülkelerden gitmiş gibi hikâyeler anlatıp dururdu. Kendisini övmeyi ve kendi çapında öğütler vermeyi falan severdi. Hiç alakası olmasa da, sırf menfaat için tutucu ve dindar görünmeye çalışırdı. Hep büyük projelerden söz ederdi. Ona sorarsanız mesela, bir yerlerde bir havalimanı projesini çizmişti. Sonra da, uçuş trafiğine engel olduğu için bir dağın tepesindeki yüz metreyi törpületmişti. Büyük bir yazılım şirketinin danışmanlığını yapmıştı. Bir moda devine, markalarının en temel maskotundan kurtulmaları gerektiğini söylemişti ve onlar da bunu yapıvermişlerdi. Bir şekilde yalanlarına inandırmayı başardığı birkaç kadın vardı. Büroya gelip giderlerdi. Bana sorarsanız, aslında hiçbirisi bu yalanları yutmayan, sadece Mali'nin babasının parasını yiyen zeki kadınlardı. Mali'nin kendisi pek para kazanmıyordu zaten ama ihtiyacı da yoktu. Babası zengindi. Arada sırada görüyordum. Sanki oğlu haylaz bir çocukmuş gibi, oğlunun benimle daha fazla zaman geçirmesini istiyordu. Yalnız kaldığımızda benden oğluna bir şeyler öğretmemi, yol göstermemi falan istiyordu. Oğlunun benden beş altı yaş daha büyük olması dışında bir problem yoktu. Zerre umurumda da değildi. Yine de oğlunun nasıl bir faydasız olduğunun farkında olan bu adamı kırmak istemiyordum. Mobilyacının işleri ağır aksak devam ediyordu. Elimde yeni bir iş yoktu. Para kazanmam gerekiyordu. Ayın ortasını geçmiştim. Gelecek kirayı ödedikten sonra, bir başka kira ödemeye param yoktu. En başta yaptığım matematik tutmayınca canım sıkıldı.

Biraz değişiklik olsun diye önce satış ofisine uğradım. Suna ile bir kahve içtik. Sonra birkaç müşteri geldi. Bir ara görüşelim diyerek ayrıldım. Bir otobüse binip şehir merkezindeki merkez ofise gittim. Eskilerden Cem diye bir arkadaşım vardı. Onu görmeyi umuyordum ama ortalarda yoktu. Onunla ilk tanıştığımız zamanlarda, onu pencereden aşağı atmaya çalışmıştım. Elimden zor almışlardı. Sonra sevdim adamı. Çok farklı bir frekansı vardı adamın. O kanala geçmeden iletişim kuramıyordunuz. Ama eğlenceliydi. Cem'i göremeyince Mali'nin bürosuna geçtim. Ayak üstü lafladık. Mali'ye olan biten her şeyi anlatmazdım. Sadece, bana öğüt veremeyeceği, abilik taslayamayacağı ya da aleyhime kullanamayacağı sıradan şeylerden bahsederdim. O yüzden sadece serbest çalışmak için işten ayrıldığımdan bahsettim.

Motor meraklısı bir herifti Mali. O esnada, motosiklet satan bir galeriye gidecekti.

"Sen de gelsene, sizi tanıştırayım, belki bir iş çıkar," dedi.

"Olur," dedim.

Büroyu kilitleyip yürümeye başladık. Küçük şehirlerin en güzel yanı, pek çok yere yürüyebiliyor olmanız sanırım.

GEÇMİŞTEN BİR HİKAYE

Yolda bir kızla karşılaştık. Mali'nin arkadaşıymış. Kısa sarı saçlı, hafif minyon tipli, sempatik, konuşkan ve etrafına enerji saçan bir kızdı. Elinde birkaç dosya, bir yerlere gidiyordu. "Hadi gel bir şeyler içelim," dedi kız. Yakında bir kafenin kaldırım üstündeki masalarına geçtik. Tam kahveler geldiği sırada, salak gibi bir bardağı devirdim. Kızın masaya bıraktığı dosyaların üzerine döküldü. Güldü. "Ben zaten arada bunları kahveye yatırıyorum. Endişe etme," dedi tebessümle.

Yeni tanıştığı bir insanın yaptığı bir geri zekâlılık yüzünden kendisini kötü hissetmemesi için söylediği bu tek cümle için, ona bir ömür teşekkür edebilirim. Küçük bir cümle ve büyük bir hayat dersiydi benim için. Ben, bana kızmasını, surat asmasını, küfür etmesini, kalkıp gitmesini, bağırmasını falan beklerken, o sakince kağıtları dosyadan çıkardı, masanın kuru bir yerinde güneşin kurutması için bıraktı. Sonra bana bir kahve daha söyledik. Adı Birsen'di. Sonrasında çok iş değiştirdi aslında. O zamanlar tam olarak nerede çalışıyordu net hatırlayamıyorum. Ama sanırım işin içinde resmi evrak işleri de olan bir şeyler yapıyordu. Emin değilim.

Kahvelerimizi içtikten sonra kalktık. Mali ile yolumuza devam edip motosiklet dükkanına geldik. Burası bir galeri gibi değildi. Bir yer galeri olduğunda, sanırım içerideki araçların sergilenmesini beklersiniz. Buradaysa, genellikle düşük ve orta seviye motosikletler balık istifi gibi depolanıyordu. Sadece köşede bir tane numunelik özel bir motosiklet görünüyordu, hepsi bu. Duvarlarda yerden tavana kadar kasklar, ceketler ve diğer koruyucu ekipmanlarla aksesuarlar yükseliyordu. Sıkış tepiş, karanlık bir yerdi. Dükkanın sahibine ulaşmak için, motosikletlerin arasından zigzag çizerek yürümek gerekiyordu. Galerinin en arkasında eski tozlu bir masa. Ardında galerinin sahibi Erol Abi. Önünde iki boş sandalye. Oturduk. Mali bizi tanıştırdı. Kızıl kıvırcık saçlı, bol küfür edip sigara içen, huzursuz bakışlı bir tipti. Oturup sohbet ettik. Neler yaptığımı falan sordu. Biraz anlattım. Ona da, birkaç yazılım desteği lazımmış. Bir de tuhaf bir yerden aldığı ve bir türlü yönetemediği bir web sitesi vardı. Bu konularda yardımcı olup olamayacağımı sordu. Farklı bir anlaşma yaptık onunla. İhtiyacım olan şifrelerini falan aldım. Çekinmeden bir kağıda yazıp verdi hepsini. Sonra, arada uğrayacağımı ve istediği değişiklikleri söylemesini istedim. Aylık cüzi bir rakam karşılığında Erol Abi'nin bilgisayarlarla bir derdi kalmayacaktı. Ben onun bilgisayardaki eli olacaktım. Bu fikir onun da hoşuna gitmişti. Yaşlı insanların iki binlerin başında bilgisayara adapte olmaları çok zordu ve sistem onlardan bunu istiyordu. Ben de en azından para aldım ya da alamadım derdine girmeyecektim. Eğer bu şekilde on kişi bulursam, nihayet her ay kiramı ödeyebilirdim.

Bölüm 11.

Bir akşam oturmuş can sıkıntısıyla mobilyacının ürün kataloğu için çekilen fotoğraflarının üzerinde oynamalar yapıyordum. Pinti herif sadece iyi bir fotoğraf makinesi olan ama bir boktan anlamayan yeni yetmenin tekine ucuza fotoğraflar çektirmişti ve şimdi benden mucizeler yaratmamı bekliyordu. Fotoğrafların elle tutulur bir tarafı yoktu. Hepsi berbat açılardan mağazadaki kötü ışık altında öylesine çekilmişti. Bir insan elinde tuttuğu fotoğraf makinesine ancak bu kadar hakaret edebilirdi. Fotoğrafları Koyata Iwasaki görse, herifin elinden fotoğraf makinesini çekip alırdı.

Saat gece yarısına yaklaşırken kapıda bir tıkırtı duydum. Belli belirsizdi. Önce emin olamadım. Biraz bekledim. Tuhaf bir şekilde birisinin kapıyı tıklattığına emin gibiydim. Kapıya gittim. Gözetleme deliğinden baktığımda komşum Hande'yi fark ettim. Kapının önünde biraz üzgün ve kaygılı, kendinden emin olmayan bir ifadeyle duruyordu. Evine geri girmek üzereyken kapıyı açtım. Rahatsız ettiğini düşünüp özür diledi. Son günlerde, canımın en sıkkın olduğu zamanlarda yanımdaydı benim. O yüzden beni rahatsız edebilmesi için çok daha fazlası gerekliydi.

"İçeri gel lütfen, önemli olmasa kapımı çalmazdın zaten," dedim. Her zaman görmeye alışık olduğum salaş ev haliyle içeri girdi.

"Çalışıyor muydun?" diye sordu.

"Yok ya, mobilyacının saçma sapan işleri, önemli değil," dedim. Kararsızlığı devam ediyordu. Masaya geçip ekranı kapattım.

"Lütfen şu koltuğa geçip biraz rahatlar mısın? Yeni kahve yaptım, ister misin?" diye sordum. Başını salladı.

Mutfağa girip iki kupaya kahve doldurdum. İçeri döndüğümde gözlerini tavana çevirmiş, gözyaşlarına hakim olmaya çalışıyordu. Alt dudağı titriyordu. Kahveleri sehpaya bıraktım. Yanına oturup ona sarıldım. Başını omzuma gömüp ağlamaya başladı. Ona daha sıkı sarıldım. Sakinleşmesi beş ya da on dakika sürdü. Hiçbir şey sormadım. Konuşmadık. O ağladı, ben ona sarıldım. Biraz sakinleşip kendisine geldiğinde başını omuzumdan kaldırdı ama ona sarılmaya devam ettim. Onun da bir kolu arkamdan bana sıkıca sarılıyordu. Kendini topladı, konuşmaya başladı.

"Az önce terastaydım," dedi. "Ayağa kalktım, terasın korkuluğuna çıktım. Kollarımı açtım. Aşağı baktım." *-burada kısa bir sessizlik, kendisini tekrar toplamayı başardı-* "Hatta bir ayağımı kaldırdım. Gözlerimi kapattım ve o anda beni tutacak, yapma diyecek kimse yoktu. Kimse bana sarılmadı. Çok, öyle çok yalnız hissettim ki. Ölmek istedim Demir," dedi.

Ona daha sıkı sarıldım. Başını göğsüme yasladım. Bir kuş gibi çırpınan kalbini hissedebiliyordum.

"Sonra," diyerek devam etti. "Kötü bir şey yapmadan birilerinin yanına gitmeliyim dedim ama aklıma gidebileceğim senden başka kimse gelmedi," dedi. Gözyaşları yanaklarından süzülmeye devam ediyordu.

Bu durumda ne söylenir ya da ne yapılır hala hiç fikrim yok aslında. Ama emin olduğum şey, kimseyi yargılamaya hakkım olmadığı. O buraya hayat üzerine öğüt dinlemeye ya da aptalca bir şey yaptığını duymaya gelmemişti. Üstelik, intiharın hiç de aptalca bir yanı yoktur. Eğer bir insanın neden intihar ettiğini anlayamıyorsanız hem yozlaşmış saçma değer yargılarına sahipsinizdir hem de ne yaşamış olursanız olun, hayat size emin olun henüz o kadar sert vurmamıştır. Herkesin bir kırılma noktası vardır. Çoğu kişi hayat ile yaşam arasındaki farkı bilmez. Çünkü bu farkı onlara öğretecek tecrübeler yaşamak zorunda kalmamışlardır. Eğer aradaki farkı bilmiyorsanız anlatayım.

Hayatın adil olmak, güzel olmak ya da anlamlı olmak gibi bir amacı yoktur. Hayatın tek amacı sizi öldürmektir. Hepsi bu. Ve bazı kişiler için bu sonuca en hızlı şekilde ulaşacak çareler tasarlar. Yaşam, hayata

GEÇMİŞTEN BİR HİKAYE

karşı gerçekleştirilen romantik ve devrimci bir başkaldırıdır. Sonunda kaybedeceğini biliyor olsan da bu kavgaya devam edip geride bırakabileceğin bir bayrağın umududur.

Bir elimle yanaklarındaki yaşları sildim. Saçlarından öptüm. Ben hep yalnız hissettiğimde şefkati özlerdim. Kolumu arkasından çektim. Elini avucumun içine aldım. Parmaklarımı kenetledim. Diğer elimle ona kahvesini verdim. Birkaç yudum aldı.

"Üç yıldır kahve içmemiştim, özlemişim," dedi. Gözlerinin içine baktım.

"İyi ki geldin. Bir koltuk fotoğrafına daha bakarsam ben de kendimi senin peşinden aşağı atabilirdim," dedim. Güldük. Aslında kötü düşünceler hep oradadır. Pusuya yatıp beklerler. Onları görmezden gelmeye çalışmak çoğu zaman işe yaramaz. Bir yumak gibi düğümlerini sabırla açmanız gerekir. Ama kendinize zaman vermelisiniz. Çok uzun süre o düşüncelere saplanırsanız sizi esir alır, ruhunuzu çürütürler. Güzel olan kokuları duyamaz, renkleri göremez olursunuz.

Kahvelerimizi içtik. Bana Melda'dan bir haber alıp almadığımı sordu. Sonra saçma sıradan şeylerden bahsettik biraz. Ortak arkadaşlarımızın olduğunu öğrendik. Annesiyle babası o çocukken boşanmış. İzmir'de doğup büyümüş. Babası başka bir ülkede yaşıyormuş. Annesiyle de arası iyi pek iyi sayılmazmış. Gitarımı gördü. O da biraz keman çalıyormuş. Arada sırada esnemeye başladı. Sonra esnemelerinin sıklığı arttı. Yoğun bir duygu fırtınasının ardından yorgun düşmüştü. Onu evine geri göndermek istemedim. Güvenmediğim için değil, bu gece *-ya da başka bir gece-* yalnızlığı hak etmediği için.

"Gel," dedim. Elinden tutuyordum hala. Üst kata, yatak odasına çıktık. Işıklar kapalıydı. Onu yatağa yatırdım. Ben de yanına uzandım. Ona arkadan sarıldım. Belki hadsizliktir ama itiraz etmedi.

"İyi uykular," dedim.

"Teşekkürler," derken sesi titriyordu. Ona sarıldığım koluma sıkıca tutundu. Uykuya dalması uzun sürmedi.

Bütün gece uyur uyanıktım. Bazen bir rüya görüyor, anlamsızca sayıklıyor ya da sıçrıyordu. Onu tekrar kendime çekip sarılıyordum. Sakinleşiyordu. O da bazen bir kolunu ya da bacağını üzerime atıyordu. Ya da elimi tutuyordu. Sabaha karşı içim geçmiş. Derin bir uykuya dalmışım. Aşağıdan gelen tıkırtılara uyandım. Yatakta yalnızdım. Kalkıp aylak adımlarla aşağı indim.

"Hiç evde yemek yapmıyor musun sen?" diye sordu. Dolabı kapattı.
"Hadi, bana gidiyoruz," dedi.

Buzdolabı bir anne buzdolabı kadar dolu ve düzenliydi. Ona sofrayı kurmasında yardım ettim. Salatayı hazırladım. İlginç şekilde, hiç fena da olmamıştı. Ona kahvaltı için teşekkür ettim. Saatine baktım.

"Mobilyacıya mı?" diye sordu.
"Maalesef," dedim.
"Benim de acenteye gitmem lazım," dedi. Onu yalnız bırakmak istemiyordum.
"Akşam bana balık yapar mısın?" diye sordum. Güldü.
"Olur," dedi.
"Balık sende, rakıyı ben getireceğim ama," dedim.

Bölüm 12

Ödeyebileceğim son kirayı ödedikten sonra, cebimde pek fazla para kalmamıştı. Ama ondan daha önemsediğim bir konu vardı. Hande'yi mümkün olduğunca yalnız bırakmamak için bir sürü bahane uydurup duruyordum. Melankolik olmadığı zamanlarda eğlenceli biriydi de. Benzer müziklerden keyif alıyorduk. Arada sırada film izliyorduk. Birkaç kez onun için yemek yapmaya çalıştım ama zehirlenmediğimiz için şanslı sayılırdık. Onunla vakit geçirmeyi seviyordum. Günde en az bir kez, ona sarılıp kalp atışlarını göğüs kafesimde hissediyordum.

Kirayı ödedikten bir iki gün sonra, birlikte otururken bir telefon geldi. Donuklaştı. Gözleri dolmadı. Ama bir sürü farklı şey hissettiğini gözlerinden görebiliyordum.

"Ne oldu?" diye sordum. Arayanın kim olduğunu bilmiyordum. O sırada ben masada yine mobilyacının işleriyle uğraşıyordum. Artık bitmek üzere olduğunu ümit ediyordum.

"Babam ölmüş," dedi. "Gitmeliyim".

"Ne zaman dönerim bilmiyorum," dedi. Apar topar çantasını topladı. Neden öldüğünü söylemedi, ben de sormadım. Babasının yurt dışındaki ailesi cenazeyi istememiş. Cenazeyi Hande teslim alıp memleketinde defnedecekti. Ertesi sabah erkenden yola çıktı. O yokken, günde bir kez mutlaka onu arayıp nasıl olduğunu soruyordum. Neyse ki, dayısı ya da onun gibi birileri sürekli yardım ediyordu. Kendi tarafımdan bakıldığındaysa kimse bana yardım etmiyordu ki işler boka sarıyordu.

Cebimdeki para bir hafta karnımı doyurmaya ancak yeterdi. Bir sonraki kira için param yoktu. Yaz sona ermişti. Yeni bir iş haberi gelmiyordu. Birkaç kez, kendimi gösterip hatırlatmak için Mimar

Fatih'in ofisine uğradım, iş çıkmadı. İnşaat şirketine uğrayıp Tuğrul Abiyle sohbet ederken kuyruğu kıstırıp bana iş ver, diyemiyordum. Zaten bir süre daha yeni bir projeye başlayacak gibi görünmüyordu. Suna'nın işten ayrıldığını söyledi. Şuradan buradan lafladık. Ben de, her şey yolundaymış gibi davranıyordum. Motosikletçiden yine para alacaktım ama bir haftalık mutfağımı ancak karşılardı. Para, borç isteyebileceğim kimse yoktu. Yapacak bir şey yok, dedim. Arada sırada, Gökhan'a uğramaya devam ediyordum. Kafamı dağıtmaya çalışıyordum.

Hande gideli birkaç gün olmuştu. Mobilyacıyla uğraşmaktan ve beni keriz yerine koymasından çok yorulmuştum;

"Her şeyi bitirdik, artık tamam mıyız?" diye sordum mobilyacı kaypak Tuna'ya.

"Ne bitti Demir?!" Bir anda sinirlendi.

"Nedir problem?" diye sordum şaşkınlıkla. Artık gerçekten yorulmuştum.

"Biten bir şey yok, bunların hepsi çöp, kabul etmiyorum," dedi. Açıkçası çok şaşırdığımı söyleyemem ama karnımda yayılan karanlık bir ağrıyı hissediyordum. Öfkeden gözlerim karardı bir an. Sonra toparladım.

İlk kez kararlı bir ifadeyle: "Sizin için yapabileceğim başka bir şey yok," diyebildim.

"O zaman bu emeklerinin bir kısmını para olarak sayıyorum, gerisini senet yapacağız," dedi.

Kendimi çok çaresiz hissettim. Hiçbir şeye gücüm yetmiyordu. Sesimi çıkarmaya gücüm yetmiyordu. Patronlarının sesinin yükseldiğini duyan iki çam yarması içeri girdi. Bir senet defteri çıktı. İmzalar atıldı. Mağazadan çıkarken, hem o herife iş yapmaktan kurtulduğum için hafiflemiştim. Hem de hakkım yendiği için canım acıyordu. Kendime kızıyor, sesimi çıkarıp kavga edemediğim için utanıyordum. Ama onunla kavga etmek, hır çıkarmak gereksiz ve anlamsızdı. Önce sopa yiyecek sonra muhtemelen daha yüksek bir

GEÇMİŞTEN BİR HİKAYE

fiyata imza atmak zorunda kalacaktım. Ama bu konunun peşini öylece bırakmak içime sinmiyordu. Bir yerden hıncımı almam gerektiğini hissediyordum.

Çaresizlik, hissedebileceğiniz en boktan duygulardan birisidir. Kendimi o kadar çaresiz hissettiğimde, genç yaşta yüklenmemesi gereken bir yükün altına giren Hande'yi hatırladım. O da kendisini çaresiz hissediyor olmalıydı. Benden başka bu boktan hissi kimse tek başına kaldırmak zorunda kalmamalı, dedim. Aradım. Biletini almış, uçağa binmek üzereydi.

"Paran var mı?" diye sordum. Sanki yok derse verebileceğim bir para varmış gibi.

"Merak etme", dedi. Birkaç basit cümle mırıldandık. Kapattık.

Sonra, Tuna ile yaşadığım diyalog tekrar içime çöreklendi. O boşluk hissini hiç unutmayacağım. Uzay kadar soğuk ve yalnız bir boşluk vardı içimde. Ve biliyorum, gittikçe büyüyecekti. Bir şans, bu işi bana getiren tanıdığımı arayıp durumu anlattım.

"Dur bakalım, öğrenirim ben o konuyu," dedi. Bir tanıdığımın dostuydu adam. Aradan birkaç saat geçti. Akşam, terasta kitap okumaya çalışırken geri aradı. "Demir oğlum," dedi. "Beni mahcup ettin. Ben de sana kefil olmuştum bu işi yaparsın diye. Adamın parasını öde, konu kapansın," diyerek telefonu yüzüme kapattı. Okkalı bir orospu çocuğu deyip kitabı bir kenara koydum.

Bölüm 13.

Paralar suyunu tamamen çekmek üzereyken, harcamalarımı azaltmam gerekti. Bunun çok çeşitli yolları olduğunu yıllar içinde öğrenmiştim zaten. Patlatmak için çok ucuza mısır alıyordum mesela. Akşamları bir avuç mısır patlatıyordum. Midemde şişen mısır, sahte bir tokluk hissi veriyordu. Öğlenleri inşaat şirketine gidiyordum. Genelde birileri mutlaka dışarıdan bir şeyler sipariş ederdi. Biliyordum. Sanki hiç aç değilmişim gibi yaparak, ikram edilenlerden yiyordum.

Kiraya bir iki gün kala, bir akşam üstü Mali aradı.

"Ne yapıyorsun?" diye sordu.

"Hiç," dedim.

"Elinde bir iş var mı?" diye sordu. Özellikle Mali gibi dengesiz insanlara karşı kuyruğu dik tutmak için;

"Yeni bitirdim, bir iş varsa araya sıkıştırabilirim," dedim.

"Yanıma uğrasana," dedi. Çok gönüllü gibi görünmemek için gitmeden önce evde biraz oyalandım.

Bürosunda altmışlarında, beyaz saçlı bir adamla karşılıklı oturuyorlardı. Adamı bir yerlerden gördüğümü hatırlıyorum. Mazhar Abi. Emlakçıymış. Daha önce, inşaat şirketindeyken bir iki müşteri getirmişti.

"Bu mu bizim sihirbaz," diye sordu.

"Bu," dedi Mali beni göstererek. "Aç mısın, bir şeyler söyleyecektim şimdi," dedi.

"Olur, yerim," dedim. Bir şeyler sipariş etti. Yerken konuşmaya başladık.

Mazhar Abi'nin aldığı bir arsa vardı. Dört villadan oluşan küçük ama lüks bir site yaptırmak istiyordu. Tabi bunu yapmaya yetecek parası yoktu. O yüzden, projeden satış yapacaktı. Yeni dönem iş modeli

GEÇMİŞTEN BIR HIKAYE 49

buydu. Önce pazarlarsınız, yeterli para toplandığında inşaata başlarsınız. İnşaat devam ederken satışlar da devam eder. Bunun dengesini sürdürebildiğiniz zaman, günün sonunda güzel bir miktar cebinizde kalır. Tabi bunun riskleri de vardı. Örneğin, satışları yaparken söz verdiğiniz bir teslim tarihi olurdu. O yüzden, inşaata başlayacak yeterli parayı toplamak için hızlı pazarlama yapmanız gerek. İnşaatı yaparken maliyetler artarsa, riske girersiniz. Eğer bir anda ekonomik kriz yaşanırsa ve elinizde işleri sürdürecek paranız yoksa, zarar eder, batarsınız. Ama bu riskleri hesaplayabiliyor ya da göze alabiliyorsanız, para kazanırsınız. O kadar. Tabi bu senaryo içinde en büyük görev benim gibilere düşüyordu. Ortada henüz var olmayan bir evi varmış gibi gösterip, müşteriyi ikna edecek bir şeyleriniz olursa, işiniz hızlı çözülür. Emlakçı kalktıktan sonra Mali ile kaldık. Suna ile yaptığımız gibi, Mali de bu işten bir komisyon alacaktı elbette.

"Dörtte biri benim," dedi. Aklımdaki hesabı yaptığımda hızlıca işi bitirirsem kirayı ve faturaları ödeyebiliyor, belki bir hafta da karnımı doyurabiliyordum. Kendimi ağırdan satacak bir şey yoktu zaten. İşi kabul ettim. Ertesi gün, ilk peşinatı aldım. Yarısını Mali'ye yolladım.

Dediğim gibi, kiraya bir hafta vardı. Günlerden salı falandı sanırım. Peşinatı yollamıştı adam ama bir türlü proje dosyaları gelmiyordu. Birkaç kez e-postalarımı kontrol ettim. Mali'yi aradım.

"Bir iki gün bekle, sanırım mimarda takıldı," dedi. Hadi hallet yoksa işi bitirip kiramı ödeyemem, diyemedim.

Akşamüstü can sıkıntısıyla evden çıktım. Gökhan'ın sahaf dükkanına uğradım. Yine kapının önünde oturuyordu. Sonbahar, son demler. Birkaç hafta sonra havalar soğumaya başlayacaktı. En son içki içeli iki üç hafta olmuştu. Her zamanki gibi tekila bardaklarını doldurdu.

"Seni bekliyordum ben de," dedi.
"Hayırdır?"
"Seninki geldi geçen gün."
"Kim benimki? Hande mi?" dedim şaşkınca.

"Hande kim lan? Melda. Seni sordu. Bir numara bıraktı," dedi. Cüzdanını çıkardı. İçinden katlanmış bir kağıt parçası buldu. Bana uzattı. Üstünde bir telefon numarası yazıyordu. "Sağ ol," dedim. Biraz demlendik. Ona son günlerde olan biteni anlattım. Biraz kafam dağıldı. Yeni biriyle tanışmış. Aslında bir süredir görüşüyorlarmış. Kız hemşireymiş. Adı Vildan. Onu anlattı bana biraz. Artık hayatını düzene sokmak istiyormuş. "İt gibi yaşıyoruz oğlum," dedi. Sonra içeri geçtik. Burası eski bir iş hanının parçasıydı aslında. Sokaktaki üç dört dükkan tek bir iş hanı yapıyordu. Nereden baksanız, yüz yıllık vardı. Eski kalın taş duvarları, ağır ahşap kapısı, çatıdaki ahşap kasnaklar, sonradan eklenen elektrik tesisatı. Kapının girişindeki mermerin yıllar içinde aşınıp ayakların basıldığı yerlerinde oluşan çukurları. Yerlerde farklı bir sürü iz. Kimisi eski mobilyaların, kimisi yere dökülen ve bir türlü çıkmayan tuhaf şeylerin, kimisi belli belirsiz bir sürü yaşanmışlık. Her köşesi bir başka hikâye anlatıyordu. Seviyordum bu dükkanı. İçerideki kitapların kokusuyla birleşen bir toz bulutuydu aslında. Bunu yeni, bol ışıltılı kitap mağazalarında bulamazsınız. Onlar kuşe kağıt, para ve satış kokarlar, burası İskenderiye Kütüphanesiydi.

Koliler içinde bir sürü yeni kitap gelmişti. Çoğu okullar açılacağı için gelen ders ve soru bankaları. Birkaç yeni çıkan roman. Birkaç müşterisini bekleyen eski, ikinci eller. Onları açıp yerleştirmesinde yardım ettim. Her rafı konusuna, yazarlarına ve yıllarına göre ezberlemiştim artık. Bir yandan yeni kitapları yerleştiriyor, bir yandan bir şeyler içiyor, arkada Stevie Ray Vaughan dinliyorduk. Acelemiz yoktu. Asıl mesele zaten yeni kitapları yerleştirmek değildi. Bir süre raflara dikkat etmezseniz, alakasız kitaplar başka raflara seyahat etmeye başlıyordu. Nazım Hikmet'i Stephen King'e dert anlatırken bulabilirdiniz. Dikkatsiz insanların bir kitabı ellerine alıp bambaşka bir yerde bırakma huylarından geliyordu bu problem. Biz işe koyulduktan yarım saat sonra kapı tıklandı. Gidip açtı. Vildan'dı gelen. Bizi tanıştırdı. Zayıf, minyon, yaşından çok daha genç gösteren, sempatik

GEÇMİŞTEN BİR HİKAYE

bir tipi vardı. Yıllar sonra evlendiler onunla. Çok da mutlu oldular. Tüm akşam biz kitapları yerleştirirken, kız da kasadaki bilgisayara bakıyor, hesap kitap işlerinde Gökhan'a yardım ediyordu. Gökhan'ın buna ihtiyacı da vardı hani. Pek hesap kitap bilmezdi. Olduğu zaman harcardı, yokken ağlardı. Düz adamdı Gökhan.

Proje dosyası ertesi sabah gelmedi. Sonraki sabah da gelmedi. İşin aslı, sonraki salı akşamına kadar gelmedi ve benim pazartesi sabah kirayı ödemek için son günümdü. Senetlerin de günlerine bakmamıştım. Adamdan kurtulunca sanki senetlerden de kurtuldum sanıyordum. Çarşamba günü öğleye doğru kapı çaldı. Kimin geldiğini düşünüyordum. Ev sahibi Ahmet Bey. Kibar bir adamdı neyse ki.

"Buradan geçiyordum, uğrayıp kira ne oldu diye sorayım dedim, her şey yolunda mı?" diye sordu. Hızlıca bir bahane bulup süre kazanmam gerekiyordu. Melda kartını oynadım. Yalanım basitti. Ayrılık acısı çekiyordum. Evden çıkmamıştım. Günleri karıştırmıştım.

"Birazdan çıkıp bankadan çeker size teslim ederim," dedim.

"Peki, dükkandayım ben," dedi.

Bir saat kadar sonra telefonum çaldı. Arayan numarayı tanımıyordum. Hande olabilir diye açtım. Hoş, Hande'nin telefonu zaten kayıtlıydı ama insan bazen salaklaşıyor işte. Mobilya mağazasından tanıdığım bir sesti. Hani, korkutucu tipli olanlardan. İsmet diye biri. Kırklarında. Yapılı. Yıllarca mobilya atölyeleri, sanayi, taşımacılık falan derken, bol kavga görmüş, yüzü eskimiş, ter ve ucuz sigara kokan, gördüğünüzde yolunuzu değiştireceğiniz tipte bir adamdı İsmet.

"Ne oldu bizim senet," diye sordu.

"Vadesi bugün müydü onun?"

"Evet," dedi.

"Dikkat etmemişim, kusura bakmayın, getireceğim," dedim.

"Bugün bekliyorum," dedi. Hiç şansı yoktu. Telefonu kapatıp derin bir of çektim. Gözlerimi kapattım. Bir anda her şey üst üste geliyordu. Sakin ol, dağılmamam lazım, dedim.

Problem basitti. İşi teslim edip hızlıca para almam gerekiyordu. Ancak o para sadece kiraya yeterdi. Senetler de toplam dört kira kadardı. Mobilyaları geri vermeyi teklif edebilirdim ama alacaklarını zannetmiyordum. Tüketici hakları mafya karşısında bir işe yaramazdı. Vereceğim dilekçeyle ancak kıracakları burnuma tampon yapardım. Serin bir gündü. Ceketimi alıp belki bir iş daha bulabilirim diye dışarı çıktım. Sanki işler sokakta dağıtılıyordu. İki saat vakit kaybetmiş ve yorulmuş halde eve geri döndüm. Kendime sövdüm. Karnım açtı ama yiyecek bir şey yoktu. Akşam üstü telefonum çaldı. Mobilyacının fedaisi İsmet'in sesi sinirli geliyordu.

"Gelmiyor musun?" dedi sadece.

"Gelemiyorum, bir başka işe takıldım, yarın gelsem olmaz mı?" diye sordum. Telefonu suratıma kapattı. Ya eve gelip çenemi kıracaktı ya da sabahı bekleyecekti. Her şart altında, daha fazla zaman kaybetmeden çalışmaya devam etmem gerekiyordu. En azından ev sahibi daha kibar bir adamdı. Belki bir süre erteleyebilirdim. Ama bu adamları erteleyemezdim. Belliydi.

Bölüm 14.

Ertesi sabah kapım çaldı. Sabaha kadar mimardan yeni gelen dosyalar üzerinde uyumadan çalışmıştım. Alt kattaki koltukta kestiriyordum. Üşümüştüm. Acıkmıştım. Yorgundum. İşin birkaç güne daha ihtiyacı vardı.

"Siktir," dedim. Hiç ses çıkarmamaya gayret ederek kapının önüne kadar geldim. Eğer gözetleme deliğinden dışarı bakacak olursam, kapıdaki kişi ona baktığımı fark edebilirdi. Bu riski almak yerine beklemeyi tercih ettim. Sonra "evde misiniz?" diye bir soru duydum. Ev sahibi Ahmet Bey'di. Nefesimi tuttum. Kıpırdamadım. Uzun bir sessizlik oldu. Birbirimizi dinliyorduk. Paravan açılsa, birbirini ilk kez gören evlilik programı karakterleri gibi şaşkın kalacaktık. Sonra bir ses eklendi sessizliğimize. Aşağıdan gelen ayak sesleri.

"Nasılsınız Hande hanım?" diye sordu ev sahibi.

"Teşekkürler," dedi Hande. Süper kahramanım bir kez daha hayatımı kurtarmaya gelmişti.

"Demir'e baktım ama evde değil galiba," dedi ev sahibi. Sonra iyi günler dileyerek gitti. Hande beni, benim bu saatte evde olacağımı bilecek kadar iyi tanıyordu. Kapıyı bir kez vurdu. Açtım. İçeri girdi.

"Neden açmadın adama kapıyı?" diye sordu. Tam oturmuştuk, anlatacaktım ki kapı tekrar çaldı. Ardından ağır yumruklar kapıyı hırpaladı.

"Demir!" dedi sert bir ses. Mobilyacının tahsilatçısı İsmet'in hırıltılı gür sesini tanımamak mümkün değildi. Sus işareti yaptım. Gözlerimi kapattım. Nefesimi tuttum. Kapı birkaç kez daha sertçe vurdu. Alt katlardan meraklı birkaç kapı aralandı. Dört, beş dakika daha kapının önünden ayrılmadı. Arada telefonla beni arıyordu. Neyse ki telefonum titreşimdeydi. Açamıyordum. Söyleyebileceğim bir şey yoktu. Zaman kazanabileceğim bir bahanem de yoktu. Öylece bekledim. Sonra sıkılıp gitti.

"Neye bulaştın sen?" diye sinirli gözlerle sordu Hande.

"Sana geçelim mi?" dedim. Tüm seslerin susmasını bekledik. Herkesin uzaklaştığından emin olduktan sonra sessizce kapıyı aralayıp onun dairesine geçtik.

Ona ne varsa anlattım. En başından. Yani ilk gün cebimdeki paradan bugüne kadar.

"İlk başta adamla yazılı bir şey olmadan senet imzalamak çok salakça olmuş," dedi.

"Biliyorum," dedim. "İnsan yaşadıkça öğreniyor."

"Peki koltuklar için bir fiş, belge, fatura var mı?" diye sordu.

"Yok," dedim.

"Yani sadece elde senetleri var öyle mi?"

"Öyle."

Bazı şeyleri saydıkça insan kendisini daha geri zekâlı hissediyor.

"Sen nasılsın?" diye sordum. Bok gibiydi. Ama üzerinden bir yük kalkmıştı. Görebiliyordum. "Aç mısın?" diye sordum.

"Olur," dedi. Cebimde peşinattan kalan biraz para vardı. Zaten bir boka yetmiyordu, en azından karnımızı doyurup birkaç saat iyi vakit geçirebilirdik. Bunu hak ediyordum. Başka türlü kafayı yiyecektim.

Önce kafeden atıştırmalık bir şeyler aldık. Sandviç falan. Sonra yürümeye başladık.

"Kumsala gidelim mi?" dedim. Yüzü aydınlandı. Hava serindi ve biraz rüzgarlıydı ama katlanılmaz değildi. Ceketlerimiz vardı. Yarım saat yürüdükten sonra kumsala vardık. Oturduk. Aldıklarımızı paylaştık. Yemeğe koyulduk. Ona yaklaştım. Gözlerindeki yalnızlık büyümüştü. Onu son gördüğüm birkaç hafta öncesine göre sanki beş yıl daha yaşlanmıştı. Bir şeylerin izi vardı.

"İnsan, ebeveyni ölünce, gerçekten büyüyormuş," dedi. "Hani, orada, konuşmasak da var olduğunu biliyordum. Yaşadığını

GEÇMİŞTEN BİR HİKAYE 55

biliyordum. Dayanabileceğim bir çınar değildi. Bir baba olmadı ama yine de işte, ne bileyim."

"Anlıyorum," dedim. Ona kendi ailemden hiç bahsetmemiştim. Niyetim de yoktu. Onun yerine aramızdaki kafenin poşetini yana çektim, kendimi ona yaklaştırdım. Sarıldım. Başını omzuma koydu. Denizi, dalgaları, gri bulutları, martıları seyrettik. Uzaktan birkaç balıkçı teknesi geçiyordu.

"Gidiyorum ben," dedi. Evi toparlayıp acenteyi bir arkadaşına devredeceğini anlattı. Gelmeden önce devir işlerine başlamıştı bile. Ona orada çok şey söylemek isterdim. Ama sustum. Susmam gerekiyordu.

Sonraki iki günü, kendi işlerimi bırakıp onun toparlanmasına yardım ederek geçirdim. Gökhan'dan boş koliler bulmuştum. İki gün boyunca gündüzleri onda kaldım. Ev sahibi geldi gitti. Telefonum defalarca çaldı. Hiçbirisine bakmadım. Bir kez Mali arayıp işin nasıl gittiğini sordu, bir bok yaptığım yoktu. "İyi," dedim.

Hande'nin tüm eşyalarını küçük bir kamyonete sığdırdık. Pazartesi sabahıydı. Son kez sarıldık. Teşekkür etti. Gitti. Kamyonet sokaktan çıkarken ev sahibinin geldiğini gördüm. Apartmanın alt katında bir kuru temizleme dükkanı vardı. Oraya girdim. Ev sahibi beni fark etmedi. Apartmana girdi. Kuru temizleme dükkanının sahibi ilgili gözlerle bana bakıyordu.

"Evet, ne vardı?" diye sordu. Aklıma gelen ilk şey normal çamaşır yıkayıp yıkamadıklarıydı. Sordum.

"Getir yıkarız," dedi. Teşekkür edip çıktım.

"Bu böyle olmaz," dedim içimden. Gökhan'ın dükkanına gittim. Kahvaltı niyetine bir şeyler atıştırıyordu.

"Bana telefonla konuşmak için sessiz bir yer lazım," dedim.

"Bu saatte kimse gelmez. Konuş burada," dedi. Ev sahibini aradım. Bahsettiğim gibi, yalan söylemekte zorlanmam. Yüzüm kızarmaz. Tereddüt etmem. Yalana önce kendim inanırım. Çocukken belki böyle olmadığım bir zaman vardı. Sonra öğrenmem gerekti. Uzun hikâye.

Ev sahibine, son görüştüğümüz gün, annemle kuzenimi bir trafik kazasında kaybettiğimi, o yüzden apar topar memlekete geldiğimi söyledim.

"Çok üzüldüm, nasıl oldu?" diye sordu.

"Otobüsten inmişler, kuzenim küçük çocuk zaten, yola fırlıyor, annem peşine, kamyon görmemiş indiklerini, hızlı geliyormuş. İkisini birden almış altına," dedim. "Annemi defnettik, kuzenim yoğun bakımdaydı onu da dün defnettik. İsterseniz hesap numarası verin, kirayı havale yapayım."

Blöf yapıyordum. Dedim ya, yalanda zorlanmam. Adamın apartmandaki gelirlerden tek kuruş vergi ödemediğini bildiğim için, banka hesabına yatan bir kiranın hesabını veremezdi. Bunu ikimiz de biliyorduk.

"Hiç gerek yok kardeşim, gelince elden halledersin, sana lazım olur," dedi. Kapattık.

Yalanın iki önemli noktası vardır. Birincisi, ilk yalanda kısa ve net olmanız gerekir. İki ölüm. Şehir dışı. Bu kadar. Detay vermekten kaçının. Gerçekleri anlatırken detayları anlatmazsınız. Çünkü o sizin gerçeğinizdir. Ona alışıksınızdır. Ama detayları hatırlayın. Çünkü karşınızdaki merak edip soracaktır. Anlatacak bir hikâyeniz olsun. İkincisi, yalanı büyük oynayın. Öyle büyük olsun ki, karşınızdaki sizin bu kadar da yalan söyleyemeyeceğinizi düşünsün. Örneğin, elektrikler kesildi ve ödevimi yapamadım demek basittir. Herkes kullanır. Anlaşılır. Siz yaratıcı olun.

Gökhan'ın borç verebilecek bir birikmişi yoktu ama işleri bitirene kadar bilgisayarı alıp onun yanında, sahafta çalışmamı önerdi. Bu teklifi reddedemedim. Bilgisayarımı ve çantamı almak için eve giderken takı mağazasının önünden geçmemek için yolumu değiştirdim. Hızlıca çantamı toplayıp sahafa geri döndüm.

Gece yarısına kadar çalıştım. Gökhan ile Vildan arada sırada barlar sokağına çıkıyor, dolanıyor, sonra geri geliyorlardı. Sohbet ediyorduk.

"Yorulmadın mı hala?" diye sordu.

GEÇMİŞTEN BİR HİKAYE

"Sabahlasam sorun olur mu?" dedim.

"Yok ya ne sorun olacak! Kapıyı kilitle ama. Yorulursan da arkadan benim daireye çık. Sana bir yer hazırlarım içeride," dedi. Onlar yukarı çıkmadan önce benim için bir demlik kahve hazırladı. Kenarda bir çekmecede saklı atıştırmalıkları varmış, onları gösterdi ve gitti. Işıkları kapattım.

Sabah erkenden kız arkadaşı işe gitti, Gökhan yanıma geldi.

"Bitti mi?" diye sordu. Aşağı yukarı bitmek üzereydi.

"Akşama hazır olur, yarın teslim ederim," dedim.

"İki dakika dur da, ben yiyecek bir şeyler alıp geleyim," dedi.

Ev sahibi artık aramıyordu ama mobilyacının beni kolayca bırakacağı yoktu. Tüm gün eve gitmedim. Gündüz yorgunluktan üst katta bir kanepede bir iki saat uyukladım. Akşam üstü işi bitirdim. Ön çalışmaları Mali'ye gönderdim. O da emlakçıya gösterdi. Birkaç ufak detay vardı. Gece çalışıp tamamladım. Ertesi sabah işi teslim ettim. Para hesabıma geçer geçmez, bir bankamatikten çekip mobilya mağazasının yolunu tuttum.

Tuna ortalarda yoktu. İri kıyım tahsilatçısı İsmet parayı saydı. Senedi verdi.

"Bir daha geciktirme, telefonlarımızı da aç," dedi.

"Kusura bakmayın," deyip çıktım. Sinirden yumruklarımı sıkıyordum.

Çantamı toplayıp eve dönmek için Gökhan'ın yanına döndüm. Nasıl olsa ev sahibi birkaç gün daha beni rahat bırakırdı.

"Oğlum, çok yetenekli adamsın. Zekisin. Neden bu küçük yerde tırmalayıp duruyorsun? Git büyük şehre. Bir işe gir. Doğru düzgün maaşını al. Çalış. Kafan rahat olsun. Seni burada tutan ne var?" diye sordu Gökhan.

Aslında haklıydı belki. Ama o gün bu sözleri duyduğum için alınmıştım. Anlatması zor. Dedim ya, o yaşlarda insan, bir şeyler olmak istiyor. Bir işe yaramak, kendini var etmek, herkes gibi olmamak, bir hikâye yaratmak istiyor. Dahası tren kaçıyor zannediyorsun. Başarı diye bir tanım var hayatta. Onu gerçek zannediyorsun. 21. yüzyıl kültürü sizde bir açlık yaratıyor. Bir beğeni, başarı, kabul görme, fark edilme, anlaşılma açlığı. Ve tarifi bulunmaz bir kibir. Akvaryumun içindeki balıklarız. Bir akvaryum üyesi çıkıyor, yılın en iyi bilmem nesi seçiliyor. Bu onu mutlu ediyor. Çünkü buna sahip olmak için hayatının önemli bir bölümünü çarklara ve çarklarda en yukarı tırmanmaya adıyor. Bu başarının arkasında büyük güçler yok. Dayısı yok. Çabaları var. Hayallerinin peşinden gitmesi var. Tutkuları var. Hırsları var. Dopamin bağımlılığı var. Tatmin duyuyor.

Bir kültürel orgazm bu. Sonra bunu paylaşıyor. Sıkılmadan, utanmadan, defalarca, her fırsatta dile getiriyor. Televizyonda izliyoruz. Sosyal medyada görüyoruz. Adam mutlu ve kibirli. Üç şey öğretiliyor. Bu bir başarıdır. Başarı mutlu eder. Başarılı insanlar sevilir.

Bu akvaryum, kendi örneklerini yaratıyor. Ve akvaryumun suyundaki zehir neyse, bizi birbirimizle kıyaslamaya zorluyor. O yaptı, ben de yapmalıyım. Ev al. Araba al. Tatile Yunan adalarına git. Sıfırdan bir iş kur, para kazan, çok para kazan, güzel görün, yakışıklı ol, kaliteli gürün. İnsanlar dönüp sana baksınlar. Herkes gibi olma. Sıradan bir insan olma. Risk al. Hayat cesurları sever.

Çünkü sistem bunu öğretiyor. Buna zorluyor bizi. Ve elde edemediğimiz her gün kendimizi ya da kaderi suçluyoruz. Mutsuz insanlarız hepimiz. Ve bu yüzden kendimizi uyuşturmaya devam ediyoruz. Ve hatta bizi en güzel uyuşturan şeyleri başkalarına da tavsiye etmekten asla çekinmiyoruz. Bazen bir kitap, bir dizi ya da elde o an ve varsa.

İşte ben de tüm bu başarı hikâyelerine inanıyordum o zamanlar. Kendimi var etmenin ve hayatıma bir anlam kazandırmanın tek yolu, kendi işimin ve hayallerimin peşinden gitmekti. Başka türlü yaşamanın, örneğin sıradan bir devlet memuru olmanın, ölümü beklemek kadar sıkıcı ve anlamsız geldiğini düşünecek kadar toydum.

Bölüm 15.

Evin az aşağısında küçük bir market vardı. Çoğunlukla oradan alışveriş yapıyordum. Öyle bir huyum vardır. Hep aynı şeyler için aynı insanlara ve dükkanlara giderim. Aynı yerlerden alışveriş yaparım. Arabamın ustası hep aynıdır. Aynı barda içerim. Hatta bazı zamanlarda ilk kez girdiğim bir yerde kazıklandığımı da bilirim ama aynı yere gitmeye devam ettikçe insanlar arasında bir bağ oluşur, ben o bağa güvenirim. İlk alışverişinizde fiyatları yüksek söyleyen bir esnaf, birkaç ay sonra size küçük indirimler yapmaya başlar. Küsuratları aşağı yuvarlar. Ya da kendileri için ayırdıkları ve her müşteriye göstermedikleri şeyleri size önerir. Tanıdık olursunuz, her zamanki yüzlerden birisi olursunuz, artık orada kendinizi daha rahat hissetmeye başlarsınız. Böyle şeyler kıymetlidir. Mesela Gökhan ile de böyle tanışmıştık.

Para harcamaya korkar olmuştum. Cebimde az biraz param vardı ama henüz ev kirasını ödememiştim. Bir sonraki senedi ödememe de üç hafta vardı. Küçük markete girdim. Sahibi Süleyman abi, yaşlı emekli bir polisti. Zaman içinde aramızda az da olsa bir bağ oluşmuştu.

"Bu deftere yazma işleri oluyor mu hala?" diye sordum.

"Geç bile kaldın," dedi gülerek. Pahalı olmayan bir şeyler aldım. Makarna, mısır, peynir ekmek falan. Kalın bir defter çıkardı, boş bir sayfa açtı. İsmimi ezberinden yazıp altına toplamı girdi.

"İyi günler," diyerek çıktım. Borçlanmanın bu kadar kolay olduğu bir dünyada yaşamak tuhaf geliyordu. Asıl problem zaten borçlanmakta değil, ödemekteydi.

Eve gidip alt kattaki kanepeye uzandığımda Melda geldi aklıma. Gökhan'ın verdiği kağıdı hatırladım. Onun gibi ben de katlayıp cüzdanıma koymuştum. Çıkardım. Numaraya baktım. Arayıp aramamak arasında kararsızdım. Sonra yırtıp attım. Onu arayabilirdim. Belki kocasıyla yollarını ayırmışlardı. Belki beni özlemişti. Belki bir şeyler hissetmişti. Kim bilir? Bir önemi yok. Önemli olan, şansım varken biraz olsun doğru bir şey yapmaktı. İlk seferinde onun evli olduğunu bilmiyordum. Şimdi hem evli olduğunu hem de bunu benden sakladığını biliyorum. Bir şeyler mutlaka değişecekti. Aynı kalamazdık. Aslında beni aldatmamıştı. Sadece gizlemişti. Söylememişti. Belki dengesizdi, belki macera arıyordu ya da kendince çok geçerli sebepleri vardı. Önemi yok. Bir sorumluluğun, bir bağın içine girmeden bu işi daha fazla yürütmek mümkün olamazdı. Anlatması güç. Bir yanım onu yarı yolda mı bırakıyorum, diye soruyordu. Ona acıyordu. Aklımdan senaryolar kuruyordum. Bir yanım hayatımda kendi seçimlerimi yapabileceğimi söylüyordu. Melda, saman alevi gibi parlak ve büyük, ancak gel geç bir tutkuyla bağlanabileceğim ama gerçek bir sevgi yaşayamayacağım bir kadındı. Sanırım en önemlisi buydu. Ben Melda ile gerçek bir ilişki yaşamak istemiyordum. İçimde, farklı bir his vardı. Farklı bir yüz. Daha samimi birisi. Ancak bunu içimden çıkarıp kendime söyleyemiyordum. Hem, Melda'nın kocasının yüzündeki kederi görmüştüm. Öfkeyi görmüştüm. Çaresizliği ve yine de seviyor olduğunu görmüştüm. O adama bunu tekrar yapmak sadece ona değil, kendime de büyük bir saygısızlık olurdu.

Ve işte bu düşüncelerle boğuşurken aklıma gelen ilk şeyi yapıp Hande'yi aradım. Sohbet ettik. Havadan sudan. İyiydi. Alışmaya çalışıyordu bu değişime. Kirayı ve borçları sordu, yalan söyledim. Boşuna benim için kaygılanmasına gerek yoktu. Onu üzmek ya da herhangi bir yardım etme çabasının altına itmek istemiyordum. Kapattık. Boş boş tavana bakıyordum. Elimde yapacağım bir iş yoktu. Yıpranmıştım. Bir günlük tatili hak ediyorum, diye düşündüm. Yarın kaldığım yerden hayatı dert edinmeye başlayabilirdim. Bunları düşünürken telefonum titredi. *-Kapıda birisi olabilir diye hep*

GEÇMİŞTEN BİR HİKAYE

telefonumu titreşime alıyordum- Artık telefonum titrediğinde göğüs kafesimde bir sancı beliriyordu. Arayan Mali'ydi. Rahatladım. Karma çoğu zaman işe yaramaz. Ama bazen, jeton bir anda düşer, bir karşılık alırsın. Yine de her zaman çalışacağına güvenemezsin. Çoğu zaman yaptığın iyi bir davranış ya da düşünce, orada kalır. Ama bu kez, belki de o kağıdı yırtıp atmanın karşılığını nakit alıyordum. Mazhar Abi ilk villa satışını yapmıştı. Bu kadar hızlı olacağını hiçbirimiz tahmin etmemiştik. Hazırladığım dosya ve görsellerin büyük katkısı olmuş. Adam da, o sevinçle bir miktar daha para yollamaya karar vermiş.

"Buna tırnak atmıyorum, sen hak ettin," dedi Mali. Parayı olduğu gibi bana gönderdi. Belki de zaten tırnaklamıştı. Üstüne gitmedim. Cebimde kirayı ya da gelecek senedi ödeyecek, hatta üstüne birkaç hafta hayatta kalacak kadar para toplanmıştı böylece. Üstelik ikisinden birisini seçmekte özgürdüm. Gülümsedim. Camdan içeri giren güneş siyah tişörtümü ısıtırken, kanepede sıcak bir uykuya daldım.

Ertesi gün yine etrafı kolaçan etmeye çıktım. Motosiklet mağazasına uğradım. Erol Abi'nin işleri bahsetmeme değmeyecek kadar kolaydı. Arada sırada ana bayiden gelen kataloglardaki yeni ürünleri sitede göstermek istiyordu. Katalogla uğraşmıyordum bile. Ana bayinin sitesinden girip görselleri alıyordum. Diğer tarafa ekliyordum. Herkes mutluydu. Bir kaç hafta beni idare edecek harçlığım çıkıyordu. Çay söylüyordu. Ayak üstü sohbet ediyorduk. O ara, bir komşusu girdi içeri. Bizi tanıştırdı. Onun için neler yaptığımı anlattı. Bu muhiti sevmeye başlamıştım. Hepsi elli yaş üstü, teknolojiden anlamayan yaşlı insanlardı ve daha iki binli yılların başındaydık. Her şey internete dönmeye başlıyordu. Zamanı yakalamakta zorlanıyorlardı. Ben de onların zamandaki elleriydim. Aslında hiç yapmak istemediğim saçma bir işti. Aklımda bambaşka hayallerim vardı ama paraya ihtiyacım vardı. İşleri büyütmeden önce karnımı doyurmam gerekiyordu.

İkinci bağlantımı o gün kurdum. Üstelik Erol Abiyle anlaştığım paradan bir miktar daha fazla alacaktım. Bu Erol Abi'nin de hoşuna gitmişti. Kendisini, özel hissetmişti. İşlerin nihayet iyi gideceğine inanmaya başlamıştım. Dediğim gibi, tren raylarında dans eden bir geri zekâlıydım.

Bölüm 16.

Hepimizin zihninde, derinlerde bir yerde, susturulması, yavaşlatılması gereken şeytanlarımız var. Çoğu kişi bunu fark etmese de bu şeytanlar bizi insan yapan o şeyin bir parçası. Tarihin bir yerinde ya onlar ruhumuzu işgal ettiler ya da biz ruhumuzu şeytanlara sattık. Ne fark eder? Ve şeytan içimizde, en derinde bir yere yuvalandı. Kök saldı. Bu yüzdendir, alkol insanlık tarihiyle yaşıt. Susturulması ve kontrol altına alınması gereken o şeyi içeride tutuyor. Bazı insanlarda *-benim gibi-* bu yöntem işe yarıyor. Bazı insanlarda ise o şeytan kontrol altına alınması mümkün olmayan vahşi bir hayvan gibi dışarı çıkıyor. Ben hiç o insanlardan olmadım. İçtiğimde dilim çözülür, gerekli gereksiz bir sürü şey saçmalarım. Hepsi o kadar.

Bu küçük paralarla hayatta kalamazdım. Orası kesin. Ev sahibi belki bir iki gün daha sessiz kalırdı. Sonra tekrar aramaya başlayacaktı. Üstelik, dışarı her çıktığımda ona yakalanmamak için farklı yollar seçmek ve sürekli etrafı gözlemek kolay iş değildi. Sonra bir de mobilya senetleri için arayan Tuna ve İsmet ikilisi vardı. İlk taksiti ödeyebilmiştim ama yine de mobilyacının önünden geçmek hiç içimden gelmiyordu. Cebimde kira ya da senetlerden birisini ödeyecek kadar para vardı ama hangisini ödeyeceğime karar vermesi zordu. Kirayı hemen ödeyip işleri ötelemek kolaydı. Senet ise daha korkutucuydu. Bu küçük şehir bir mayın tarlasına dönmüştü. İçimde gittikçe büyüyen bu iç sıkıntısı, korku ve endişe beni gittikçe esir alıyordu. Farkındaydım.

Gündüzleri tanıdık yüzlere uğruyordum. Kahvaltımı evde yapıyordum. Yavaş yavaş yemek yapmayı öğreniyordum. Böylesi daha ucuz oluyordu. Her gün, küçük miktarlarda marketçi Süleyman Abiye borçlanıyordum. Mütemadiyen ödediklerim, ona olan borçlarıma yetmiyordu.

Bir iki gün sonra Tuğrul Abi aradı. Yeni bir proje yapacaklarını söylediğinde, kurtulabileceğime dair umutlarım tekrar yeşermeye başladı. Beni detayları konuşmak için bilgisayarımla birlikte merkez ofise çağırıyordu. Bütün akşam, ertesi gün ne kadar para istemeliyim, diye düşünüp durdum. Senedi ödeyecek paraya ek olarak bir miktar daha isteyebilirdim. Peki bir sonraki ay? Henüz sadece bir senet ödemiştim. Üç senet sonra, düşünmem gereken tek şey ev kirası ve faturalar olacaktı. Üç ay daha dayanabilirsem bu maçı alırdım. Belki iki senet parası istemeliydim.

Biraz gitar çaldım. Sonra korkup gitarı kenara bıraktım. Bir de o konu vardı zaten. Evde sürekli sessiz olmaya çalışıyordum. Ev sahibi merak edip kapıya gelecek olursa içerden bir ses duymamalıydı. Bazen Hande'yi özlüyordum. Sohbetine alışmıştım. Günde bir kez mutlaka arıyordum. Aramızdaki şeyin bir adı olmayınca, belki benim duygularımın da karşılığı yoktur diye korkarak çok uzatamıyordum da. Bazen ev üzerime geliyordu. Terastan çıkıp çatıdan tırmanıyor, onun şimdi boş olan terasına geçiyordum. Telefonda sesi her geçen gün daha iyi geliyordu. Buna çok mutlu olduğumu hatırlıyorum. O mutlu olmayı hak eden, daha önce bahsettiğim, hayatın kurallarına uyan, güzel insanlardan biriydi. Yalnız ve mutsuz olmamalıydı.

Ertesi gün heyecanla evden çıktım. Önce takı dükkanına uğradım. Bir ay bile olmadan iki kira kadar para ödemem gerekiyordu. Gelecek kira ve gelecek senet. Ve hiç param yoktu. Yüzümde o kadar bitkin bir ifade vardı ki, ev sahibi söylediğim yalanlara kesin şekilde ikna olmuştu. Parayı verdim. Gecikme için özür diledim. Tekrar memlekete gideceğimi, bana ihtiyaçları olduğunu ama bir sonraki kira haftası gelmeye çalışacağımı söyledim.

"Dert etme, başınız sağ olsun," dedi. Zaten, yalan söylediğimin farkında bile olsa, söyleyebileceği başka bir cümle yoktu. Vergi kaçırdığı için onu suiistimal etmek hoşuma gitmiyordu. Ama mecburdum.

GEÇMİŞTEN BIR HIKAYE

Sonra, özgür adımlarla, yeni gelen işi almak üzere satış ofisine geçtim. İçeride patron Tuğrul Abi, yeni satış müdürü ve uzun sakallı, hippi tipli enteresan biri beni bekliyordu. Sanki hep tanışmayı ümit ettiği bir ünlüyle karşılaşmış gibi heyecanla ayağa kalktı uzun sakal. Tokalaştık. Adı Tolga falandı galiba ama çok emin değilim. Birkaç dakika sonra, onun benim yerime işe alındığını fark ettim. Aslında bunu tahmin etmeliydim. Ben bir değer yaratıyordum ve işten ayrılmıştım. Tabi ki bu boşluk bir şekilde doldurulacaktı. Üzülerek anladım ki; aslında o gün yeni bir proje için değil, elimde şirkete ait logo gibi materyalleri uzun sakal ile paylaşmam için çağırılmıştım. İşin tuhaf yanı herif öyle pozitif bir enerji yayıyordu ki bunu güle oynaya yaptım. Belki daha önce Tuğrul Abi sorduğunda işlerin iyi gitmediğini söyleseydim, bana destek olmak için bir süre daha birlikte çalışabilirdik ama işleri bu çıkmaza sokan yalnızca bendim. Şimdi gönül koymaya ya da söylenmeye hakkım yoktu.

O akşam tüm eski dosyaları ve diğer ihtiyacı olan ne varsa paylaşıp ofisten çıkarken, içimden şimdi boku yedim, diyordum.

Bölüm 17.

Ertesi gün ya da bir sonraki gündü. Emin değilim. Üzerinden çok zaman geçti. Sadece, eski inşaat şirketiyle olan bağlarımın tamamen koptuğunu fark ettikten sonraydı. Geri kalan her şeyden önce. Zaman geçtikçe Hande ile telefonda daha uzun konuşuyorduk. O kadar çok ne konuşuyorduk onu da hatırlamıyorum açıkçası. Ev sahibi Ahmet Bey dışında şehirden ortak tanıdıklarımız vardı ama ikimizin de umurunda değillerdi. Ve sevdiğimiz filmler vardı. Benzer değerlerimiz vardı. İkimiz de kendisini öven, böbürlenen, merkezde olmak isteyen, gereksiz ilgi bekleyen tüm insanlardan nefret ediyorduk. İkimizin de tanıdığı çok insan vardı ama fazla arkadaşımız yoktu. Yalnızlığı tanıyorduk. Daha kötüsü, yalnızlık bizi iyi tanıyordu. Sanırım yaptığımız şey, hayatımızın saatlerini birbirimizin varlığını hissederek geçirmekti. O yüzden konuştuğumuz konuların bir önemi kalmıyordu.

Havalar soğuyordu. Sonbaharın sonuydu ve dışarıda sağanağa dönmek üzere olan bir yağmur vardı. Altılı bira almıştım. Cuma öğleden sonraydı. Belki dört civarı. Hava kararmak üzereydi. Yatak odamdan terasa açılan kapının bir sundurması vardı. Oraya bir sandalye atmış, terasa ve çatılara yağan yağmuru izliyordum. Yine telefonda Hande ile konuşuyorduk. Bazen de susuyorduk. Nefes alış verişlerini duyuyordum. Sabah erkenden Avrupa yakasında bir toplantıya gittiğini, yorulduğunu, toplantı erken bitince yapacak bir iş kalmadığı için, çaktırmadan eve döndüğünü anlatıyordu. Genellikle toplantılarının olduğu günlerde ofise ya da toplantının yapılacağı yerlere gidiyor, geri kalan zamanlarda evden çalışabiliyordu. Genel olarak işi sayılarla ve risk analizleriyleydi. Ya da öyle bir şeyler. Pek anladığımı söyleyemem. Ama anlıyormuş gibi yapmakta fena değilimdir. Her şey düzgün görünüyorsa, kimsenin onu şahsen görmeye ihtiyacı yoktu. Tabi tüm bunlar yıllar önce, henüz dünyanın ve kurduğumuz tüm bu toplumsal düzenin birkaç minik virüs tarafından yerle bir edilebilecek kadar kırılgan olduğunu fark etmeden önceydi. Evden çalışabilmek, kimsenin sahip olamayacağı kadar özel bir lükstü.

O şarap sever. İçtiği şarabı dudaklarına götürmesini ve kısa, tek ve basit bir nefes gibi bir yudum almasını duyabiliyordum. Aynı anı paylaştığımızı hissediyorduk. Bize yetiyordu. Kalp atışlarını göğsümde duymayı özlüyordum. İstanbul'da da yağmur çiselemeye başlamıştı.

"Aynı gökyüzüne bakıyoruz. Aynı dev bulutun altında ıslanıyoruz. Belki, senin saçına değen bir rüzgar birkaç gün sonra benim yüzümü okşayacak, lavanta koktuğundan anlayacağım sen olduğunu," dedim. Dilimi ısırdım. Dedim ya, içtiğimde çenem düşer. Bazen tutamam. Biraz, aramızdaki arkadaşlık çizgisini geçtiğimi fark ettim.

Telefonun diğer tarafında, durumu tartmaya çalışan kısa bir sessizlik oldu.

"Bak bu önemli bir soru," dedi sonra. Sesi ciddileşti. "Lavantayı fark ettin mi gerçekten yoksa uyduruyor musun?" diye sordu.

"Saçmalama, senin adımını attığın her yerde, geride bir lavanta kokusu kalıyordu. Sesin ve o lavanta kokusu beni hep sakinleştiriyor. Benim evimde kalırken evim çiçek bahçesi gibiydi, hiç gitmeni istemedim aslında. Bazen terastan senin tarafa geçiyorum. Belki senden bir iz, bir koku duyarım diye. Ama yoksun işte," dedim.

Şimdi burada bir durmak gerek. Bazen insan, sarhoştum yalanının ardına sığınıp salakça şeyler yapabilir. Ama bunlar gerçekten salakça olur. Hiç kimse sarhoş olduğu için bu cümleleri kurmaz. Ben, sanırım ilk kez bir insanın varlığını özlüyordum.

"İstanbul'a hiç geldin mi?" diye sordu. Güldüm.

"Fena olmayan bir geçmişimiz var, sonra anlatırım, neden?" diye sordum.

"Gelsene, bende kalırsın," dedi.

"Olur," dedim. "Yarın müsait misin?"

Telefonu kapattığımızda, evde hiç giyecek temiz bir şeyim kalmadığını hatırladım. Siktir, dedim. Eskiden, arada sırada kıyafetlerimi Tuğrul Abi'nin villasında yıkıyordum. Pansiyonda eski bir makine vardı, onu kullanırdım. Bazen elde yıkadığım da oluyordu. Çok dert etmiyordum açıkçası. Böyle şeylere, ütüye falan hala hiç özen göstermem. Bazen de kıyafetlerimi Gökhan'a götürüyordum. Bir şekilde bu mevzuyu nasıl öteleyerek bu kadar zaman hallettim hiç düşünmemiştim. Bir sürü tişörtüm vardı. Kirlenenler bazen haftalarca bir kenarda bekliyorlardı. Bazen yeterince beklediyse, temiz kabul ediyordum. Tekrar giyiyordum. Ama bu sefer farklıydı. Giriş kattaki kuru temizleme dükkanı geldi aklıma. Hemen iki çanta doldurup aşağı koştum. Neyse ki açıktı. Sahibi boş boş oturuyordu. Çantaları verdim. Saatine baktı.

"Ütü olacak mı?" diye sordu. Ütü olsa hepsi sonraya kalırdı. Fatura da artardı.

"Yok, sadece yıkayalım yeter," dedim.

"Altı gibi gel, ama geç kalma dükkanı kapatır giderim," dedi.

Altıya kadar biraz para bulmak için etrafta dolaşmaya başladım. Bir otobüs yazıhanesinin önünden geçerken son paramla iki bilet aldım. Bir gidiş, bir dönüş. Ancak dönüş biletinde tarih yazmıyordu. Sadece parasız kalma ihtimalime karşı, geri dönmeyi garanti ediyordu. Sanki döndüğümde beni bir hazine bekleyecekti. Ne zaman döneceğimi bilmiyordum. Çok kalmam diye düşünüyordum. Hande'ye yük olmak istemiyordum. Bir de para bulamazsam kötü olurdu.

Otobüs yazıhanesinden çıkınca Erol Abi'nin motosiklet dükkanına uğradım. Birkaç hafta şehir dışında olacağımı ama çalışmaya devam edeceğimi, sadece isteklerini söylemesinin yeterli olduğunu söyledim. Uzaktayken bana para gönderemezdi. Elden yaptığımız, kayıtsız bir işti bu. O yüzden benim istememi beklemedi. Çıkarıp haftaya vereceği parayı bu haftadan verdi, "lazım olur," dedi. Teşekkür ettim.

"Yan dükkana da uğra, söyle, o da versin," dedi. Parayla ilgisi yok. Ama bu sert görünümlü adamın aslında halden anlayan biri olduğunu

GEÇMİŞTEN BİR HİKAYE

görmüştüm ve onun hakkındaki bu düşüncem hiçbir zaman da değişmedi. Nihayet cebimde, özgüvenimi biraz olsun tazelemeye yetecek kadar param vardı. Eve dönerken giysilerimi kuru temizlemeden aldım. Çantamı topladım. Eski bir alışkanlık. Hala öyleyimdir. Tek bir sırt çantasıyla gidip gelebilecek kadar basit yaşamaya ve hafif seyahat etmeye çalışırım. Ertesi sabah erken uyandım. Uzun zamandan sonra tıraş oldum. Çantamı takıp evden çıktım. Otobüs tam saatinde geldi. O zamanlar, otobüslerde herkes aynı filmi izlerdi. Otobüsün tavanında, biri başta biri ortada olmak üzere, iki küçük tüplü televizyon olurdu. Şoförün keyfine göre, genellikle seksenler ya da doksanlardan bir VHS kaset takılırdı. İki binlerdeydik artık. O kasetleri nereden bulmayı başarıyorlardı hiç fikrim yok. Yolda giderken F mimarlıktan Mimar Fatih aradı. Bir internet sitesi yaptırmak istiyordu, müsait olup olmadığımı sordu. İstanbul'da Hande'yleyken çalışmak istemiyordum.

"Elimde bir iş var, haftaya bitecek gibi," dedim. "Onu bitirince uğrarım yanınıza, konuşuruz, problem olur mu?" diye sordum.

"Olmaz," dedi. Anlaştık. Eğer şansım varsa, bir sonraki kirayı ya da senedi de ödeyebilirdim. Mevcut şartlar altında, mantıklı olan senedi ödemekti.

Bölüm 18.

Bu küçük Ege kentinden önce, İstanbul'a yakın bir başka küçük şehirde çalışıyordum. Bir rüzgar beni oraya savurmuştu. Öncesinin bir önemi yok. Resmi olarak İstanbul sayılmasa da, İstanbul'un nerede bittiği ve o şehrin nereden başladığını kestirmek zordu. Oraya ilk gittiğimde, cebimde yine bir miktar param vardı. Kimsenin kimlik sormadığı, sorgulamadığı, gecenin bir yarısı odalarından kavga ve çığlıklar yükselen ucuz bir otelde, kaldığım odayı tuhaf bir polisle paylaşıyordum. Adam sabaha karşı ağır alkollü geliyor, silahından şarjörü çıkarıp takır tukur seslerle aramızdaki konsolun üzerine bırakıyordu. Sonra bir sigara yakıp, telefonla birilerini arayıp duruyordu. Çoğu zaman aradığı kişiler hayat kadınları ya da diğer gecenin insanları olurdu. Sanırım, sadece gözümüzün önünde olsun diye polis yapılan bir tipti. Çok polis tanıdım aslında. Çoğu, maddi imkansızlıklar ve meslek garantisi için polis olan, gariban, senin benim gibi var olmaya çalışan, hayatta ailesine bir çatı ve bir tas çorba vermek isteyen sıradan insanlardı. Bu herif ise, kendi ölümüne koşar adım gidiyordu. O kadar gürültünün içinde, göze batmamak için uyuyor taklidi yapardım. Yirmi yaşındaydım. Korkuyordum. O adamla tek cümle laf ettiğimi hatırlamıyorum.

İlk maaşımı aldığımda, şehrin biraz dışında büyük bir sitede bir ev tutmuştum. İşe yakın sayılırdı. Şehrin içi bana çok tekinsiz geliyordu. Burası en azından sessiz, biraz daha derli topluydu. Apartmanların aralarında güvenlik kulübeleri vardı. Kaldığım süre boyunca hiç kullanmadığım bir yatak odası ve mutfakla birleşik küçük bir salonu olan, giriş katta bir apartman dairesiydi. Mutluydum. İçinde bir önceki kiracıdan kalan birkaç parça eşya vardı. Yeni eşya almama gerek kalmamıştı. Gelen gidenim olmadığı için salonda bir kanepede

GEÇMİŞTEN BİR HİKAYE

yaşıyordum. Birkaç gün sonra, bu sitenin aslında İstanbul'un arka bahçesi olduğunu anladım.

Kartal, Maltepe gibi yerlerde çalışan hayat kadınları ya da diğer gecenin insanları, burada oturuyorlardı. Burası onların güvenli kalesiydi. Ben sabah işe giderken, onlar işten dönüyorlardı. Kapıda karşılaşıyorduk. Kimse kimseye karışmıyordu. Yan gözle bakmıyordu. Apartmanda olay çıkmıyordu. Burasının gizli ve yazılı olmayan bir kuralı gibiydi. Kimse eve iş getirmiyordu. Güvenlik de bu konuda sıkıydı. Tüm apartman sakinlerinin huzurunun korunduğundan ve kimsenin onları rahatsız etmediğinden emin oluyorlardı.

Orada çalışırken sık sık İstanbul'a gidip geliyordum. Zamanla İstanbul'u öğrenmiştim. Benim için hayat Harem'e gelen dolmuştan inip, Kadıköy'e geçtiğimde başlıyordu. Onun dışında kalan tüm zamanım çalışmaktan ibaretti. Sonra oradan ayrılıp bu küçük şehre taşınmıştım işte.

Tabi, aradan geçen birkaç yılda, İstanbul gibi canlı bir şehirde çok şey değişiyor. Örneğin, otobüs artık Harem'de bırakmıyordu. Dudullu'da bir yerde indiğimde akşam üstüydü. Hava soğuktu ve hafif bir yağmur yağıyordu.

Yola çıkmadan önce çocuk yaştaki muavinden otobüsün nerede indirdiğini öğrenip Hande'yi aradığımda neden bilmem, kendimi çok tuhaf hissettim. Melda ile hissettiğim gibi değil. Şimdi Hande ile aramızda bir şeyler vardı. Melda'dan çok farklı bir şeyler. Daha önce hissetmediğim bir şey. En azından benim için öyleydi. Adını bilmediğim ama daha masum, belki daha gerçek bir şey. Ama vardı. Ve heyecanlanıyordum. Bir belirsizlik hissi. Biraz korku. Biraz gençlik.

Otobüsten indiğimde onu aramam gerekir diye düşünüyordum ama gerek kalmadı. Elinde bir şemsiyeyle otobüsün durduğu yerde beni bekliyordu. Şimdi durup, ne giydiğini falan anlatmam gerekir belki ama inanın hatırlamıyorum. Ben onu hep başının biraz üstünde basit bir tokayla bağladığı at kuyruğuyla görmeye alışıktım. Biraz dağınık. Makyajsız. Ev haliyle. Bilirsiniz. Şimdi, omuzlarına dökülen hafif dalgalı kumral saçlarının üzerinde, şemsiyesinden kaçan birkaç yağmur damlası, yıldız tozları gibi parlıyordu. Gözleri ışıl ışıldı. Güldüğü zaman, tek yanağında bir gamzesi vardı. Beni gördüğünde yüzü aydınlanmıştı. Onu görünce, dağınık saçlarım ve sıradanlığımdan utanmıştım. O gün, yüzünden, gözlerinden, soğuktan hafif pembeleşen yanaklarından, ışıltılı gözlerinden, konuşurken belli belirsiz sağa doğru kayan pembe bir rujun süslediği dudaklarından başka bir şeye dikkatimi veremiyordum. Bir çocuğun yağan karı ilk kez görmesi gibiydi. İlk kez şahit olunan her mucize kadar güzeldi.

"Çantan var mı?" diye sordu. Ben salak salak onun yüzüne bakıyordum. Heyecandan çenem titriyordu. Kaşlarını yukarı kaldırdı. Bir cevap bekliyordu. Sonra kendime geldim. Sırt çantamı işaret ettim.

"Sadece bu," dedim. Sarıldı bana. Ben de ona sarıldım.

Bazı şeyler anlatırken saçma geliyor, farkındayım. Ama elimi tuttu. Bilmiyorum, bir anda oldu. Aslında, daha önce de el ele tutuşmuştuk. Ölmek istediği gece hiç elini bırakmamıştım. Ama şimdi farklıydı işte. Sanki, her zaman her yere el ele giden çocuklar gibiydik. Alışıktık. Sıradandı bu el tutuşma hadisesi. İçimde fırtınalar kopuyordu. Bir şemsiyenin altına sığamadığımızı fark ettiğinde şemsiyesini kapattı. Yağmurun şiddeti azalmıştı.

"Gel, taksiye binelim," dedi.

"Fark etmez," dedim.

Bölüm 19.

İnsanlar neden biriyle ilk kez tanıştıklarında nereli olduklarını, burçlarını, ne iş yaptıklarını ya da hangi okulda okuduklarını sorarlar hiç fikrim yok. Bu soruların hiç biri karşınızdakini tanımanız için size yardımcı olmaz. Bu sorularla birini tanıyamazsınız. Birkaç kişinin "ama burçlar var, bak şimdi sen ikizlersin," diye lafa başlayacağını duyar gibiyim. Çenenizi kapatın. Sizinle tartışmak gibi bir hevesim yok.

Aynı gün aynı hastanede doğan hiç kimse ile yolum bir daha kesişmedi. Aynı sıraları paylaştığım kişilerin birkaçı öğretmen oldu, bazıları babalarının işlerini devam ettirdi, kimisi başka meslekler seçti, kimisi erken yaşta ayrıldı aramızdan. Hiçbiriyle aramda özel bir bağ hissetmedim. Tanrı aynı günlerde doğan insanlara benden farklı davrandı. Hiçbir zaman aynı şehirde doğanlara aynı anda piyango vurmadı.

Belki bir kültürün içinde büyüyüp yoğrulmuş olabilirsiniz. Çocukken aynı çizgi filmleri izleyip aynı kanserli abur cuburlardan yemiş olabilirsiniz. Ancak bu sizi tanımlamaz. Sizi iyi ya da kötü yapmaz. Sizi tutkulu ya da sıradan yapmaz. Siz varsınız. Birisini tanımak istiyorsanız, onun arkadaşlarına ya da çevresine değil, kimlerle arkadaş olmadığına bakın. Nerede çalışmadığına, neleri sevmediğine dikkat edin. Kişileri değerleri ve çizdikleri sınırları belirler. Yaptıkları değil yapmaktan kaçındıklarına dikkat edin. İnsanların aynı değerlere sahip olduğunu zannetmeyin. İnsanların ortak etik görüşleri ama kişisel değerleri vardır. Hepsi bu.

İşte bu yüzden, Hande'ye benim dışımdaki hayatını hiç sormamıştım. Nereli olduğunu ister istemez biliyordum tabi, ama ne zaman doğduğu, hangi okulda okuduğu benim için sadece gereksiz detaylardı. Ben onu tanımak istiyordum. Tanımak zaman alır. Bazen birisini tanıyorum diyebilmeniz yıllar alabilir. Siz, insanlar çok hızlı değişir zannedersiniz. Aslında öyle olmaz. İnsanlar çok az değişirler. Değerler ruhumuza çocuklukta işler, derin, silinmesi imkansız izler bırakırlar. O yüzden birisinin size karşı çok değiştiğini düşünüyorsanız, siz onları tanımak için yanlış kriterlere dikkat ediyorsunuzdur.

Birincisi, insanlar onları tanımaya başladığınızda, sizi tolere ederler. Bazen birini tanırsınız. Ona bir şaka yaparsınız. Güler. Bir süre sonra o şakayı tekrar yaptığınızda kızar. Siz, "sen değiştin," dersiniz. Değişmez. Sadece ilkinde sizi üzmemek için sessiz kalmıştır. Bir sonraki seferde sessiz kalmaz. Onların kişisel alanlarının ve değerlerinin sizinkinden farklı olacağını unutmayın. Siz zamanla, dostça ya da romantik bir ilişki yaşadıkça, farklı açılardan bu sınırları öğrenmeye başlarsınız. Bazen ikinizin sınırları, birbirine zarar verecek kesişim alanları yaratır. Uzaklaşırsınız. Bazen farklarınızı tanır ve bu sınırlara saygı duyarak bir mesafe korur, dost kalırsınız. Bazen de, ne olursa olsun, aslında aynı sınırların içinde yaşadığınızı fark edersiniz. Bir olursunuz. Güvende ve huzurlu hissedersiniz.

Güven çok ilginç bir konu örneğin. İnsan kendisini sadece dört duvarın içinde güvende hissetmiyor. Kiramı ödeyemediğim için kapıma dayanan ev sahibim yüzünden söylemiyorum bunu. Hayır. İnsan, kendisini ifade etmekten çekinmediği, kendisi gibi kalabildiği, yargılanmadığı, aşağılanmadığı, değer gördüğü yerde kendisini huzurlu ve güvende hissediyor. İşte tüm bunlar yüzünden, başka insanların hayatları konusunda çok meraklı kişileri hiç sevmem. Ben de sadece Hande'nin bana anlatmak istediği kadarını biliyordum. Onun hayatına burnumu sokmak gibi bir fikrim hiçbir zaman olmadı. Tabi, eğer bahsettiğim şeylere dikkat ediyorsanız, bazı sinyalleri okumak kolaylaşır. Örneğin, annesi hakkında neredeyse hiç konuşmazdı. Bu konuya hiç girmedim. Ama bir problem olduğunun farklındaydım. Hiç kimseyi annesiyle barıştırmak gibi bir idealim yok. İnsanların aralarındaki kişisel ilişkilerin bir çok dinamiği vardır. Benim ölen

GEÇMİŞTEN BİR HİKAYE

annemi sevmiş olmam, onun da annesini sevmesini gerektirmez. Nadiren de olsa, her anne baba kutsal olmuyor. Bunu kabul edin. Akşam trafiği ve yağmur. Şehrin tamamen kilitlenmesi için ihtiyaç olunan iki temel gıda maddesi. Kozyatağı civarında taksi daha fazla ilerleyemez hale gelmişti. Taksici, her taksicinin uzmanı olduğu "siktirin gidin ben bu trafikte kalmak istemiyorum," bakışını dikiz aynasından yolladığında yağmur etkisini azaltıyordu. "İnelim mi?" diye sordu. "Biraz sürer ama yürürüz."

"Olur," dedim. Gözlerimi ondan alamıyordum. Güneşe bakmak gibiydi.

"Sana sola bakmadan yürüdüğüm yollar tanıktır," diyordu bir şiirinde Yılmaz Erdoğan. Ve bu dize ilk kez anlam kazanıyordu.

Ben elimi cebime atamadan Hande avucunda hazırladığı parayı taksiciye verdi. Taksicinin bezgin ve sinirli hali yüzünden, şövalyelik yapıp buradan alır mısınız diye araya girmeye cesaret edemedim. Efelikle uğraşacak hali yoktu. İndik. El ele tutuştuk. Yürümeye başladık.

Ona daha önceki İstanbul maceralarımı anlatmaya başladım. Hayat kadını komşularımı, kaldığım oteli, ilginç tipleri. Bir keresinde iki ay kadar bir arkadaşımın hamile kedisine bakmam gerekmişti. Kedi gelir gelmez doğurmuştu. Yavrular pirelenmişti. Ve yavrular, ilaç verebilecek kadar büyüyene dek pirelerle yaşamam gerekmişti. Sabah işe gidiyordum. Bir kahve alıp bilgisayarın başına geçiyordum. Sonra "pivvv" üzerimden bir pire sıçrıyordu ve ben kimsenin onu fark etmemiş olması için dua ediyordum. Çok güldü. Onu güldürmeyi çok sevmiştim. Karanlık ve bulutlu bir gece düşünün. Ve bir anda tüm bulutlar dağılıyor, tüm yıldızlar ihtişamıyla gözlerinizin önünde seriliyorlar. İşte bir de bu manzaraya kuzey ışıklarını ekleyin. Öyle bir ışıltıydı gözleri. Senetleri unutuyordum. Kirayı unutuyordum. Hayallerimi elimden alan uzun sakallı Tolga'yı unutuyordum. Hiçbirinin önemi kalmıyordu.

Gülerek "ne düşünüyorsun?" diye sordu. Sık sık başımı çevirip ona bakıyordum. Yoğurtçu parkının içinden geçerken elinden tutup onu kenara çektim. Bir ağacın yanındaydık. Ve onu ilk kez orada öptüm. Kısa bir öpücüktü. Dudakların birbirine değmesinden ibaretti belki. Ama hayatımda hiçbir şey o kadar doğru hissettirmemişti. Ve o da bana güldü.

Bölüm 20.

Üç oda, bir salon, sıradan bir öğrenci evi gibiydi. Üniversiteden arkadaşlardı. Biri öğretmen, biri bankacı ve Hande. Birbirlerini seviyorlardı elbette ama sevgiden çok, ortak bir anlayış ve saygı duyuyorlardı. Mesafelilerdi. En yakın arkadaşlar değillerdi ama tutarlı ve dengeli bir ilişkileri vardı. Basit kurallar ile yaşıyorlardı. Birbirlerinin alanlarına saygı duyuyorlardı. Bu sayede, anladığım kadarıyla işler arada sırada ekşise de, tatları çok kaçmıyordu.

Efendi oldukları sürece erkek arkadaşların bir süre kalmaları sorun olmuyordu. Bir erkek arkadaşın eve yerleşmesi ve onlarla birlikte yaşamaya başlaması ise, yazılı olmayan bir yasaktı. Gelip gidenler, genellikle bir ya da iki gece, bilemedin bir haftaydı. Uzun mesafe ilişkisi sayıldığımız için, ben bu bir haftalık imtiyazlı kısma dahildim. Dolaptaki peynir kutularının üzerinde isimler yazıyordu. Hande bana kendi yiyeceklerinin olduğu rafı gösterdi. Güldük. Komikti belki ama dedim ya, insanların sınırlarıyla ilgili bir meseleydi bu.

Yiyeceklerin üzerinde isimlerin yazması onları daha bencil yapmıyordu. Örneğin bazı sabahlar öğretmen olan ev arkadaşı Sinem birkaç yumurta kırıyordu, biraz sosis, sofraya getirip ortaya koyuyordu, beraberce yiyorduk.

Orada üç ya da dört gün kaldım. İlk gece uyumadık. İkinci gece Kadife Sokak'ta bir barın üst katında, sadece dışarıdan gelen ışığın aydınlattığı loş bir kuytuda viski içerek sarhoş olduk, güldük, konuştuk, koklaştık. Tabiri caizse sabaha karşı evin yolunu zor bulduk. İkinci günün şafağında ikimiz de yorgunluktan sarmaş dolaş uyuya kaldık. İş yerindekilere hasta olduğunu söyledi. Üçüncü gün uyandım ve seviştik. İlk kez. Onu ilk kez çıplak gördüğümde *-sonraki her seferinde de olacağı* *gibi-* nefesim kesildi. Hala sarhoş olduğumu zannettim. Değildim. Beni kendime getirdi.

Beni sevdiğini önce o mu söyledi ben mi emin değilim. Söylüyorduk ve söylemekten hiç yorulmadık. Bu güzel bir histi. Üçüncü günün akşamında değişik bir şey oldu. İskelenin oradaki dolmuş duraklarından bir dolmuşa binip Taksim'e gittik. O zamanlar İstiklal Caddesi'nin her köşesinde farklı insanlar görürdünüz. Metalci tipler, keşler, takım elbiseliler, hanımefendiler, beyefendiler, küçükler, büyükler, yaşlılar, mağazalar, ışıltılı vitrinler, hayat kadınları, sokak müzisyenleri, Ses Tiyatrosu önünde genç tiyatrocular, aktörler, Galatasaray Lisesi önünde buluşan sevgililer, Tünel'den Karaköy'e inenler, yukarı çıkanlar, sokak satıcıları, yankesiciler. Hayat doluydu. Bir nefes aldığınızda, ebemkuşağı dolardı içinize. Bombalar patlamıyorlardı.

Bahsetmiştim ya daha önce. Hande ile elbette bazı farklı yanlarımız da vardı. O doğayı, mistik şeyleri sever. Onunla bu konuda hiç tartışmadım. Üstelik, onun önerisiyle okuduğum Siddhartha'yı çok beğendiğimi söylemeliyim. Bu onun keyif aldığı, kendisini iyi hissettiği bir alan ve bu alanın bana bir zararı yok. Öyleyse, oraya bir çomak sokup saçma tartışmalara girmeye de gerek yok. Onun temizlenecek bir aurasının olması, benimse ruhumu alkolle yıkamam. Ne fark eder?

Bir kafeye götürdü beni. Nereye gittiğimin de çok farkında olduğumu zannetmiyorum. Sonradan fark ettim ki bir fal kafeydi. Hayatımda, çok defa falıma bakmışlardır. Bilirsiniz, kimileri buna meraklı olur. Hemen bir şekilde falınıza bakmak isterler. Asla bilemeyeceğimiz şeyleri dinlemeyi çok severiz. İnsanların bizi tanımlamaları ve hakkımızda yargılara varmaları hoşumuza gider. Ve en çok, bilmediğimiz şeylerden korkarız. Karanlığın içindeki canavarlar gibi.

Neyse, oturduk ve kahvemizi içtik. Akşam üstüne geliyordu. İstiklal 'deki bu ara sokağa bir akşam karanlığı çökerken, binanın karşısındaki otele girip çıkanları izliyorduk. Sonra garson geldi, "sıra

GEÇMİŞTEN BIR HIKAYE

sizde," dedi. O ana dek, içtiğim kahvenin kahve falı olduğunu fark etmemiştim. Hande suratımdaki şaşkınlığı görüp gülmesini engellemeye çalıştı. Onun gülümsemesini yok sayıp, istemiyorum, diyemedim.

Falcı yaşlı bir kadındı. Saçları dağınık. Kısa, zayıf. Sanırım hep öyle olur. Eğer bir filmde bir falcı rolü olsaydı, çok fazla falcıya benzedi diye oynatmazlardı. Kadına hiçbir şey anlatmadım. Adımı sordu, doğum tarihimi, o kadar. Sonra fincanımı önüne alıp anlatmaya başladı. Herhalde yirmi dakika kadar konuşmuştur. Çoğunu hatırlamıyorum ama aklıma kazınan iki üç şey var. Hayatımda falcılara dair tek istisna o gün oldu. Ama o falcının ne kadar iyi olduğunu sonra anlayacaksınız. Şu anda bana ne anlattığını söylersem, hikâyemin geri kalanını mahvetmiş olurum. O yüzden sabredin. Bu konuya döneceğim. Ama o benim hikâyemi, benden önce biliyordu.

Sonraki gün Hande'nin işe gitmesi gerekiyordu. Ben de ev arkadaşlarına daha fazla rahatsızlık vermek istemiyordum. Ondan bana güzel bir fotoğrafını vermesini istedim. Mezuniyette çektirdiği güzel bir fotoğrafı vardı. Onu verdi. Cüzdanıma koydum. Sabah zor da olsa vedalaştık. Ben de cebimdeki dönüş biletini işletip ilk otobüsle geri döndüm.

Bölüm 21.

Kirayı ya da senetleri ödemeye bir hafta kala, Mimar Fatih'in ofisine gittim. İstanbul'dan dönünce cebimde beş kuruş kalmamıştı. Marketçi Süleyman Abiye olan borçlarımı İstanbul'a gitmeden birkaç gün önce kapatmıştım. Pek fazla değildi zaten. Böylece, borç harç da olsa karnımı doyurabiliyordum. Mimar Fatih'e giderken bu sefer yanımda Suna yoktu. Olsa, çok işime yarayabilirdi. O sıralar nelerle uğraşıyordu bir fikrim yok. Bir süredir onu ortalıklarda görmemiştim. Tuğrul Abi işten ayrıldığını söylemişti ama acaba nasıl para kazanıyordu?

Mimar Fatih kendi projelerini tanıtacağı bir internet sitesi istiyordu. Artık kimse doksanlardan kalan garip, hareketli internet sitelerini kullanmazken, bu adamın kafası farklı işliyordu. Ya da hiç işlemiyordu. Sitesinde döviz kurlarını ve saati göstermek gibi hiç anlam veremediğim saçma istekleri vardı. Detaylara girerek sizlerin kafasını yormak istemem. Zaten hepsini ben de hatırlamıyorum. Ama para ondaydı. Benim de paraya ihtiyacım vardı. Apar topar neler istediğini dinleyip bir şeyler üzerinde çalışacağımı söyledim. Paranın yarısını peşin istedim. Ancak o, taslak bir şey görmeden ödeme yapmayacağını söyledi. Tuzum kuru değildi. Siktir git deyip oradan çıkmam gerekirdi. Çıkamadım. "Olur," dedim. Paraya ihtiyacım vardı ve prensiplerin sırası değildi.

Üç hafta boyunca, bu işi kovaladım. Şöyle bir problemimiz vardı. Adam kan emici değildi ama hayatımda gördüğüm en kararsız insanlardan birisiydi. Üstelik adamın elinde, internet sitesine koyabileceği, dişe dokunur hiçbir şey yoktu. Eskiden yaptığı inşaatlardan sadece birlikte hazırladığımız satış dosyası vardı. Kendisini ve şirketini üç cümleden daha fazla anlatamıyordu. Yazmaya değer doğru düzgün bir şeyi yoktu. Herif neredeyse varla yok arasında bir yerde duruyordu. Gel gör ki, benden kendisini yüz yıllık köklü bir mimarlık şirketi gibi göstermemi bekliyordu. Tabi ki mümkün değildi. Elinizde açıklamaya değer sadece iki kelimeyle bir ansiklopedi yazmanız istendiğini düşünün.

Üç hafta boyunca bu işi kovaladım. Üç hafta boyunca borç harç karnımı doyurdum. Arada sırada Gökhan'a gidiyordum, Mali'ye uğruyordum, eski şirkettekilerle çay falan içiyordum ama onların üzerinden karnımı doyurmak ya da üzerlerine yıkılmak istemiyordum. Bu bana acizlik gibi geliyordu. Aslında, birisi kapımı çalsa, zor günler geçirdiğini ve toparlanıncaya kadar bende kalmak istediğini söylese, bunu gerçekten dert etmezdim. Ama tam tersi olduğunda, onuruma dokunuyordu. Kimseye yük olmak istemiyordum. Bu yolu kendim seçmiştim. Alternatiflerim varken, bu yolu zorluyor olmanın cezasını başkalarına ödetmek istemiyordum.

Günde birkaç kez Hande ile konuşuyorduk. Gün içinde birbirimize mesajlar yolluyorduk. Onun varlığı nefes almamı sağlıyordu. Bir sonraki güne uyanmam için bir sebepti. Mutlu hissediyordum. Güçlü hissediyordum. Elbette, bazı konuları ister istemez düşünmeye başlamıştım. Bu uzak mesafe ilişkisi, yürütmesi zor bir işti. Normal bir ilişkiden daha fazla özveri istiyordu. Benim için sevmek kolaydı ama o daha fazlasını hak ediyordu. Gözlerimi kapattığımda gözleri geliyordu aklıma. Ona sarılıyordum gündüz düşlerinde. Aşıktım. Ama bir taraftan, Hande'ye neler yaşadığımı anlatamıyordum. Anlatmak istemiyordum. Benim için kimse üzülmemeliydi. Birilerinin benim için üzülmesini hak etmiyorum, diye düşünüyordum. Ve Hande, asla benim için üzülmeyi hak etmiyordu. O sadece mutlu olmalıydı.

İlk haftanın sonunda tekrar telefonum çalmaya başladı. Kiranın ve senedin günü gelmişti. Açamıyordum. Param yoktu. Ev sahibi telefonla aradığında, hala memleketteyim yalanını söyleyerek kurtulmayı başardım. Bir de, böyle yaşamanın kuralları vardı. Mesela kapıya gelen faturaları ellemiyordum. Zaten ödeyecek param da yoktu. Böylece, ev sahibi ya da mobilyacı kapıya geldiklerinde *-ki eğer onlar kapıya varmadan ben gözetleme deliğindeki yerimi alabilirsem izliyordum*kapının kenarına sıkıştırılmış ya da yanındaki küçük kutuya bırakılmış biriken faturaları görüp evde olmadığıma daha kolay ikna olabiliyorlardı.

Yine de çok yorucuydu. Sürekli bir kalp çarpıntısı içindeydim. Telefonum her çaldığında, özellikle mobilyacıdan aradıklarında çok korkuyordum. Tanımadığım hiçbir numarayı cevaplayamıyordum.

Kiranın üzerinden bir hafta kadar geçmişti. Mimar Fatih ile hala anlaşamamıştık. Anlaşamayınca, bir peşinat ya da ödeme de alamamıştım. Çulsuzdum. Sıkıntılıydım. Adımlarım beni sahil boyunca Gökhan'ın sahaf dükkanına götürdü. Vildan'ın izin günüymüş. Soğuk yüzünden dükkanın önündeki sokağa tabure atıp içmek mümkün olmadığından, bu işi içeri taşımışlardı. Onlara İstanbul'daki günlerimi anlatıyordum. Hiç sıkılmadan Hande'den saatlerce bahsedebilirdim. İşleri toparladığımda Hande'yi onlarla tanıştırmaya getireceğimden bahsediyordum. Kasanın arkasında sohbet ederken kapının üzerindeki çanın çaldığını duydum. Sırtım kapıya dönüktü. Göz ucuyla arkamı dönüp baktığımda, mobilyacının çam yarması tahsilatçısı İsmet içeri giriyordu. Göz göze geldik. Benden önce Gökhan'a yöneldi. Gökhan kasanın kenarına ayırdığı bir zarfı çok konuşmadan adama verdi. Adamın yüzünde sorgulayan bir öfke vardı. Gözlerimin içine, derinde bir yere ulaşmak isteyen bakışlarla, yakınıma geldi. Aramızdaki ahşap masaya aldırmadan, rahatça beni tutup kendisine çekebilirdi. Yapmadı. Telefonunu çıkardı, beni aradı. Sessizlik. Çünkü telefonum artık hep sessizdeydi. Sadece, bakmaya cesaretim olduğunda bakıyordum.

"Nerde telefonun senin?" diye sordu.

"Cebimde, sessizde," dedim. Çıkardım, gösterdim. Ekranda "Mobilyacı arıyor," yazıyordu. Öfkeyle kahkaha birbirine çok yakın hislerdir. Siniri bozuldu. Güldü. Sonra kendini toparlayıp;

"Ne olacak senin borcun, neden ödemiyorsun?" diye sordu.

"Param yok, işler hep yokuş aşağı gidiyor," diyebildim. Bir taraftan kendi parası değildi. O da bir çalışandı. Belki de bir tarafı bana ve dürüstlüğüme acıdı, bilmiyorum. "Bak, Tuna Beyle daha fazla takışma. Gökhan anlatsın sana. Bilir o. Bir hafta daha seni rahat bırakabilirim. Ama ben de patronla papaz olmak istemiyorum. Borcunu öde, telefonlarımı da aç," dedi. Elindeki zarfı ceketinin cebine koyup çıktı.

Gökhan arkasından bir süre baktı, kapıyı kapattı.

"Has siktir, Tuna mıydı senin bahsettiğin mobilyacı?" diye sordu.

"Evet," dedim.

Bölüm 22.

"Sizin konuşacaklarınız vardır, ben yukarı çıkıp yemek hazırlıyorum, yemeğe kalırsın değil mi Demir?" diye sordu Vildan. Ben cevap veremeden, Gökhan benim adıma "kalır tabi," dedi.
"Peki," dedim. Gökhan, kızın merdivenlerden yukarı çıkışını izledikten sonra;
"Şimdi yarağı yedin," dedi.
"Neden?" diye sordum.
Kısacası, benim mobilyacı, otel sahibi aynı zamanda melek yüzlü bir tefeciymiş. Sonra, kendi hikâyesini anlattı. Daha önce anlattığım gibi, dükkan Gökhan'a babasından kalmaydı ama babasının bu tefeciye olan hatırı sayılır borcu da dükkanla beraber kalmıştı. Aslında hepsi yalan dolan işler. Bir şekilde, tefeci mobilyacı kan emici orospu çocuğu Tuna, bu dükkanla beraber bütün iş hanına sahip olabilmek için bir yöntem bulmuş, birkaç yıl önce yapılan tadilat işleri üzerinden, dükkan sahiplerini kötü bir borç sarmalının içine sokmuş. Bir de, Gökhan'ın babasının kötü bir kumar alışkanlığı olunca, ölmeden önce mevcut borçların üzerine, bir de kumar borcu eklenmiş. Tabi adam bir trafik kazasında hızlı bir ölümle tüm borçlardan tek seferde kurtulmuştu. Her şey Gökhan'a kalıyordu artık. Gökhan, dükkanı satsa dahi, borçların hepsini ödemeye yetmeyeceği için, dükkanı elde tutmaya karar vermiş. Zaman geçtikçe de sürekli faiz ödeyip durmuş. Üç kez sağlam dayak yemiş. Bir dişi kırılmış, diğeri kökünden çıkmış.

O kadar paranın sadece kitap satarak falan ödenmeyeceğini ikimiz de çok iyi biliyorduk.

"Nasıl ödüyorsun adamın borcunu, bir planın var mı?" diye sordum. Etrafa bakındı. Vildan'ın kulak mesafesinde olmadığından tekrar emin olduktan sonra;

GEÇMİŞTEN BİR HİKAYE

"Sence nasıl olabilir, hiç uyanmadın mı bugüne kadar?" diye sordu.
"Uyuşturucu mu?" diye sordum.
"Evet," dedi. İçini çekti.
Hiç içine sinmiyordu bu iş. Sadece yakalanma korkusu ya da hapse gitmek de değil. Açıkçası bunlar umurunda bile değildi. O da boğazına kadar boka batmış durumdaydı ve çıkmak için tek çaresi buydu. O kadar. Neyse ki o, sadece bu zincirin son halkasıydı. Basit bir torbacıydı ve genellikle torbacılar radarın altında kalıyorlardı. Sadece bildiği, tanıdığı kişilere satıyordu. Yazın düzenlenen partileri kovalıyordu. Dükkana gelen gidenler oluyordu. Arada sırada da karanlık disko ve barlara takıldığı oluyordu ama işleri büyütmemişti. Sadece borcunun taksitlerini ödeyecek kadar. Daha fazlasında gözü yoktu.

"Bir an önce tüm işleri temizlemem lazım oğlum," dedi. Vildan bir süre önce durumu öğrenmişti. Büyük kavga etmişlerdi. Ancak Gökhan'ın ne kadar boka battığının ve hepsinin hiç elinde yokken olduğunun, kız da farkındaydı. Ona son bir şans vermek adına, iki üç ay süre tanımıştı. O zamana kadar Gökhan'ın ya borçları ödeyecek başka bir yol bulması ya da borçları kapatması gerekiyordu. Bir üçüncü ihtimal de, tüm hayatını yatırdığı bu dükkanı borçlara karşılık bizim tefeciye bırakıp başka bir şehre gitmekti. Ama bu dükkan Gökhan'ın her şeyiydi. Eviydi. Çocukluğuydu. Arkadaşlarıydı. Kitaplarıydı. Üst kattaki küçük dairesinin, az bulunur güzellikte bir deniz manzarası vardı üstelik. Eğer borçları ödemeyi başarabilirse, paha biçilmez bir yerdeydi. Tabi borçları ödemeyi başarabilirse.

Hapları nereden bulduğunu sordum.
"İlk başta kendi haplarımdı," dedi. O dönemde girdiği bunalım yüzünden zaten doktor intihar etmemesi için ona avuç avuç Ritalin gibi yeşil ve kırmızı reçeteli ilaçlar yazmış. Bir gün dükkana gelen bir keş, kasanın yanında duran hapı görünce, kaça sattığını sormuş Gökhan'a. O zamana kadar aklında böyle bir şey olmayan Gökhan, o an gözünü karartıp meraktan yüksek bir fiyat söylemiş. Keş de tek bir hap için o parayı atıp uzaklaşmış. O dakikadan sonra hapların Gökhan'ın

depresyonu yenmesinde çok işe yaradığını söylemek yalan olmaz sanırım. İlk iki hafta çok zor geçmiş Gökhan için. Bir yandan para kazanırken bir yandan ilacı aniden bırakmanın etkileri sert olmuş ama sonra düzelmiş. Bir süre sonra, daha fazla hap bulması gerektiğini düşünerek, birkaç bağlantı kurmuş. Zaten raporu olduğu için, bir iki kez polis hapları dükkanda görse de, kurtarması kolay olmuş.
"Sadece raporum olan ilaçları satıyorum," dedi.
"Peki, ne yapacağız?" diye sordum.
"Bilmiyorum ama bu işi temizlemem lazım," dedi. Sonra uyardı.
"Eğer borcunu ödemezsen bu adam canını yakmadan bırakmaz oğlum, dikkatli ol."

Artık Gökhan ile her zamankinden daha yakın olduğumuzu hissedebiliyordum. Ortak bir adamın kurbanlarıydık.

Bölüm 23.

Mimar Fatih ile anlaşamadık. Bir daha da herifle görüşmedim. Birkaç kez başka işler için aradı, hatta Suna'yı aracı yaptı ama üç haftalık emeklerimin karşılığında tek kuruş alamamış olduğum için sinirliydim. İnşallah batmıştır.

Mobilyacının fedaisi İsmet'in verdiği bir haftalık süre sona erdi. Mimar Fatih'in ofisinden çıktığım esnada sağanak yağmur vardı. İsmet aradı.

"Ne yaptın?" diye sordu. Verilecek iyi bir cevabım yoktu. Korkunun, tükenmişliğe dayandığı yerdeydim. Birisi karşıma geçip beni öldürmeye kalksa, teşekkür eder, işleri kolaylaştırmak için elimden geleni yapardım. Gözlerimi kapatıp aklıma gelen ilk yalanı söyledim.

"Abi çok yağmur yağıyor şimdi beni dışarılarda koşturma, yarın getiriyorum," dedim.

"Sen zahmet etme, ben sabah gelip evden alırım. Senedini de sana veririm," dedi. Telefonu kapattı. Herifin şakası yoktu. Kaçacak bir yerim yoktu. O ayın ücretini önceden aldığım için motorcu Erol Abi ve komşusuna gidemiyordum. Para bulmak gerekiyordu. Ama ne yapabileceğimi bilmiyordum.

Henüz akşam olmamıştı ama sağanak yağmurla birlikte kapanan bulutlar, gündüzü geceye çevirmişlerdi. Yürüdüğüm yolda ayak bileklerime dek yükselen yağmur suları yüzünden ayaklarım üşüyordu. Rüzgar esiyordu. Benimse üzerimde, baharlık dandik bir mont vardı. İki dakikada tüm yağmuru içine aldı. Kış için giyecek bir montumun olmadığını hatırladım. Geçen kış giydiğim mont çok eskidiği için, nasıl olsa yenisini alırım deyip çöpe atmıştım. Yağmur iliklerime kadar işliyordu. İnsanın derisinden daha derine ıslanabileceğini düşünmemiştim. Dayanamadım. Çaresizliğime ağlamaya başladım.

Kenarda bir park vardı. Parkı çevreleyen duvarın üzerine oturdum. Yağmurun altında sakinleşmeyi bekledim. Titriyordum. Üşümüştüm. Ölmek istiyordum. Hande'nin tanıdığı kişi ben değildim. O, benim çizdiğim bir karaktere aşık, diye düşündüm. Yine de onun sesini duymak istedim. Biraz kendimi toparladım. Boğazımı temizledim. Ve Hande'yi aradım. Sağanak yağmurun sesini duydu:
"Terasta mısın?" diye sordu.
"Evet," dedim. "Çok güzel yağıyor. Seni çok özledim."
O da beni özlediğini söyledi. Eve yeni gelmişti ve beni arayacaktı.
"Kalp kalbe karşıdır," dedim. Konuştuk biraz. Bana gününü anlattı. Kızlarla televizyon almaya karar vermişler. Onu anlattı. Hepsinin biriktirdikleri altınlardan -*kadınlar muhteşem tutumlu varlıklar*- birer tane birleştireceklerdi.
"Peki evden birisi ayrılınca ne olacak?" diye sordum. Diğer ikisi onun hakkını ödeyecekmiş. Böylece televizyon da evde son kalanın elinde kalmış oluyordu.
"Haksızlık değil mi bu?" diye sordum.
"Evde kalmanın bedeli," deyip güldü.

Telefonu kapattığımızda o ana dek aklıma gelmediği için küfür ettiğim kredi kartım aklıma geldi. Borçlanacaksan bankaya borçlanacaksın. Tefeciden farkı yoktur ama en azından ağzını yüzünü kıramaz, diye düşündüm.

Normalde döviz büroları bu işi yapmazlar. Ya samimi olduğunuz ya da çok etik kuralları olmayan bir adam bulmanız lazım. İlk girdiğim döviz bürosundaki çocuk isteğimi yapamayacağını söyledi. Arkasını kontrol etti. Patronuna çaktırmadan, bir kağıda bir isim yazıp hızlıca verdi. Teşekkür edip ayrıldım. Kağıdın üzerinde şehrin diğer ucundaki bir başka döviz bürosunun ismi yazılıydı. Orayı biliyordum çünkü eski konteyner satış ofisine giderken hep önünden geçiyordum. Saatime baktım. Yetişebilirim diye düşündüm.

Cebimde sadece minibüse yetecek kadar param vardı.

GEÇMİŞTEN BİR HİKAYE 89

Tam vaktinde döviz bürosuna yetiştim. Kapanmasına beş-on dakika vardı. Ne istediğimi söyledim. "Kim yolladı?" diye sordu adam. Kaypak bir tipi vardı. "Önceki döviz bürosunda, gişede duran yeşil gözlü eleman," dedim. Beni biraz süzüp "Tamam," dedi. Hiç kullanmadığım bir kredi kartım vardı. Hiç kullanmıyordum çünkü inşaat şirketindeki eski maaş hesabım açıldığında ben istemeden vermişlerdi bunu da. Açıkçası param da olunca unutup gitmiştim. Ödeyemeyecektim ama şu anda çenemin dağılması söz konusuydu. Kartın limiti bir maaşımdı. Bir maaşımla hem senet hem kira ödenmezdi. Ama elimde birkaç kuruş kalırdı. Önce kredi kartındaki tüm limitle dolar satın aldım. Doları geri bozdurdum. Dolarlar elime bile gelmeden, kasanın bir tarafından çıkıp diğer tarafından girdi. Aradaki farka bir miktar daha eklediğinin farkındaydım. Sesimi çıkarmadım. Kucağa oturuyorsanız katlanacaksınız. Başka şansım yoktu.

Parayı cüzdanıma koyduğumda içim biraz daha rahatladı. İkinci senedi ödeyebilecektim. Geriye iki senet kalacaktı. Eve kadar yürüdüm. Yolda marketin önünden geçerken, Süleyman Abiye biriken borçları ödedim. Birkaç parça yiyecek, bir de ucuz bir şişe şarap aldım. Otobüs yazıhanelerinin önünden geçerken aklıma gelince, daha sonra belki para bulamazsam diye, İstanbul'a açığa tek gidişlik bir bilet de aldım. Son olarak telefon faturamı ödedim. Elimde şimdi, senedi ödeyecek para ve belki bir iki günlük yemek parası vardı, hepsi bu.

Eve gittiğimde, elektriklerin kesildiğini fark ettim. Kapının yanındaki elektrik sayacında bir mühür ve ödeme emri asılıydı. En son faturayı ne zaman ödediğimi bile hatırlamıyorum. Her halde iki ay kadar olmuştu. Sular hala akıyordu. Bilgisayarımın da şarjı vardı. Nasıl olsa ıslağım deyip, üzerimi değiştirmek ile uğraşmadan, markete döndüm. Birkaç mum ve bir kutu kibrit aldım. Eve geldiğimde bir mum yakıp cam masaya diktim. Telefonumun hala şarjı varken Hande'yi aradım. Sohbet ettim. Ona hiçbir şey anlatmadım. Şarabı açtım. Sarhoş oldum. Alt katta kanepede sızdığımda arkamdaki pencere hala açıktı.

Sabah korkunç bir baş ağrısı ve ciğerlerimi sökercesine bir öksürükle uyandım. Çok üşümüştüm. Çam yarması İsmet, kapıyı kıracak gibi vuruyordu. "Geldim!" diye seslendim. Kapıyı açtım. Parayı uzattım. Suratıma baktı.

"Ölü gibi görünüyorsun," dedi. Parayı saydı. Senedi verdi. Çekti gitti.

Kendimi güç bela üst kata attım. Banyodaki musluktan bir bardak su içmeye çalışırken boğazım acıdı. Aldırmadım. Suya ihtiyacım vardı. Sonra yorganın altına girdim. Ateşimin olduğunun farkındaydım ama çok üşüyordum ve yorgundum.

Öğleye doğru telefonumun titreşim sesiyle gözlerimi araladım. Kimin aradığına çok dikkat etmeden öksürükle açtım telefonu. Arayan ev sahibi Ahmet Bey'di. Kirayı falan istiyordu, "tanıdığına gönder bana elden getirsin," dedi. Sonra sesimi ve sürekli öksürdüğümü duyup vazgeçti. "Sonra görüşürüz," diyerek kapattı. Tek kelime konuşmamıştım. Titriyordum. Telefonuma baktığımda, birkaç kez Hande'nin aradığını, ulaşamayınca meraklanıp bir sürü mesaj attığını gördüm. Bir de şarjımın bitmek üzere olduğunu. Önce Gökhan'ı aradım.

"Abi yetiş, herhalde ölüyorum," diyebildim. Sonra gözlerim kapandı. Biraz bekledim.

"Kendimi toparlayıp alt kata kadar inebilirim sanırım," dedim. Daralan nefeslerimin arasında, "bana ateş düşürücü bir şeyler getir," diyebildim.

"Nerde oturuyorsun oğlum sen, ben hiç yeni evine gelmedim ki?", dedi. Sadece apartmanın ismiyle alttaki kuru temizlemecinin adını söyleyebildim. Aşağıdaki kapı zillerinde isim yazılıydı. Bir şekilde anlar diye ümit ediyordum. Telefonu kapatır kapatmaz Hande aradı.

"Siktir," dedim. Benim için endişelenmesini istemiyordum ama yalan da söyleyemezdim. Mecbur telefonu açtım. Onunla konuşurken

GEÇMİŞTEN BİR HİKAYE

bir yandan da yataktan doğrulmaya çalışıyordum. Bir anda sesimin perişanlığından paniklediğinin farkındaydım. Ona sakin olmasını, hafif üşüttüğümü ama Gökhan'ın yolda olduğunu söyledim. "Hemen geleceğim!" dedi. İstemedim. Zaten sefil haldeydim, beni daha da sefil görmesini istemedim.

"Bir iki güne geçer, merak etme," diyebildim. Sonra boktan bir öksürük krizine girdim. Kendimi toparlayamadım.

Gökhan ve kız arkadaşı Vildan'ın kapıda belirmesi ne kadar sürdü bilmiyorum çünkü alt kattaki kapının önünde yüksek ateşten kendimden geçmiştim. Kapının bilmem kaçıncı kez vurmasıyla biraz kendime geldim. Kolumu güçlükle kapı koluna uzatıp kapıyı açtım. Gökhan'ın içeri girebilmek için kapıyla birlikte beni de biraz ittirmesi gerekti. İçerisi biraz karanlıktı. Gökhan elektrik düğmesine bastı ancak hiçbir şey olmadı. Sadece "kesildi" diyebildim. Masadaki mum artıklarını gördü. Etrafa bakındı. Beni yerden kaldırmak için koluma girdi.

"Doktora gitmesi lazım, burada olmaz," dedi Vildan. Vuruldum mu lan, diye sordum içimden. Tam yabancı filmlerdeki yasadışı doktor cümleleri gibi gelmişti.

"Ambulansı ararsak ev sahibi buraya damlar, onu aşağı indirelim, bir taksiye bindiririz," dedi Gökhan. Haklıydı. Gerçekten bir film gibi kaçıp saklandığım birileri vardı işte. Yerimi bulsunlar istemiyordum. Ambulans çok tehlikeliydi.

"Saçmalama, ev sahibi düşünecek halde değil bu çocuk, dört kat nasıl inecek?"

"Ev sahibi olmaz," diyebildim yerden kalkmaya çalışırken. *Polisi bu işe karıştırmayın!*

Vildan üst kattan cüzdanımı buldu. Üzerime bulabildiği en kalın şey bir kazaktı. Sandalyenin arkasındaki montum hala sırılsıklamdı. Anahtarlarımı aldı. Telefonumu aldı ve hepsini çantasına koydu.

Gökhan koluma girdi. Kapıyı kapatıp çıktık. Vildan önümden iniyordu. Dengem bozulursa, ona tutunacaktım ama bunun iyi bir fikir olduğundan şüpheliydim. Muhtemelen onu da önüme katıp, gittikçe büyüyen bir kar topu gibi yuvarlanırdık. Aşağı ulaştığımızda dizlerimin bağı çözüldü. Yere çöktüm. Gökhan sokağın başından bir taksi çevirdi. Güçlükle bindim.

Beş dakika sonra hastanedeydik. İşten ayrılalı üç aydan fazla olduğu için artık bir sağlık sigortam yoktu. Neyse ki, acil servis ücretsiz bir hizmetti.

"Parayı dert etme sen," dedi Gökhan. Beni bir yatağa yatırdılar. En son görebildiğim, Vildan benim telefonumda Hande ile konuşuyordu.

Bölüm 24.

Hastanedeki ilk günümün özellikle ilk saatlerini neredeyse hiç hatırlamıyorum. Sadece, birkaç kez, *bu sefer işim bitti, ölüyorum,* diye düşünmüştüm. Nefes almakta zorlanıyordum. Öksürüklerim bir türlü geçmiyordu ve sürekli düşmeyen bir ateşim vardı. Sonsuza dek *-ya da daha iyimser bir tahminle, ölünceye kadar-* sürecek gibi hissediyordum. Gökhan'ın kız arkadaşı Vildan, başka bir serviste çalışıyordu ama şansıma o gece nöbetçiydi. Ya da hastanede olmak için birisiyle nöbetini değişti. Emin değilim. Ateşten bilincimin kapandığı kısa ölüm anları arasında gözlerimi aralayabildiğim zamanlarda Vildan'ı acil servisteki hemşirelerle konuşurken görüyordum. Sonra yanıma gelip nasıl olduğumu soruyordu. Doktorlarla durumumu konuştuğunu ve sigortam olmadığı için beni birkaç gün acil serviste tutabileceklerini ama daha uzun kalmam gerekirse polikliniğe sevk etmeleri gerektiğini anlatıyordu. Fark etmez, nasıl olsa ödeyemeyeceğim, diye düşünüyordum içimden. Bir an hastanede rehin kalma fikri cazip göründü.

O gece hayatımın en uzun gecelerinden birisiydi. Daha rahat nefes alabilmem için arkama birkaç yastık daha koymuşlardı. Neredeyse oturur şekilde uyumayı ya da ölebilmeyi umuyordum. Sürekli soğuk soğuk terliyordum. Bir sürü kan aldılar. Sırtımdan tüm vücuduma yayılan bir ağrı vardı. Bir makineyi yanaştırıp, göğüs kafesime birkaç kablo bağladılar. Kalp ritmime bakıyorlarmış. Sonra ağır bir antibiyotik vermeye karar verdiler. En az bir hafta boyunca iğne olmam gerekiyordu.

"Antibiyotik bir gün içinde etkisini göstermeye başlar. Ateşin de yavaş yavaş düşer, seni taburcu ederiz," diyordu nöbetçi doktor. Benden ancak birkaç yaş büyüktü. Yine de ona güvenmekten başka şansım yoktu.

Gece üç ya da dört gibi hala uyanıktım. Sanırım acil servis için de çok yoğun bir gece değildi. Kaldığım geniş hasta koğuşunda on kadar yatak vardı. Benim haricimde, kapıya yakın tarafta iki yatak daha doluydu. Benim yatağım pencerenin kenarındaydı. Arada sırada diğer yataklara da gelen hastalar oluyordu ama çok kalmıyorlardı. Bir ara doktor ile birlikte Vildan da beni görmeye geldi. O ara öksürüklerim ve ağrılarımla birlikte bir şeyi daha fark ettim.

"Ya doktor bey, ben geçen geceden beri tuvalete gitmedim. Hiç çişim gelmiyor benim," dedim.

"Hastaneye geldiğinden beri hiç gitmedin mi?" diye sordu hayretle.

"Yok, geçen gece işte uyuya kalmadan önce gittim. Yirmi dört saati geçti, eğer önemliyse," dedim.

"Tamam, birazdan ilgileniriz. Ailende böbrek rahatsızlığı falan var mı?" dedi.

"Ya annem ondan öldü galiba ama emin değilim, gerisini bilmiyorum, çocuktum zaten," dedim.

On dakika kadar sonra bir hemşire elinde bir sonda ile geldi. Penisimden içeri bir hortum girmesi fikri pek hoşuma gitmese de, hayatta kalmak istiyordum. Takarken çok rahatsız hissettim ancak sonrasında ani bir rahatlama ile tüm dolan mesanemi boşalttım. Ondan sonra tüm öksürüklerime rağmen uyuyakaldım.

Öğleye doğru uyandığımda Hande başımdaki bir sandalyede, elinde tuttuğu bir kitaba bakıyordu.

"Neden geldin, gerek yok demiştim sana," dedim.

"Çok kızgınım sana. Kapat çeneni, yat oraya, iyileş! Yoksa seni ben öldüreceğim," dedi. Yüzü gayet ciddi görünüyordu.

"Neyim varmış öğrenebildin mi?" diye sordum.

"Uzun zaman önce başlayan ama geri zekâlı olduğun için fark edemediğin böbrek iltihabıyla kombine zatürre. Ya aklım almıyor insan nasıl böbrek iltihabı olup bunu fark etmez!? Nasıl ya? Ölürsen

GEÇMİŞTEN BİR HİKAYE 95

mezarına bile gelmeyi düşünmüyorum," dedi. Başını kitabından kaldırıp, kitabı yatağın kenarına bıraktı. Derin bir nefes aldı. Gözlerini açtı. Ciddiyetle yüzüme baktı. İçimden, şimdi ayrılıyoruz sanırım, dedim.

"Sabah Gökhan ile Vildan buradaydı. Bana her şeyi anlattılar," dedi. "Ne kadar her şeyi?" diye sordum. Hala bir şeyleri saklama derdindeydim. Uslanmıyordum.

"Sen anlat. Ne kadar her şeyi olduğuna ben karar vereyim," dedi. "Hay sikeyim böyle işi. Bir daha zeki bir hatun bulmayacağım. Lisede Suzan diye bir hatun vardı. Pek zeki sayılmazdı, bilirsin ya. Güzellik yarışmalarına falan hazırlanıyordu. İçime düşerdi. Onunla birlikte olmalıydım. Babasının tarlaları falan da vardı. Mis gibi ne sorgulama ne bir şey," dedim.

"Birazdan seninle işim bitince, seni öldüreceğim, sonra gider bir tarlaya gömerim üzerine de gübre atarım, bir daha hayatında kimse olmaz," deyip bir yastık aldı. Yüzüme bastırdı. Aynı anda bir öksürük krizine daha girdim. Çok korktu. Açıkçası ben de korktum. Sonra serumun damarıma girdiği elimi avuçları içine alıp devam etti:

"Benden her şeyi gizlemeye devam edip gerçekten her şeyi düzene sokabilirsin. Bunu yapacak gücün ve zekan var. Biliyorum. Belki seni daha yeni tanıyorum, ama ben hayatımda senin gibi birisiyle karşılaşmadım hiç. Adını internete yazdığımda ya da seni tanıyanlardan seni dinlediğimde, var olmasını beklemediğim bir kişi tanıyorum. Tanıdığım zeki insanlar oldu örneğin ama seni tanıdığımda geri kalanların hepsi geri zekâlı gibi kalıyorlar. Lisede, üniversitede kazandığın onlarca proje ödülünü gördüm, matematik olimpiyatları dereceleri, yazdığın ve unuttuğun hikâyeler, öyle çok şey var ki, senden değil insanlardan ve internetten senin hakkında öğrendiğim ve senin asla bahsetmediğin.

"Ama önemli olan bu değil. Benden ne yaşadığını gizlersen, gizlemeye devam edersen, ben bir başkasını seveceğim. Seni değil, senin yarattığın bir maskeye aşık olup ömrümü aslında hiç tanımadığım bir adamla geçireceğim. Ve sen her geçen gün biraz daha benden ve kendinden uzaklaşacaksın. Gittikçe kendini daha yalnız hissedeceksin. Kendini benim yerime koy lütfen. Kendimi senin yanında yalnız hissetmemi ister miydin? Sen, en yalnız hissettiğim anda kapısını çaldığım tek kişisin. Bunu ne kendine ne de bana yapma lütfen. Ben seni, koşulsuz sevmek istiyorum. Yeter ki sen ol. Kendin ol. Benim yanımda kendini güvende hisset. Üzülür müyüm, kızar mıyım, gider miyim, umursama. Bırak orasına ben karar vereyim. Beni üzüntülerden koruyamazsın, ben yetişkin bir insanım. Lütfen. Dürüst olmaktan falan bahsetmiyorum. Ama açık ol. Benim yanımda kendin olamayacaksan, daha fazla üzülmez miyim sanıyorsun? Bana anlat Demir. Ne olur anlat. Bunu kendine ve bize yapma. Anlatmayı dene lütfen. Zor biliyorum," dedi. Gözünden bir damla yaş yanaklarına süzülmeye başladı. Alt dudağı titreyerek "çok korktum ben," dedi.

Ona sarılmak ve başını yine göğsüme yaslamak istiyordum ama buna gücüm yoktu. Elini sıktım. Sonra avuç içinden öptüm. Bir bardak su içti. Sonra, ben anlatmaya başladım.

Bir kez daha ona istifa ettiğim günden itibaren yaşadığım her şeyi, hiçbir detayı atlamadan anlattım. Daha önce unuttuğum detayları ya da diğer şeyleri, o taşındıktan sonra neler olduğunu. Hiç fikir vermedi. Yorum yapmadı. Yargılamadı. Geri zekâlı demedi. Kendimi kötü hissedeceğim ya da sorguya çekildiğimi hissedeceğim sorular sormadı. Sadece öğrenmek için dinlediğini belli ediyordu. Ben her şeyi anlattıkça daha iyi hissediyordum.

"Peki baban ya da başka bir akraban yok mu? Neden buradasın? Bu kadar yalnızsın?" diye sordu.

O beni tanımak istiyordu. Bense, kendimi unutmak istiyordum. Annemi, babamı, hiç hatırlamadığım akrabalarımı, tek göz oda gecekonduyu, yetimhaneleri, yaşadıklarımı, bağlarımı, geçtiğim şehirleri, kim olduğumu, kim olmak istediğimi. Hepsini unutup geride bırakmak, ter temiz yeni bir hayata başlamak istiyordum belki. Ama geçmişin böyle bir huyu vardır. Seni takip eder. Bırakmaz. Onunla

GEÇMİŞTEN BIR HIKAYE

barışmana gerek yok. Ama varlığını unutamazsın. Yine de bir cevap vermeliydim. Anlattım. Çocukluğum. Annem. Yetimhaneler. Yurtlar. Girdiğim kavgalar. Gece dayakları. Haksızlıklar. Aşağılamalar. Bir yetimhaneden diğerine giderken, asık suratlı bir görevliyle bindiğimiz gece trenleri. Korkular. Uzun bir hikâye. Ben ona hayatımı anlatırken, yandaki diğer yataklara başka hastalar geldi gitti. Bir iğne daha oldum. Kolumdaki serumu ve sondayı çıkardılar. Öğlen yemeğim geldi. Sanki hep yaptığı bir şeymiş gibi çorbamı elleriyle içirdi.

Hikâyem bitti. Elinde tuttuğu tabldotu tekerlekli hasta masasına bıraktı. Yatağa oturdu. Başımı avuçları arasına alıp göğsüne yasladı. Başımdan öptü. Bir eliyle saçlarımı okşamaya başladı. Ağlıyordu.

"Ne kadar çok şeyle mücadele etmen gerekmiş senin, hiç yorulmadın mı? Vazgeçmedin, mi?" diye sordu. Beni yargılamadı. Yaptığım seçimler hakkında yorum yapmadı. Bir daha sırlarımı açmadı. Yine de babandır, demedi.

"Vazgeçip her şeyi bitirmek istediğim gecelerin sayısını hatırlamıyorum bile," dedim.

Bölüm 25.

Hastanede bir gece daha kaldım. İkinci gecem, ilk geldiğim güne göre çok daha rahat geçti. Ateşim düştü. Öksürüklerim devam ediyordu ama katlanabiliyordum. İyileşsen de öksürükler birkaç hafta devam edebilir, dedi doktor. Hande bütün gün başımdan ayrılmadı. Sürekli bana uyu deyip duruyordu. Sohbet ediyorduk. Onun yüreğinde bitmek tükenmek bilmez bir şefkat vardı. Bir savaş meydanından derin yaralarla eve döndüğünüzde, yaralarınızı saracak, sizi iyileştirecek türden bir kadındı.

Akşam üstü Gökhan ile kız arkadaşı Vildan geldiler. Vildan'a her şey için teşekkür ettim. Nöbetten sonra eve gidip uyumuş. Sonra da Gökhan ile beni kontrol etmeye gelmişler. Hande ile ilk kez tanışıyorlardı. Bir anda sanki yıllardır tanışıyorlarmış gibi bir sohbetin içine daldılar.

Gökhan ve Vildan giderlerken, Hande'yi de yanlarında götürmeleri için ısrar ettim. İkna etmesi zor oldu ama sonunda, birkaç saat dinlenmeyi kabul etti. Vildan'ın kendi evi vardı. Sürekli Gökhan'da kalmıyordu. "Bana gel," diye ısrar edince, Vildan'ı kıramadı.

"Gece geri dönerim," dedi.

"Bir şeye ihtiyacım olursa ararım, gelip bu kadar hasta insan arasında kendini de hasta etme," dedim. Hep beraber ayrıldılar.

Ertesi sabah, saat yedi civarında doktor gidebileceğimi söyledi. Artık ateşim yoktu. Birkaç gün daha iğne olmam gerekiyordu. Vildan'ın arkadaşı bir hemşire, çaktırmadan küçük bir kutu verdi elime.

"Sigortan yoksa eczane antibiyotikler için çok para ister," dedi. Teşekkür edip çıktım. Ne yapmam gerektiği hakkında hiçbir fikrim yoktu. Üzerimden kamyon geçmiş gibi hissediyordum. Hastanenin geniş, ağaçlık bir bahçesi vardı. Hava biraz serin olsa da üzerimdeki

GEÇMİŞTEN BİR HİKAYE

kazak şimdilik yetiyordu. Karnım acıkmıştı. Hande'yi aradım, hastaneden çıktığımı söyledim. Ona daha önce haber vermediğim için telefonda ağzıma sıçtı. On dakikada yanıma geldi. "Montun yok mu?" diye sordu. Evde kaldığını söyledim. Cebimi yokladım. Anahtarlarım Gökhan'da kalmıştı. "Üşüyeceksin böyle, gel bir yerlere gidelim," dedi. Bir simit fırını bulduk. İçeride birkaç eski masa vardı. Çay, peynir gibi, simitle iyi giden ne varsa küçük tezgâhta satıyorlardı. Alıp arkaya geçiyordun. "Otur sen," dedi. Beni bir masaya oturtup yiyecek bir şeyler ve iki sıcak çay aldı. İçim ısındı. Birkaç lokma yerken gözlerim masaya bakıyordu. Başım öne eğik bir şekilde konuşmaya başladım.

"Ismarladığın için teşekkür ederim, keşke ben ödeyebilseydim," dedim. Kendimi güçsüz ve yetersiz hissediyordum ve işin kötüsü Hande bir şekilde zihnimi okuyabiliyordu.

"Bak, bir konuyu netleştirelim seninle şimdi," dedi. Tekrar ciddi ses tonuna geçmişti. "Demir, bak ben kendi ayakları üzerinde duran yetişkin bir kadınım. Farkındasın, değil mi? Ne senin, ne de bir başkasının kol kanat germesine ihtiyacım yok. Hesabı bir erkeğin ödemesini ya da bana kol kanat gerilmesini ya da diğer eski zaman erkeklerinin yaptığı şeyleri beklemiyorum. İstemiyorum da. Mahcup hissetmeni, güçsüz hissetmeni anlıyorum. Ve bu çok güzel. Senin ne kadar temiz yürekli olduğunu gösteriyor. Ama lütfen bana yapma. Bak git Gökhan'a yap. Herkese yap ama sevdiğin kadına yapma. Bana karşı maskelerle, güçlü görünme çabasıyla yaşama. Ben seni olduğun gibi sevmek istiyorum. Buna izin veremeyeceksen kalkıp gideyim şimdi. *-biraz durdu, kelimelerin iyice oturmasını bekledi, ben sadece susup ellerime bakıyordum-* Bak gidelim o soğuk elektriksiz evde borç harç yaşayalım, inan yanımda sen varsan ben zaten mutlu hissederim. Ya ben sana bakarım. Ne olacak. Delirtme beni!"

Bir camın kenarında oturuyorduk. Sokağın karşısına lüks bir cip yanaştı. İçinden takım elbiseli, şık, bizim yaşlarımızda birisi çıkıp hızlı adımlarla dükkana girdi. Onu izliyordum. Aklımda beni hep kemiren bir soru vardı. Ya şimdi, ya hiç dedim.

"Şu adama baksana. Lüks bir arabası, bir takım elbisesi, muhtemelen çok iyi bir kazancı var. Hatta yanılmıyorsam sahilde denize bakan apartmanlardan birinde oturuyordu. Birkaç kez görmüştüm. Benimse iki aylık ev kirası borcum, ödeyemediğim senetlerim, faturalarım ve dibine kadar borç içinde bir kredi kartım var. Bir de ilgini çekerse iğnelerle delik deşik olmuş bir kıçım. O adam gibi yakışıklı ve fit görünmediğimi de biliyorum. Göbekliyim. Seninle aynı boydayız yani nispeten kısa sayılırım. Öyleyse, ne var seni bende tutan? Seni de her an kaybedecekmiş gibi hissediyorum," dedim.

Çok sinirlendi. Onu bir daha o kadar sinirli görmedim.

"Ben para, yakışıklılık ve makam peşinde bir orospuya mı benziyorum oradan bakınca?" diye sordu. Sakinleşmek için bir an gözlerini yumdu. "Sen beni güzelliğim için mi seviyorsun? Gerisinin hiç önemi yok mu?" diye ekledi.

"Ne alakası var, birincisi seni ilk tanıdığım zamanlarda, gayet paçoz ev kızı halindeydin. -Sinirli yüzünü koruyamadı, önce dudağının ucu kıvrıldı, ardından buna birlikte güldük- Hani İstanbul'da otobüsten indim, sen orada yağmurun altında bekliyordun ya, ben aşık olduğum kadının, aslında dünyadaki en güzel kadın olduğunu o an anladım. Ama öncesinde de hep aşıktım sana. Hala da aşığım."

"Ben de sana aşığım işte salak herif," dedi. Güldük. Barıştık gibi hissettim.

"Bak, dedem hep derdi ki, hayatta her zaman senden ileride ve geride insanlar olacak. Bunu kabul etmen gerek. Ama nereden geldiğini unutma. Kimse bu yarışa aynı yerde başlamıyor. Kimse bu yarışı adil şartlarda koşmuyor. İçeri giren o adamın yaşadığı çocukluk ve gençliğin, seninkisi ile mukayese edilemeyeceğine eminim. Öncesini bilmediğin kişilerle kıyaslayamazsın kendini. Başarı dediğin şey takım elbise, spor araba, lüks bir yaşantı değil ki, bunu bana sen söylemedin mi?. Başarı, hayata rağmen yaşama direnmek diye. Kimisi için yaşamak çok kolay diyen sen değil miydin? Ama merak ediyorsan söyleyeyim. Ben senin çabana aşığım. Gücüne aşığım. Yaşam kararlılığına aşığım. Zekana aşığım. Çok kültürlü ve inanılmaz bilgilisin. Sen sadece dipsiz bir kuyudan çıkmaya çalışıyorsun, hepsi bu. Ne kadar havalı görünürse görünsün, bir başkası aklımı karıştıramaz, kalbime dokunamaz. Eğer böyle düşünürsen beni çok basitleştirmiş olursun, kalbimi kırarsın, çünkü benim için sevmek bundan çok daha fazlası. Ben kimsenin, senin geçtiğin yollardan geçmeye cesaret edebileceğini sanmıyorum. Lütfen kendini topla. Geçmişteki hayaletlerin seni hala korkutmasına izin verme," dedi.

Başımı kaldırıp ona baktım. Gözlerine. Güzelliğine. Kararlı ama şefkatli bir ifadeyle bana bakıyordu. Sonra kendimi tarttım. Düşüncelerimi.

"Eee? Bir şey söylemeyecek misin?" dedi. Simidimden bir parça ısırdım. Ağzıma bir lokma peynir attım. Ağzım doluyken;

"Bana iki dakika ver, yağdırdın üstüme. Bekle," dedim. Haklıydı. Çok haklıydı. Çayımdan bir yudum aldım. Sanırım işler sürekli boka sardığında, derinlerde yatan ne kadar acı, travma, ezilmişlik varsa, hepsi tekrar yukarı çıkıyordu. Geçmişte sizi üzen ne olduysa işte, hepsi bağışıklık sisteminizin çökmesini bekleyen virüsler gibi, pusuda bekliyordu ve güçten düştüğünüz anda, hepsi tekrar hayat buluyordu. Ben ne zaman bir şeyler yapmaya, bir şeyler olmaya çalışsam hep birileri kafama vurdu. Yapamazsın, dediler. Çelme taktılar. Aşağıladılar. Ne zaman sevsem, kazanamadığım bir maçtı. Hiç anlatamadım. Hiç anlamadılar. Belki de anladılar ama aralarına almadılar. Ben sınıftaki sessiz ezik tiptim. Ben sokaktaki saçı başı dağınık adamdım. Ben nefesi yumurta kokandım. Hatırı sayılır sayıda kalp kırıklığım vardı. Paramparçaydım. Ama var olmaya çalışıyordum. Tek bir yeteneğim vardı, ve ben var olmak için ona tutunuyordum. Merakla, bir şeyler söylemem için beni bekliyordu. Ben düşünmeye devam ediyordum.

"Bana kefil olur musun?" diye sordum.

"Olurum," dedi hiç düşünmeden.

"Merak etme, bankadan kredi çekmeyeceğim," dedim.

"Sana sebebini sordum mu şimdi? sen beni hiç mi anlamadın? Şimdi geçireceğim şu bardağı kafana!" dedi. Bir de komik bir ifadeyle çay bardağını elinde tutuyordu.

"Tamam, tamam özür dilerim. *-lokmamı yutup devam ettim-* Gökhan'a uğrayıp anahtarlarımı alalım. Gidip evden üzerime bir mont alalım. Sonra ev sahibiyle konuşalım. Bir iki güne evden çıkacağımı söyleyeyim. En azından adam zarar etmesin. Başka birine kiraya versin. Eşyaları da gelip görsün, aklına yatarsa eşyalı kiraya verir, daha fazla alır. Eşyaları da birikmiş kiraya saymasını isteriz. Eğer yanımda sen olursan kızgınlığı azalır, kabul eder. Sonra Gökhan'a döneriz. Kısa bir süre Gökhan'da kalırım. İstanbul'da iş arayacağım. Hayallerimden vazgeçiyorum sanma ama belli ki bilmediğim ve öğrenmem gereken çok şey var. Neyi yanlış yaptığımı öğreneceğim, güçleneceğim ve bir daha bu kadar boka batmadan halledeceğim her şeyi."

Yüzü nasıl aydınlandı, gözleri nasıl ışıldadı anlatamam. Ayağa kalktı, kollarını açarak yanıma geldi. Mecbur, ben de kalktım. Sarıldık. Kolları o kadar güçlü sardı ki beni... sonra oturduk.

"Bu harika bir plan, çok teşekkür ederim," dedi.

"Dur daha, ev sahibi eşyaları almayı kabul etmezse, ikinci ele vermek gerek. Çok ucuza gider. Hem daha ödemem gereken senetler var. Bir de birikmiş faturalar. Ve tabi ki bana kahvaltı ve akşam yemeği ısmarlamaya devam edebilirsin. Ama bu boku kendim halletmeliyim. Kendi hatalarımı sana ödetmek istemiyorum, lütfen bu konuda beni anla," dedim.

"Beni zengin zannetme, borçlarını ben de ödeyemem, sağlam boka battın," dedi gülerek.

"Sen bir de Gökhan'ı bilsen. O da büyük sıkıntıda, ama onu sonra anlatırım," dedim.

GEÇMİŞTEN BİR HİKAYE

Bölüm 26.

Önce Gökhan'a uğradık. Neyse ki simit fırınına çok uzak değildi. Üzerimdeki kazak bir halta yaramıyordu. Üşüyordum. Her bir ilmeğin arasından soğuk rüzgarın içeri girdiğini hissedebiliyordum. Ayakkabılarım da hala ıslak gibiydi. Gökhan'a her şeyden vazgeçtiğimi anlattım. Aklım başıma geldiği için sevindiğini söyledi. Hasta halde, tek kazakla eve gitmem çok mantıklı değildi. Zorla montunu elime tutuşturdu.

"İşiniz bitince de haber ver", dedi. Hande ile çıktık.

Eve gittiğimizde elektrikler hala kesikti ki zaten geri gelmeleri için de bir sebep yoktu. Ama insan bazen yine de bir mucize bekliyor. Bir şeyleri yoluna koymaya niyetlendiğinde sanki ilahi bir yardım gelecek, her şey senin için çözümlenecekmiş gibi salak bir his sarıyor insanın içini. En azından hava hala aydınlıktı. Henüz öğle bile olmamıştı. Bilgisayarımı ve zamazingolarını, pijama, birkaç tişört ve iç çamaşırlarıyla birlikte bir sırt çantasına koydum. Hande, kitapları gösterdi. Onları unutmuştum. Koliler dolusu kitap. Bir kısmı raflarda diziliydi. Bir kısmı için yeni raflar almayı umuyordum.

Olabildiğince toparlandım. Kıyafetlerimi getirdiğim valizlerim vardı. Bazılarını daha açmamıştım bile. Dışarıdakileri de geri koydum. Kitapların da kolileri duruyordu. Hepsini kolilere dizdik. Hande gidip atıştırmalık bir şeyler aldı. Her şeyi bir iki saatte toparladık. Gökhan'ı aradım.

"Yorgan, çarşaf lazım olur mu?" diye sordum. "Olur getir," dedi.

İşimiz bitince Gökhan geldi. Babadan kalma eski bir arabası vardı. Arada sırada kitap toptancılarına giderken kullanırdı. Öyle arabayla dolaşma keyfi olan birisi değildi. Zaten, sırf masraf derdi. Onunla gelmişti. Yalandan dilimin ucuyla, bir depo falan bulurum ben, zahmet olmasın sana dedim ama içimden yardım ettiği için dua ediyordum. Kolileri ve valizleri iki dakikada yükledik. O eşyaları kendi evine götürürken biz de ev sahibinin yolunu tuttuk. Ev sahibiyle tabi ki bir mucize yaşamadık. Evden çıkacağımı söylememe sevinse de eşyaları kiraya sayma teklifimizi kabul etmedi. "Evi boşalt, kiramı da bugün bul getir," dedi gıcık ve umursamaz bir ifadeyle. Hande de çok dil döktü. Normalde şerefsiz değilimdir. Ama karşımdaki orta yol bulmaya çalışmadığında başka bir alternatifim kalmıyor. Ne dediysek kabul etmedi. Ne eşyaları kiraya sayıyordu ne de başka bir şey. "Depozitoyu da yakarım," diyordu. Geri zekâlı. O dakikaya kadar ben depozitoyu unutmuştum bile. Zaten depozito bir kiraydı.

"Getir kiramı benim!" diye bağırdı. Hande adama laf anlatmaya çalışırken, adam öfkeyle Hande'yi kolundan tutup dükkanın kapısına doğru ittirdi, Hande tökezledi, düşmemek için kapının kenarına tutunması gerekti. Adam umursamaz bir tavırla "Hadi gidin uğraşamam!" diye sesini yükseltti. Hande korkuyla yüzüme baktı. Bir an gözüm karardı. Öyle olur. Genellikle yoldan çıktığım an, yanlış bir şey yapmadan hemen önce bir his gelir. O hissi severim. İçeriden, midenin az yukarısıyla ciğerlerin arasında bir yerden yükselir. Hızla boğazımı geçer, beynime ulaşır. Bir an tüm beyin hücrelerimde hissederim. Kana karışan saf nitro-oksit. Karanlık bir duman gibi. Tereddüt bile etmedim. Adamın yakasından tutup kafamı hızla burnuna gömdüm. Acıyla eğildiğinde kulağına da bir yumruk indirdim. Dengesi bozuldu, yere düştü. Dükkanın içi bir anda birbirine girdi. Hande beni kolumdan tutup kenara çekmeye çalışıyordu. Çevre dükkanlardaki esnaf, yükselen sesleri duyup gelmişlerdi. Birkaç saniyede dükkanın içi ana baba gününe döndü. Tezgâhın arkasında duran genç çıraklardan biri zıplayıp üzerime koşarken araya birkaç kişi girdi. Bizi ayırdılar. Ev sahibi, "Polisi arayın!" diye bağırıp duruyordu. Ağzı, burnu kan içinde kalmıştı. Tezgâhın üzerinde, kiraları işlediği defterini görüp elime aldım.

"Arayın polisi, bütün apartmanın kaçak oturduğunu, senin de tek kuruş vergi ödemediğini anlatmazsam adam değilim, orospu çocuğu seninle anlaşmaya çalışıyorum burada!" diye bağırdım. Ben bunu söylediğimde elini havaya kaldırdı. Aklı başına geliyordu. Uyduruk bir kira sözleşmemiz vardı. Öfkeden delirdi. Burnu yamulmuştu. Gözlerini açmakta zorlanıyordu. Dükkanda çalışan yaşlı bir adamın kulağına bir şeyler söyledi. İki esnaf arkadaşı beni dışarı çıkardılar. Birileri toplanan kalabalığa dağılmasını söylüyordu. Karmaşayı duyan iki polis dükkanın önüne gelip, ne oldu diye sordular. Çok geçmeden az önceki yaşlı adam geri geldi.

Polislere, "Sıkıntı yok, ufak bir tartışma oldu ama şikayetçi değiliz," dedi.

Polis bana dönüp "Siz şikayetçi misiniz?" diye sordu. Biraz durumu tarttım. Eğer anlaşamıyorsak tüm apartmanı ihbar etmek için tek fırsatım bu olmayacaktı zaten.

"Yok," dedim. Polis kalabalığa dağılmalarını söyledi ve gitti. Esnaf da hızla ilgisini kaybetmeye başladı. Ev sahibinin aslında cins bir adam olduğunu o zaman anladım. Cins adamlar dayak yediği zaman insanlar ilgilerini çabuk yitirirler. Beklenen bir yolcudur dayak. Çok karışmazlar. Ben Ahmet Bey'in kira defterini hala elimde tutuyordum. Bırakmaya da niyetim yoktu. Yaşlı adam, "Gel birlikte daireye bakalım," dedi. Yolda yürürken Hande olayın şokuyla hiç konuşmuyordu. Ben de ona bir şeyler sormaya korkuyordum. Hande'nin yanında Ahmet Bey'i dövmüş olmam, ki aslında hiç kavgacı değilimdir, hiç hoş olmamıştı. Yaşlı adam halden anlıyor gibi görünüyordu. Ahmet Bey'in Hande'ye davranış şeklinin hiç doğru olmadığını, yani aslında o kafayı yemeyi hak ettiğini doğrudan söyleyemese de ima etti.

"Uzun zamandır yiyecekti bir kafa, sana denk geldi," dedi. Güldük. Birlikte daireye gittik. Eşyaların hepsi yeniydi. En ufak bir leke dahi yoktu. Anahtarları ve defteri adamın eline koydum. O da kira sözleşmesini verdi.

"Tamam mıyız?" diye sordum.

"Elektrikleri ödemeyi unutma," dedi.

"Hallederim," dedim.

Böylece resmi olarak evsizdim. Ama bir yük daha omuzlarımdan kalkmıştı.

Adamı dairede bırakıp dışarı çıktık. Kapının önünde Hande ile birbirimize baktık. Daha ben özür dilemeye fırsat bulamadan;

"Çok sağlam koydun kafayı be," dedi.

"Pis oturdu değil mi?" dedim gülerek. "Özür dilerim."

"Neden? Adam cidden hak etti, sen kafayı koymasan ben yapıştıracaktım zaten. Ne uyuz tipti öyle."

Gökhan'ın sahaf dükkanına girdiğimizde bizi gören Gökhan kahkaha atmaya başladı.

"Lan sen adama taktığın ev kirasını konuşmaya gidip herife kafa mı attın?! Gel anlat ne olur öldüm meraktan!"

Her şeyi anlatırken gülmekten karnını tutuyordu.

"İsmet geldiğinde de indirsene kafayı?" diye dalga geçti. Eğlendik. Sonra kitapları açtım. Neler yoktu ki? Şimdi eski kitaplarımı sayarak zamanınızı öldürmek istemem ama yarısı sevdiğim şiir kitapları ve korku edebiyatı doluydu. Geri kalanlar da klasikler, şuradan buradan kitaplar falandı. İçlerinden asla vazgeçemeyeceğim elli kadar kitabı bir kanara ayırdım. Geri kalanları sat gitsin, dedim. Raflara yerleştirdik.

Akşam yemeğinden önce üst katta bir çekyatta Vildan iğnemi yaptı. Sonra dördümüz beraber sahafın sokağında bir esnaf lokantasında yemek yedik. Oradan çıkıp sessiz sakin bir bara girdik, bir şeyler ısmarladık. Vildan, iğne olmaya devam ederken içmemi yasakladı. Tartışamadım. Onlar içerken ben patates kızartmasından otlandım.

Barda otururken Hande, bir şey söylemek istedi. Ciddi görünüyordu. Sessizlik oldu.

"Hayatına karışıyor gibi olmak istemem ama kızmazsan, yarın benimle gel İstanbul'a, birlikte dönelim, iş araman daha kolay olur, seni böyle bırakıp dönmek istemiyorum," dedi. Ev arkadaşları için sorun olup olmayacağını sordum. "Buluruz bir yolunu, seni çok sevdiler zaten," dedi. Cüzdanımda sakladığım fazla bileti gösterip, "Geliyorum o zaman," dedim.

GEÇMİŞTEN BİR HİKAYE

Bölüm 27.

Arkadaşlarının anlayışlı olduğunu söylemişti ama bu kadar iyi anlaşacağımızı düşünmemiştim. İki ev arkadaşının da erkek arkadaşları vardı. Bazen evde denk geliyorduk. Sohbetleri güzel, kafa çocuklardı. Arada sırada tavla falan oynuyorduk. Vakit geçiriyorduk. Bazen bir arada çıkıp dolaşıyor, bir şeyler içiyor, sohbet ediyorduk. İki hafta kadar onlarda kaldım. Bu değişiklik bana çok iyi geldi.

Küçük yerde haber hızlı yayılır. Mobilyacı kan emici pezevenk Tuna, ev sahibine kafayı geçirdiğimi bir şekilde duymuş. Dolayısıyla artık şehirde olmadığım için daha vadesi gelmeden senetlerin peşine düşmüştü bile. Tabi İsmet'e aratıyordu. Adama efendi gibi anlattım. Yani, efendi dediysem kısaca "Battım ben," dedim. "Şimdi İstanbul'a geldim, iş bulur bulmaz çalışıp ödeyeceğim."

"Aksatma, sen temiz çocuksun, ikimiz de üzülmeyelim," dedi. Benden kaldığım yerin adresini istedi, "Söyleyemem," dedim. "Senden korkmuyorum ama kız arkadaşımın evi."

"Tamam," dedi. "Telefonlarımı aç. Ben lazım olursa seni bulurum," deyip kapattı.

Her sabah ve her akşam, yakınlardaki bir acil serviste, hatır gönül iğnemi yaptırıyordum. Günün geri kalanında uygun iş ilanlarına bakıp birkaçına başvuruyordum.

Hande'nin hakkını ödeyemem. Benim isteyemeyeceğimi bildiği için, çaktırmadan pantolonumun cebine biraz harçlık bırakıyordu. Çok bir şey değildi ama en azından sağa sola giderken otobüse ya da minibüse biniyor ya da bir yerde bir kahve içip az da olsa karnımı doyurabiliyordum. Beni daha ne kadar idare edebilir, merak ediyordum.

GEÇMİŞTEN BIR HIKAYE 111

İlk hafta sona ererken, bir cuma sabahı, Kadıköy'de bir reklam ajansıyla görüşmem vardı. Hande'nin ev arkadaşı Sinem'in erkek arkadaşının eskiden bir süre çalıştığı küçük bir ajanstı. "Küçük ama huzurlu bir yerdir. Dışarıdan iş almaya da karışmazlar, kafana göre çalışırsın," dedi. Çok uzak sayılmazdı. Yürüyerek rahatça gidebilirim diye düşündüm. Sabah Hande'nin de bir toplantısı vardı, işe gitmesi gerekiyordu. Hande'nin işe gittiği günlerde, o olmadan belki rahatsızlık veririm diye evde yalnız kalmak istemiyordum. O yüzden, görüşme saatinden çok önce birlikte evden çıktık.

"Sen ne yapacaksın o saate kadar?" diye sordu.

"Takılır, karnımı falan doyururum," dedim. Öğlen yemeğinde buluşmak üzere anlaşıp ayrıldık.

Moda Caddesi üzerinde yürürken bir kafede durdum. Güzel bir mekandı. Cebimde hatırlamıyorum ama bir çay ve birkaç poğaça yiyecek kadar param olduğunu düşünüyorum. Kadıköy'ü bilsem de Moda Caddesi'ne çok aşina değildim. Dışarıda yazdan kalma bir hava vardı. İçeri tıkılmak istemedim. Hızlıca siparişimi verip dışarıda boş bir masaya geçtim. Masanın üzerinde bir gazete duruyordu. Siparişimi beklerken gazeteyi karıştırmaya başladım. Yandaki iki masayı birleştirmişlerdi. İlk başta kimin oturduğuna çok dikkat etmedim. Kafenin önünde birkaç klasik motosiklet vardı. Bizim motosikletçi Erol Abi'nin satabileceği tipte motorlar değildi. Motorcu çetesi tipli, orta yaşın üzerinde beş altı kişi, oturmuş sohbet ediyorlardı. Çok umursamam aslında böyle şeyleri. Sohbet dinlemek huyum değildir ama ister istemez, içinde bulunduğum parasızlık yüzünden algıda seçici hale gelmiş olmalıyım ki, şöyle bir cümle duydum:

"Senin kızın kredi kartına limit koydurmuşsun, hayırdır?" dedi birisi. Hayatımda, o ana dek, limitsiz kredi kartının bir şehir efsanesi olduğunu düşünüyordum. Gerçek hayatta bir bankanın, birisine *-hele ki işi olmayan yeni yetme bir kıza-* limitsiz kredi verebileceği fikri, sahip olduğum ekonomi, iktisat, maliye, hazine ya da tarih kitaplarındaki Lidyalılar konularına aykırıydı. Gerçek üstüydü.

"Abi, abuk sabuk yerlere gidiyor, saçma sapan paralar harcıyor. Bir de arkadaşlarına falan ısmarlıyor. Ben de istemiyorum öyle yerlerde takılmasını. Doğru düzgün mekanlara gitse içim yanmaz, kaldırırım yine limiti," diye cevap verdi diğeri. O mekanlar nereler lan diye düşünmeye başladım. Sonraki üç beş dakika daha bu sohbete devam ettiler. Çok takılmamaya çalıştım ancak bir başka konu değişimi beni boş yakaladı.

"Bu yaz yatla ne yapıyorsun?" diye sordu birisi.

"Geçen yıl yüz bin dolar kadar masraf yaptım motorun bakımına, bu yıl da iki yüz bin falan masraf yapacağım ama bir planım yok," dedi bir başkası.

"Oğlum, al tekneyi in güneye işte, mavi tur falan, Yunanistan, İtalya gez gel."

"Yok ya ben sevmiyorum öyle. Dursun evimin önünde, öyle seviyorum ben," dedi. *Has siktir*. Herifin yatı var. Evi var. Yatı evinin önünde. Yata dünya masraf yapıyor. Peki herifin evi nedir? Yalı mı? Yatı yalısının önünde duruyor. Benim ne bir evim var ne de evimin önünde durabilecek bir bisikletim. Sonra laf biraz döndü dolaştı:

"Abi, eskiden rahatmış. Adamın bir evi, bir yazlığı, bir metresi, bir Mercedes'i, bir fabrikası olurmuş. Bunların arasında gezer dururmuş. Şimdi öyle mi? Miami'de yazlık, İtalya'da göl evi, İsviçre'de dağ evi, fabrikalar, arabalar, mağazalar, iki üç yerde metres, takip edemiyorum. Nerede ne var bilmiyorum abi. Yetişemiyor insan. Çok zor."

Senin ben derdini sikeyim, dedim içimden.

Bazı acı farkındalıklar vardır hayatta. Hani bir şehir efsanesi olan kaynar kurbağa deneyini bilirsiniz. Ben o kurbağanın içinde bulunduğu duruma uyandığı noktadaydım. İşte o an beni bir korku sardı.

Bir ilkokul matematik sorusu canlandı aklımda: Ben bu adamlarla aynı kafede çay içip poğaça yiyorsam, bir çay bir poğaçaya kaç para ödeyeceğim? Elim gayri ihtiyari cebimdeki paraya gitti. Sonra cüzdanı çıkardım. Kredi kartı bitikti. En iyisi korkumla hemen yüzleşmek, gerekirse kimliği bırakır, öğlen Hande ile gelir öderim, diye düşündüm. Sohbetin devamını beklemeden apar topar kalkıp kasaya gittim. Neyse ki korktuğum gibi olmadı. Halkın arasına karışan onlardı. Ben onların dünyasına girmemiştim. Hesabı ödeyip ayrıldım. Çayım yarım kaldı.

O reklam ajansıyla, inşaat şirketinde kazandığımın çok az fazlası bir rakamda anlaştık. İstanbul için pek bir şey sayılmazdı.

Reklam ajansının sahibi Erdem Bey babacan bir adamdı. Altmışlarının üzerindeydi belki de. Kadıköy'de doğup büyümüş farklı bir İstanbul beyefendisi.

"Sen işe bir başla, karşılıklı memnun kalırsak maaşı tekrar düzenleriz," dedi. Uzun yıllardır sektördeydi. Çevresi genişti. Ona karşı hep dürüst ve açık oldum. O anda, bilmesi gerekebilecek ne varsa, yani evsiz olmam, işsiz olmam ve borçlara batmış olmam, anlattım. Tabi tüm bunları sözleşmeyi imzaladıktan sonra anlattım. Kendimi acındırarak bir işe girmek istemiyordum.

"Ev bulduğunda gel, ben sana avans vereyim, yavaş yavaş maaşından keserim," dedi. Hemen sonraki pazartesi iş başı yapacaktım. Küçük bir miktar para verdi. "Kız arkadaşınla kutlarsınız," dedi. Tabi, onun küçük gördüğü para benim bir haftalık maaşım kadardı. Uzun zamandan sonra elim para gördüğü için, hayata dair umutlarım tekrar yeşeriyordu.

Bölüm 28.

Bunu şu anda barda sarhoşum diye söylemiyorum. Size uzun bir hikâye anlatıyorum. Bu hikâyeyi yaşamış ya da yaşamamış olabilirim. Barda rast geldiğiniz birisi, size pek çok yalan dolan hikâye anlatır. Siz gerçekleri boş verin. Hikâyeler güzeldir. Barda dinlenen insan hikâyeleri.

Neyse, diyorum ki: Mutluluk kişisel bir meseledir. Kaçamayacağınız, yalnız size ait bir sorumluluktur. Bu sorumluluğu başkasına yıkamazsınız. Birisinin, eşinizin, sevgilinizin, partnerinizin, iş arkadaşınızın, patronunuzun sizi mutlu etmesini, sizin mutlu olduğunuzdan emin olmasını bekleyemezsiniz. Nasıl mutlu olacağınızı bulmanız gerekir.

Bunları ben Hande'den öğrendim. Misal: "Artık beni eskisi gibi mutlu etmiyorsun," yakınması dünyanın en geri zekâlı yakınmasıdır. Eğer bu cümleyi kuruyorsanız, bundan vazgeçin ve büyüyün. Hepimiz yetişkin insanlarız. Sen nasıl mutlu hissedebileceğini bilmiyorsan, sana yardım edemem. Mutluluk senin kişisel problemin. Benim değil. Ben sadece seni mutsuz etmem. Seni karşılıksız sevebilirim de. Ama sevgi mutluluğun eş anlamlısı değildir. Hepsi bu. Yaptığım şeyler seni mutlu edebilir. Sana mutluluk anları verebilirim. Seni koşulsuz sevebilirim. Senin için kavga edebilirim. Hediyeler, küçük anlar yaşatabilirim. Birlikte paylaşabiliriz bunları. Ama mutsuzluğu da paylaşabiliriz. En güzeli bu. Yaptığım bir şeyin seni mutlu edip etmeyeceğinin garantisini veremem. Seni hep mutlu edeceğim, diye yalan söyleyemem. Çünkü hayat o denli büyük ve güçlü ki, elbet bir şeyler bir yerlerde seni mutsuz edecek. Buna engel olamam.

Falcıyı hatırlıyorsunuz değil mi? O gün falcı bana şöyle demişti:

"Çatı katında bir yere çok masraf etmişsin ama sakın daha fazla masraf yapma. Orada fazla oturmayacaksın. Sen başka bir yerdensin ama İstanbul'a geleceksin. Seni cadde üzeri bir yerde çalışırken görüyorum."

Tabi falcı bunları bana anlatırken, ben hala hayallerimin peşinden gidebileceğimi zannediyordum. O yüzden, o karanlık günleri atlatıp, o çatı katında kendi serbest çalışma fikrimi gerçekleştirebileceğim yanılgısının tatlı huzuru içindeydim. Bu düşünceye karşı gelen her şey, bana bir küfür gibi geliyordu.

Ajansla anlaşsam da Hande'ye çok fazla yıkıldığımı hissediyordum. Bazı şeyleri tekrarlamadan çözemezsiniz. Hastaneden çıktığım gün, simit fırınında konuştuklarımızı hatırlıyordum elbette. Ama dediğim gibi tekrar etmeden, düşüncelerinizi pekiştiremezsiniz. Öğretmenler bu yüzden ödev verirler.

O gün Erdem Bey bana işe başlamam için bir miktar parayı elden verdikten sonra, Hande ile buluşmaya giderken bir gümüş takı dükkanına uğradım. Ona güzel gümüş bir kolye aldığımı hatırlıyorum. Sonra birlikte yemek yedik. Ben ısmarladım. Hande şaşırdı. Üst üste birkaç gün boşa giden iş görüşmeleriyle hevesim kırıldığı için, bana soru sormaya çekiniyordu. Ona işi aldığımı o zaman söyledim. Çok mutlu oldu. Ondan az kazanıyordum ama en azından kazanıyordum. Hande'ye yıkılmama gerek kalmayacaktı. Tekrar ayaklarımın üzerine kalkmak için bir şansım vardı.

Pazartesi işe başladım.

Cadde üzeri küçük bir ofisteydik. Benimle birlikte dört beş kişiydik. İki grafiker, bir tasarımcı, bir web sitesi kodlayıcı. Başımızda ajansın ilk günlerinden, Ömer Abi vardı koordinatör olarak. Ben o dönemde, sadece mimari görselleri çalışıyordum. Erdem Bey'in çevresi geniş olduğu için, iş bitmiyordu. Sürekli bir döngünün içindeydik. İyi de kazanıyordu. Artakalan zamanlarımda web sitelerinde yardım edeceğimi söylemiştim ama fırsatım olmuyordu. Sanırım, benim sayemde, patron da mutfağa daha fazla iş getirebiliyordu. İşi sevmiştim.

GEÇMİŞTEN BIR HIKAYE 117

Ortam güzeldi. Sabah kahvemi alıp bilgisayarın başına oturuyordum. Öğlen bir şeyler yemek için, iş yerinin yanındaki kafeye gidiyorduk. Patronun tanıdığıydı. Çok pahalı bir şeyler yemediğimiz sürece hesabı ajansa yazdırıyorduk. Zaten çok kazanmadığımız için öğlen yemeklerimiz bedavaydı.

Kısa zaman sonra fark etmiştim ki, ofisteki herkes, ofisteki işler dışında kişisel işler de alıyorlardı. Tabi ki ofis saatlerinde sadece ajansın işlerini yapıyorduk ancak akşam saatlerimiz bize aitti. Erdem Bey de buna bir ses çıkarmıyordu. İnşaat gibi sürekli çalıştığı sektörler vardı. O sektörlere el altından iş yapmamak tek kuraldı. Sonuçta dünyaları kazanmıyorduk ve hepimizin ek gelire ihtiyacı vardı. Üstelik, bazen bu kurduğumuz bağlantılar doğrudan ajansla çalışmaya başlıyorlardı. Kazan - kazan.

Büyük bir masanın etrafında çalışan güzel bir ekiptik. Eğlenceli elemanlardı. Arada sırada ofisi bir ot kokusu sarardı. Ömer Abi çok sesini çıkarmazdı. Akşam üstü dörtten sonra içki içmek serbestti. Bazen güzel bir iş aldığımızda ya da teslim ettiğimizde içkileri Erdem Bey getirirdi.

İlk hafta bir ev buldum. Ofise uzak değildi. Hande ile evi gezdik. Güzel sayılırdı. Küçük ve eşyasızdı ama büyük beklentilerim yoktu. Erdem Bey söz verdiği gibi, ev sahibine depozitoyu yolladı. İlk kirayı da maaş günü ödemem için benim adıma anlaştı. Ağzımın payını aldığım için, sadece paramın yettiği eşyaları aldım. İki perde, bir şişme yatak, bir küçük sehpa ve iki sandalye. Sahip olduklarımın hepsi buydu. Bir sonraki ay, ikinci el bir buzdolabı ve çamaşır makinesi almayı planlıyordum. Buzdolabını, ev hediyesi olarak Hande ve ev arkadaşları aldılar. Zaten çok bir şey değildi. Nakliyesi dolaptan pahalıya geliyordu ama yine de bana önem verip bunu düşünmeleri beni çok mutlu etti.

İlk gün Hande ile birlikte yerdeki dandik şişme yatağın üzerinde yattık. Hareket ettikçe komik sesler çıkarıyordu. Anahtarı yastığının altına koydu. Öyle derler, ilk kez kaldığın bir evde anahtarı yastığının altına koyarsan, hayatının aşkını rüyanda görürmüşsün. Sabah uyandı, "karabasan geldi gece," dedi. Güldük.

Eve yerleştikten birkaç gün sonra ilk maaşımı aldım. Ay başıydı. Ayın tamamını çalışmadığım için tam maaş değildi ama kiramı ödeyebildim. Geriye de, ay boyunca karnımı doyuracak, işe gidip gelecek kadar param kalıyordu. Başka bir şehirde olduğum için senetleri artık tamamen aklımdan çıkarmıştım. Bir de batık kredi kartım vardı tabi. Neyse ki, ev kirasını ödeyebiliyordum işte. Yeterdi. O günlerde, bir insanın ödemesi gereken ilk şeyin kira olduğunu öğrenmiştim.

Bazen iş çıkışlarında Moda Caddesi'ndeki Kadife Sokak'a içmeye gidiyorduk. Hande de geliyordu. Ofistekilerle samimiyetimiz hızla ilerlemişti. Benzer zevklerimiz, hayat görüşlerimiz, tat aldığımız şeyler vardı. Benim huzurum ve mutluluğum yerine geldikçe, Hande de tekrar hayat doluyordu. Birbirimizi besliyorduk. Aramızda görünmez bir hayat kordonu vardı.

İşte o zaman öğretmişti bana, mutluluğun sorumluluğunu. Bir gün ofisten çıkarken Hande geldi. Özellikle bende kalacağımız zamanlarda yapardı bunu. Erkenden gelir, beni alırdı. Birlikte bir şeyler yerdik. Biraz içer, sağda solda takılır, bazen Rex sinemasında güzel bir film seyreder, bir bar konserine gider ya da birlikte eve gidip bir dizi ya da film izler, sevişir ve uyurduk. O zaman, onu henüz mutlu edemediğim için özür dilemiştim. Bana çok kızmıştı.

Onun böyle düşünüyor olması, duygusal olarak büyük bir rahatlamaydı benim için. Yetişkin, ayakları yere basan, tutarlı bir insandı. Bense o dönemler bunun tam tersiydim belki. Bilmiyorum. Ya da toparlamaya çalışıyordum işte.

Evimdeki ilk haftadan sonra senetler için Tuna bizzat kendisi aradı. Ona maaş günümü söyledim. İsmet'le konuşmuş olmayı dilerdim. Ama sanırım, o bu işe daha fazla karışmak ve beni idare etmek istemiyordu. Tuna'ya: "Senetleri taksitlendirelim, çok ağırlar," dedim.

"Olmaz, zaten üç senedin duruyor," dedi.

"İki," dedim.

"Üç," dedi. "Faiz işlettim ben kalanlara, itirazın mı var? Zamanında ödeseydin." Sonra, Hande'nin adresini söyledi, "İstersen gelip elden alayım," dedi.

Orospu çocuğu tefeci pezevengin artık şakası yoktu. Gerçek yüzünü gösteriyordu işte.

"Ödeyeceğim," dedim. Telefonu kapattım.

Bölüm 29.

İşler her zaman ters gitmez. Çoğu zaman ters giderler, kabul ediyorum. Ama bazen, sadece bazen, iyi şeyler de olur.

Ertesi gün ya da bir sonraki gündü. Ofisteki Ömer Abi beni bir kenara çekti. "Sen, web sitelerinden de anlıyordun, değil mi?" diye sordu.

"Evet," dedim.

"Var mı yaptığın bir iş gösterebileceğin?" diye sordu. Daha önce çalıştığım inşaat şirketinin işlerini gösterdim. Beğendi. Sonra devam etti. Bir iş varmış. Ünlü bir şarkıcının yeni albüm öncesi web sitesi yenilenecekti. Bu, ajansa değil doğrudan ona gelen bir yan işti. Öyle olur. Belki ajansa yönlendirmemiz gerektiğini düşünebilirsiniz ama gerçek hayatta, bazen biraz daha fazla kazanmak için ya da işi veren kişi biraz daha az ödeyebilmek için, bunu el altından çözmek ister. Ajans da bilir bunu. Bazı patronlar sinirlenir. Bazı patronlar umursamaz. Erdem Bey umursamayanlardandı. Bu tip işlerle pek ilgilenmiyordu. Anlatmıştım ya? Ortak bir çıkar problemine girmiyorduk. Yine de bir problem vardı ki, ofiste bu işlere bakan eleman son birkaç işi batırmıştı ve Ömer Abi serbest işlerde onunla çalışmak istemiyordu.

"Yarısını peşin alacağız," dedi. Peki dedim. Ne kadar olduğunu sormadım bile. Fazladan gelecek her paraya ihtiyacım vardı. İşi kabul ettim.

Sonraki gün para yattı. İki senedin parası kadar bir ön ödemeydi. Bir o kadar da iş bitince alacaktım. Mutluydum. Hemen mobilyacıyı aradım, Gökhan gelip parayı getirecek, senetleri ona verin dedim.

"Tamam ama bir senedini saklıyorum," dedi.

"Zaten iki senedim var sende," dedim tekrar.

"İki senedi Gökhan'a vereceğim ama bir senet borcun var hala, imza atmayı unutmuşsun, itiraz mı ediyorsun?" dedi. Öfkeden yumruklarımı sıkıyordum.

"Birkaç haftaya öderim," dedim. Tamam dedi, kapattı. Parayı Gökhan'a yolladım. Hemen çekip mobilyacıya gitmiş. Üzerinde imzam olan sadece bir senet vermişler. Diğerine el koymuşlar. Sesini çıkaramamış. Onu suçlamadım. Ben de olsam, sesimi çıkaramazdım. Defalarca özür diledi.

"Bir sonraki senedi ben ödeyeyim," dedi.

"Gerek yok," dedim. "Bu boka ben battım, ben ödeyeceğim." Ama çok sinirliydim. Tabiri caizse, kurulmuştum ve intikamımı almak için fırsatını kollayacaktım.

Sonraki günlerde ne kadar uyudum hiç hatırlamıyorum. Ofise geliyordum. Çalışıyordum. Çıkıyordum. Yol üzerinde atıştırmalık bir şeyler alıyordum. Bazen Hande de geliyordu. İşi yetiştirmek için tüm sosyal hayatımı bir kenara bırakmıştım. Hande ile çok ilgilenemiyordum ama çok anlayışla karşılıyordu bu durumu. Asla çok çalıştığım için söylenmedi. Tüm gece o eşyasız evde yanımda oturuyor, kahve içiyor, keman çalıyor, sohbet ediyor, film falan izleyip yalnızlığımı gideriyordu. Kalan senedi de ödeyebileceğim için mutluydu.

Komiktir, şarkıcının web sitesinin tasarımlarında halledemediğim bir konu vardı. Benim bilgimi aşıyordu. Albüm kapaklarının olduğu sayfadaki resimler üçgen şeklindeydi ve bunu bir türlü halledemiyordum. Kabul edilen tasarımda her şey iyiydi ama teknik olarak bir türlü o resimleri üçgen hale getiremiyordum. İşi teslim etmemizdeki tek engel oydu.

Bir sabah Ömer Abiyi kenara çektim.

"Abi," dedim. "Bu üçgen resim olayı çok zor. Beni aşıyor. Elimden çıkaramıyorum bir türlü."

"Ne yapacağız var mı önerin?" diye sordu.

GEÇMİŞTEN BİR HİKAYE 123

"Hadi diyelim biz bunları üçgen yapacağız da, sakın İlluminati falan demesinler şimdi?" diye bir soru sordum cevap olarak. İki saat sonra, şarkıcının menajeriyle yapılan kısa bir telefon görüşmesiyle, resimlerin kare olmasına karar verildi. Problem çözülmüştü. İşi ertesi gün teslim ettik. Bir sonraki hafta yayına çıktı ve ben paranın geri kalanını da aldım.

İstemese de, kan emici tefeci Tuna son senedi de Gökhan'a teslim etmek zorunda kaldı. Artık tefeciyle bir işim kalmamıştı. Kredi kartımın borcunu da ödeyip, aylar sonra temize çıktım. Artık -*şimdilik*- sıfırdım. Ve çok yorgundum.

Herkesin gözlerini kapatıp gittiği huzurlu bir hatıra vardır. Benimki o akşam üstüydü. Hande'nin iki arkadaşı da o gece evde değillerdi. Hande haberi alınca, bize gidelim, dedi. Daha güneş batmamıştı. Hava kapalıydı. Hatırlıyorum. Odadaki çıkmaz sokağa bakan penceresi açıktı. Eskiciden aldığı bir gramofonu vardı. İlk aldığında ne iğnesi vardı ne de ayarı. Biraz masraf ettikten sonra adam edebilmişti. Eski plaklar satan bir dükkandan, bir caz albümü bulmuştu. Gramofona plağı yerleştirdi. İğneyi indirdi ve cızırtılı bir ses, yavaş bir caz parçası çalmaya başladı. Kimin plağıydı hatırlamıyorum. Fark etmez. Siz, ruhunuza uzanan o el hangi şarkıdaysa, onu düşünün.

Genişçe bir odaydı. Eski uzun bir kanepesi vardı. Hani babaannenizin evinde olanlardan. Kolları ahşap. Ortası hafif aşağı bel vermiş. Koyu kahverengi. Şurasında burasında çıkmayan birkaç leke. Kanepenin bir ucuna oturdu. Ben pencerenin kenarında durmuş sokaktaki kedilere bakıyordum.

"Gelsene yanıma," dedi. Yanına oturdum. Dışarıdaki hava kahverengi ile gri arasında bir tona bürünmüştü. Kalın yağmur bulutları ufku kaplıyordu. Sarı sokak lambaları birer birer aydınlanırken, "uzan hadi," dedi.

Uzandım. Başımı dizlerine koydum. Yüzüme gülümsedi. Sonra gözlerini kapattı. Yağmur başladı. Sokakta bir sessizlik. Yağmur damlaları. Sonra bir şimşek çaktı. Gök delindi. Usulca narin elleriyle, saçlarımı okşadı. Yüzyıllarca yattım dizlerinde. Zaman durdu. Yüzümü sevdi. Sokakta bir sessizlik. Gözyaşlarım. Kendimi tutamadım. Eliyle sildi gözyaşlarımı. O an bir köprüydü. Çocukken mutlu olduğum bir an vardı. Annemin kucağında. Sonra babamın içmeye başlaması. Bizi dövmesi. Annemin ölmesi. Babamın beni yetiştirme yurduna bırakıp gitmesi. Okuldaki zorbalıklar. Cehennemin dibi öğrenci yurtları. Hep çalışmak. Küfürler. İşte o an. Annemin kucağından sonraki her şeyin üzerinden geçen, bir melek gibi beni alıp güvenli bir yere ulaştıran bir köprüydü. Ayak ucumdaki bir örtüyü üzerime çekti. Beni dizlerinde uyuttu. Son hatırladığım, hepsi geçti, dedi. Hepsi geçti.

GEÇMİŞTEN BİR HİKAYE

Bölüm 30.

Ajansta işler iyiydi. Gün geçtikçe biraz daha alışıyordum. İşlere ve iş arkadaşlarına alıştıkça her şey daha kolaylaşıyordu. Bir rutinim oturmaya başlamıştı. Sabah evden çıkıyor, yürüyerek işe geliyordum. Biraz sürüyordu ama sağanak yağmur ya da kar yoksa sorun etmiyordum. Kışın sonlarına yaklaşıyorduk. Ya da o ara bir şey. Geçmiş zaman işte. Boğazdan esen bir rüzgar oluyordu ama nispeten ılık bir kıştı diyebilirim. Şanslıydım.

Hala biraz banka borcum vardı ama kimse bunun için beni aramıyordu, tehdit etmiyordu, korkutmuyordu. Kapıma dayanan ev sahibim yoktu. Kiramı ödeyebiliyordum. Çok kazanmasam da finansal olarak kendimi güvende hissediyordum. Patron, yani Erdem Bey, beni sevmişti. İkinci ayımda maaşımı biraz daha iyileştirmişti. Hande ile daha sakin bir hayatımız vardı. Hafta sonları sinemaya ya da tiyatroya gidiyorduk. Sahafları ya da şehrin başka bir yerini geziyorduk birlikte. Keşiflere çıkıyorduk. Kadıköy'de içiyorduk. Yavaş yavaş bir çevrem oluşmaya başlamıştı. Bazı günler iş çıkışı ekipçe bir bara gidip iki bira içerken Hande de geliyordu, her şey iyiydi.

Tabi her şey bu kadar iyi olamaz, değil mi?

Bu şekilde birkaç hafta geçmişken, bir gün iş çıkışına Hande geldi. Yüzü asılmıştı. Dört ya da beş Mart falandı. İki şeyi hatırlatmak isterim. Bahsetmiştim değil mi? Hande yüksek lisans yapıyordu. Ve birkaç gün önce yüksek lisansı bitmişti. Tezini teslim etmişti. Jüriye girmişti. Tezini bir dergiye yollanmıştı. Her şey harikaydı aslında. Bir de, ona ailesiyle ilgili soru sormuyordum, biliyorsunuz. Daha çok "Anı" yaşıyorduk. O eğer bir derdini anlatmaya hazır hissetmezse, anlatmıyordu. Anlattığında ise onu dinliyordum. Hande, yardıma

GEÇMİŞTEN BIR HIKAYE

ihtiyacı olduğu zaman bunu söylerdi. Eğer yardım istemiyorsa sadece rahatlamak için anlatıyordu.

Bir şeylerin ters gittiğini görebiliyordum. Suratı asıktı.

"Ne oldu?" diye sordum ofiste.

"Çıkınca anlatırım," dedi. Hızlıca işleri toparlayıp ceketimi aldım, çıktık.

"Anlatmayacak mısın?" diye sordum. Süreyya Operasının önündeydik. Lafa bir yerden girmek istiyordu ama kararsızdı.

"Gel, şurada bir yere oturalım," dedim. Karşı sokaktaki kafelerden birisine girdik. "Bira mı, şarap mı?" diye sordum.

"Kahve içelim mi?" dedi. Olur dedim. Mevzu ciddiydi. Herhalde şimdi yan bastık, diyordum içimden.

Oturur oturmaz "Hamileyim," dedi. O andaki hislerimi biliyordum tabi ki, ama gösteremiyordum. Aklımdan bir sürü şey bir arada geçiyordu. Anlatayım.

Baba olmaktan korkuyor muydum? Bilmem. Berbat bir baba olmazdım. Bunu biliyordum en azından. Çünkü bir çocuğun bir babaya nasıl ihtiyacı olduğunu iyi biliyordum. Eğer bir şeyin eksikliğini tanıyorsanız, doğru yapması daha kolay oluyor. Ve içimde bir kıpırtı vardı. Daha önce hiç hissetmediğim bir neşe. Bir sıcaklık. Bir aidiyet duygusu. Ama Hande ile daha çok gençtik. Onun kariyerinin önünde de güzel yıllar vardı. Yüksek lisansını daha yeni bitirmişti ve akademisyen olma yolunda adımlar atmayı planlıyordu. Güz döneminde doktoraya başvuracaktı. Bir çocuk demek, en iyi ihtimalle, planlarını bir yıl aksatacaktı. Elimden gelen her şeyi yapardım onun hayallerine kavuşması için. Üstelik, belki anne olmaya kendisini hazır hissetmiyordu. Bu onun kendi kararıydı. Biyolojik olarak baba olmak kolay ve zevkli bir süreç. On ile yirmi dakika arasında işin bitiyor. Annelik sancılı, büyük bir süreç. Onu istemediği hiçbir şeye zorlayamayacağım gibi, kendisini bana karşı sorumlu hissetmesini ve bir karar alırken zorlanmasını istemiyordum. Yani orada sevinç naraları atarsam, beni üzmekten korkup, aslında anne olmak istemiyorsa onu buna mecbur hissettirmek istemiyordum. Sevinçten çıldıran birisinin karşısına geçip, hele ki bu sevgilinizse, "öyle çok da sevinme," demek zordur. Bunu ona yapmaya hakkım yoktu. O yüzden, biraz tebessüm edip ellerini avuçlarımın içine aldım. Gözlerinin içine baktım. "Bir şey demeyecek misin?" diye sordu. Cümlelerimi doğru seçebildim mi bilmiyorum. Ama aşağı yukarı şöyle bir şey söyledim, "Baba olmak istiyor muyum diye soruyorsan, çok korkuyorum ama evet. Ben seninle bir aile olmayı çok istiyorum. Senin içinde olmadığın bir hayatı asla düşünemem. Ama sen anne olmak istemiyorsan, bunu anlarım ve bu asla aramıza giremez. Ben seni, seninle bir çocuğumuz olur ümidiyle sevmedim ki. Tek ümidim son nefesimde seni görmek. Sana bakmak. Seninle yaşlanmak. Denizleri, okyanusları, fırtınaları seninle aşmak. Başkasıyla değil. O yüzden bu senin kararın. Ben hep seninleyim," dedim. Gülümsedi biraz.

"Çok mutlusun ama belli etmeye korkuyorsun değil mi?" diye sordu hafifçe sırıtarak. "Çünkü ben anne olmayı çok istiyorum. Ben bu miniğe kıyamam!"

O anda koyuverdim. "Baba oluyorum!" diye bağırdım heyecanla. Yan masalardakiler gülerek tebrik ettiler. Sarıldık. Bana ultrasound kağıdını gösterdi. Bir bok anlamadım. Anlamış gibi yaptım. Mutluyduk. Orada bir yerde görünüyordu işte. Bana yeterdi.

"Gel, yemek yiyelim," dedim. Cebimde param vardı. Kadıköy çarşı içindeki balık restoranlarından birisine oturduk. Birkaç meze söyledik. O kalamar ve ahtapot salatası sever. Biraz da borani. Ben pavurya. Ben rakı söyledim. O su içti. Hava kararıyordu. İçeride, sokağa bakan bir masada oturuyorduk. Çok kalabalık sayılmazdı. Gece ilerledikçe başkaları da gelirdi mutlaka. Sokakta bir yağmur başladı. Aklımda bir şeylerin doğru ve tam olması gerektiğini hissediyordum. Bir şeyler eksikti. Aslında eksik parçanın ne olduğunu da çok iyi biliyordum. Ama korkuyordum. Yine de işte, söylemeli, içimden çıkarmalıydım. Belki de daha hazırlıklı olmalıydım ama her zaman insan hazırlık yapamıyor. Bazen, doğru şeyi yapmak için beklememek gerekiyor.

GEÇMİŞTEN BIR HIKAYE

Siparişleri beklerken yağmur başladı. Bir kedi hızla camın önünden geçip bir yerlerde kayboldu. Cama vuran yağmur damlalarının yarışını izliyorduk. Arkada Müzeyyen Senar çalıyordu. O bunları seyrederken, ben dünyayı Hande'nin gözlerindeki yansımasından izliyordum. "Sen, bu hayatta benim istediğim her şeysin. Sahip olduğum her şeysin. Ertesi sabaha uyanmamı sağlayan her şeysin. Vazgeçmemi engelleyen her şeysin. Ben, başka türlü sevemezdim. *-kalbim dört nala atıyordu, içeride bir yerlerde, bir korku, bir endişe, bir ses vardı beni vazgeçirmeye hevesli ve ben tüm gücümle o sesi boğuyordum-* Benimle evlenir misin? "Biliyorum yanımda bir yüzük yok. Şimdi çıkarıp parmağına takamam. Tanrı biliyor, yüzük alacak param da yok," bir an sessizce ve şaşkınlıkla yüzüme baktı. Bir şey söyleyemeden lafa girdim tekrar. "Ben seni istiyorum. Bencilce istiyorum üstelik. Belki biraz daha ayaklarımın üzerinde durabildiğimde sorardım sana bunu. Ama uzun zamandır zaten aklımdaydı. İlk kez hani, evi toplamaya gelmiştin. Seninle sahilde kahvaltı etmiştik. Orada sormak istemiştim. Sonra sen, gideceğim demiştin. Sustum. Ama bak. Ben hayatımın sonuna dek başımı senin dizlerine koymak istiyorum. Hani bazen, böyle bir kaşık bal yersin de, sonra ne yesen tatlı gelmez. Sen benim balımsın. *-güldü. sonra bir küçük sessizlik oldu. bakışlarımız ciddileşti.-* Ben ilk kez, kendimi bütün hissediyorum. Elini tutuyorum ya, o zaman evimde hissediyorum. Ben hiç evimde hissetmemiştim, biliyor musun? Nerede olursam olayım. Beni öpüyorsun ya bazen, ben hayatta karşıma çıkan tüm belalarla, yedi düvele karşı savaşabilecek kadar güçlü hissediyorum. Sana baktığım her an, tekrar aşık oluyorum. Ben, gerçekten seninle yaşlanmak istiyorum. Eğer cevabın evet ise söyle. Hayır diyeceksen, söyleme. Boş ver. Belki sonra gene..." derken gözündeki tomurcuk yaşlarla "evet!" dedi.

"Evet mi?"

"Evet. Ayrıca sen zaten, en başından beri ayaklarının üzerindeydin. Hiç yıkılmadın, merak etme," dedi.

"Yo, bir ara baya yıkıldım senin üstüne," dedim.

"Ben senin müstakbel eşinim geri zekâlı, bana yıkılmayacaksın da kime yıkılacaksın," dedi gülerek.

Ertesi sabah hemen Kadıköy evlendirme dairesine gidip nikah günü aldık demeyi çok isterdim. Ama hayat o kadar kolay değildi.

GEÇMİŞTEN BIR HIKAYE

Bölüm 31.

İnsan bir karar verdikten sonra kısa süreli bir rehavete giriyor. Bir de aklımda bir soru vardı ama sormaya korkuyordum. Sonraki birkaç gün sadece aldığımız bu kararın sarhoşluğu içinde geçti. Henüz kimseye söylememiştik. Salak salak gülüyorduk. Bir evcilik oyununun içine bırakılan saf ve temiz çocuklar gibiydik. Farklı geliyordu her şey. Bir anda hadi siz büyüdünüz artık, denmesi gibiydi.

Bir akşam benim evdeki iskemlelerde oturuyorduk. Bir şarkı çalıp söylüyorduk birlikte. Bu evde vakit geçirdiğimiz zamanlarda yapmayı en sevdiğimiz şeydi. İlk zamanlar çok tartışırdık. O çok iyi nota bilir. Benim hiç fikrim yoktur. Müzik konusunda sadece sesleri iyi tanırım. Bir de zaman içinde uğraşıp öğrendiğim akorlar vardır. Hiç ders almadım. Elimizden tutan olmadı. Kemanını kenara bıraktı. Etrafa bakındı.

"Ya, sen neden hala sadece bu iki iskemle bir yatakla yaşıyorsun?" diye sordu.

"Bilmem," dedim. "Peki evlenince nerede oturacağız burada mı? Yoksa başka bir eve mi geçelim?" diye sordum.

"Bilmem. Senin ev güzel aslında. Bina yeni sayılır. İki odan var. Birini çocuk odası yaparız. Sokak sessiz. Balkonun güzel. Muhit de fena değil. Parka yakın. Bence çok oynamaya gerek yok gibi, çarşıya falan da yakın. Gerek var mı sence?"

"Bilmem. Peki ben seni kimden isteyeceğim şimdi?"

İşte sormuştum artık. En zor soru. Gözleri düştü. Masada duran su bardağına baktı bir süre. "Annemden herhalde," dedi.

"Ona haber verdin mi?"

"Daha vermedim. Cenazeden beri konuşmuyoruz," dedi. "Ama teyzem var, anneannem, dayım var, sonra komşular. Bildim bileli aynı

GEÇMİŞTEN BIR HIKAYE 133

evde oturur anneannem. Tüm komşuları tanırız yıllardır. Onları severim. Onlar da beni severler. Annemi boş ver de, onlara haksızlık olur böyle sessiz sedasız evlenirsem sanırım."

"Onlarla konuşuyor musun?" diye sordum.

"Nadiren," dedi. "Ama severim."

"Tamam o zaman. İsteyelim işte. Nasıl yapıyoruz şimdi?" diye sordum.

Teyzesiyle arası hep iyiydi. Teyzesiyle arasında on yaş falan vardı herhalde. En fazla on beş. Abla kardeş gibilerdi. Teyzesini aradı. Konuşmaya başlayacağı sırada durdu.

"Bir saniye," dedi. Bana döndü. "Önce hamile olduğumu mu yoksa evleneceğimi mi söylemeliyim sence?" diye sordu. Bilmem. "Evleniyorum, hamileyim!" deyip heyecanla telefonu kapattı. Gözlerini yumdu. Sonrasında neler geleceğini bilmiyordu. Telefonu çaldı.

Beni zaten biliyorsunuz. Elde avuçta yok. Bir başıma yaşayıp duruyordum. Ay sonuna denk çıkabilirsem kendimi hep şansı sayardım. Hande'nin de durumu çok iç açıcı sayılmazdı hani. Babasından bir miktar miras kalacak gibiydi ama yurt dışındaki işlemler, iki ülkenin yazışmaları falan. Peşine düşmek gerekiyordu ve belli ki uzun sürecekti. O akşam anlattı Hande. Annesi ses sanatçısıymış.

"Öyle büyük bir şey değil," dedi. Yazlık mekanlarda, tavernalarda, gazinolarda, nerede iş bulursa orada çıkıyormuş. Bir süre babasıyla evli kalmayı denemişler, Hande doğmuş ama sonra annesinin hayatı, babasının kıskançlıkları, her şeyi tekrar dağıtmış. Annesi hep bir gün keşfedileceğinin hayaliyle yaşıyormuş. "Bugün bile gitsen, keşfedilmesine az kaldı der," diyordu. Annesi Hande'yi eğlence mekanlarına, bir şehirden diğerine sürüklemek istemediği için Hande'ye daha çok anneannesiyle dayısı bakmışlar. O yüzden annesiyle bağları hiçbir zaman tam olamamış. Bir de, çocukların acımasızlıkları. Belki yanlış bir şey yapmıyordu ama, ilkokulda çıkıp annem gazinoda şarkıcı dediğinde çok dalga geçmiş çocuklar. Bir daha da annesinin mesleğini söylemeye utanmış. Sonra da hayatı hep bir utanmayla geçmiş.

Ailesi haberi aldıklarında tabi ki kıyamet koptu. Hande'den büyük beklentileri vardı. Tüm ailenin hayallerini gerçekleştirip kendisinden bir şeyler var etme görevi Hande'ye verilmişti. Annesiyle görüştü birkaç gün sonra. Annesi, Hande'yi bu kararından vaz geçirip çocuğu aldırmaya ikna etmek ümidiyle, tek kuruş yardım etmeyeceğini, evlenirse kendi kendisine evlenmesi gerektiğini ama bir düğün yapmazsa ailede hiç kimsenin hakkını helâl etmeyeceğini söyledi.

"Sakın seni istemeye falan gelmesinler, kapıdan içeri sokmam, benim bu işe rızam yok," diye de ekledi. Sonra anneannesiyle konuştu. O da annesinin sözünün dışına çıkmak istemiyordu. Çekiniyordu. Bana bakıp, "Ne yapacağız? Karnım büyümeden halledebilecek miyiz dersin?" diye sordu. Sanırım içinde bir yerde, o da doğru düzgün bir düğünle evlenmek istiyordu. Hakkıydı da. Herkesten çok onun hakkıydı. Sadece, durumumuz sefalet olduğu için bunu dillendiremiyordu.

Uzun zamandır üzerimde bir yenilmişlik duygusu ve kabullenilmiş bir çaresizlik vardı. İnsan, üzerindeki ölü toprağını fark ettiği zaman, oradan çıkması gerektiğini de anlıyor. Bu kumral, saçları omuzlarında hafif dalgalı, gözleri yıldız gülen, tek gamzeli güzel kız benim sevdiğim kadındı. Saçlarını bir kulağının arkasına atmıştı. Gözleri ışıl ışıldı.

"Hallederiz sen hiç korkma, bana güven," dedim. O anda bana güvenmemek için binlerce haklı sebebi vardı. Yine de sarıldı. Ve çalışmaya koyuldum. Bir daha da hiç durmadım. Hamile olduğu anlaşılmadan önce dört ayımız vardı.

GEÇMİŞTEN BIR HIKAYE

Bölüm 32.

Belki Tuğrul Abiye gidip ben evleniyorum, yardım et diyebilirdim. O samimiyetimiz vardı eskiden. Ama şimdiki patronum Erdem Bey, ne kadar iyi bir insan olsa da, o samimiyetimiz yoktu. Bir de, kendime bir söz vermiştim. Hiç kimseden bir beklentim olmayacaktı. Ne yapacaksam, daha önce onlarca kez yaptığım gibi, kendim halledecektim. Bir kahve molasında koordinatör Ömer Abiye gittim.

"Abi, yazın düğün yapacağım, bana ne gelirse pasla, para lazım," dedim.

"Tamam hallederiz," dedi.

Tabi bir de düğün tarihi almak lazımdı. Hande'nin ailesi belki yüz kuşaktır İzmir'deydi. Aslında bu yüzden komşu olmuştuk. Tanıştığımız o küçük şehirde hem annesine uzaktı hem de anneannesi ve teyzesine yakın.

Şimdi bir nikah tarihi almak gerekiyordu. Önden nikah yapıp işimizi sağlama almak istedik. Eğer nikahı önden yaparsak, düğünü yapamasak da en azından çocuk resmi bir anne babayla dünyaya gelir, diyordu. Ben düğünü yapabileceğimiz konusunda kararlıydım ama Hande'nin endişelerini de anlıyordum. Kendi hayallerimi bok etme konusunda seçkin bir markaydım.

Elime ufak ufak bir sürü iş geliyordu. Genelde bir iki gecede halledip çıkarabileceğim kurumsal tanıtım sayfaları. Günde iki ya da üç saat ancak uyuyabiliyordum ama mutluydum. Çünkü bu işler sayesinde, azar azar da olsa, ayın sonuna geldiğimde maaşımdan daha fazlasını kazanmış oluyordum. Hande çocuk doğduğunda bir süre çalışamayacaktı. Orası kesindi. O yüzden Hande'nin maaşını, çocuğun masrafları için biriktirmeye karar vermiştik. Düğün dernek işleri sadece benim maaşım ve bu ek kazandıklarımdan gidecekti. Ben para

GEÇMİŞTEN BİR HİKAYE 137

kazandıkça Hande'nin biraz olsun ümitleri yeşeriyordu. Daha çok yolumuz vardı ve bu yola göre çok az zaman. Biliyordum.

Bir cumartesi günü erkenden çıkıp Yenibosna'da mobilyacılar çarşısına gittik. Burayı yeni evlenen iş arkadaşlarından duymuştu. Uygun fiyatlı, mobilya üreticilerinin fabrikadan satış yaptıkları bir yerdi. Bir sürü mağaza gezdik. Çocuk odaları, bebek odaları, yatak odaları, koltuk takımları, mutfak takımları... bir sürü şey. Çok paramız yoktu. Parça parça toparlarız diye düşündük.

Hande, "Ne kadar paramız var?" diye sordu. Ek işlerden birikenleri söyledim. "Önce yatak odasını alalım, bir de beşik. Zaten bebek gelir gelmez bebek odasına ihtiyacımız olmaz. Bizim odada yatar," dedi.

Böylece ek işlerden gelen paralarla önce yatak odamızı aldık. En iyi kalite değildi belki ama geniş çift kişilik yatak, baza, bir beşik, gardırop, şifonyer ve diğer adını bir türlü öğrenemediğim ne varsa tam takımdı. Peşin alınca indirim de oldu. Aslında mobilyacı taksit yaparım dedi. Ama bunu söylediğinde bir an nefesim daraldı. Gözlerim karardı. Artık herhangi bir mobilyayı taksitle almamaya tövbeliydim. Pazar günü eşyaları eve getirdiler. Onlar eşyaları kurarlarken, Hande de gidip kendi evindeki elbiselerini toparladı. Akşam üstü mobilyacıların işi bitip gittikleri esnada bir taksiyle Hande ve arkadaşları geldiler. İlk kez evimizi gördüler. Geri kalan odalar boştu ama yatak odasını çok beğendiler. Hande'nin eşyalarını gardıroplara yerleştirirlerken onlara kahve yaptım. Güzel bir pazar akşamı geçirdik.

Pazartesi sabah erkenden kapı çaldı. Akşamdan kalmaydım. Gidip kapıyı açtım. İki polis memuru duruyordu. Ne olduğunu anlamaya çalışıyordum.

"Üzerinizi giyin, bizimle geleceksiniz, askerlik şubesine mevcutlu götüreceğiz," dedi. Has siktir, dedim.

Okuldan sonra askerliği tecil ettirmiştim ama bu çok uzun zaman önceydi. Sonra da unuttum gitti. Eski evde de resmi bir adres beyanım olmayınca beni bulamamışlardı. Hande apar topar yanıma geldi. Konuyu anladı. "Ben de gelebilir miyim?" diye sordu.

"Ben halleder gelirim, yanımda yorulma tüm gün, ama şirkettekilere uğrayıp haber verirsen sevinirim," dedim.

Görünüşe göre, neredeyse iki yıldır asker kaçağıydım. Şimdi, apar topar askere gideceksin diyorlardı. Üstelik bir de yoklama kaçağı olmanın cezası vardı. Beni evimden alan iki polis, dışarıda yeni yetme bir başka polis memuruna emanet edip gitti. Bir saat kadar sonra, askerlik şubesinin önünde, uzun bir kuyrukta, yanımda yeni mezun polis memuruyla bekliyordum. Bir kolunu koluma dolamıştı.

"Adam öldürmedim merak etme, yoklama kaçağıyım sadece, rahat ol biraz," dedim. Yine de otoriter görünmeye çalışıyordu.

"Sorun çıkarma," dedi. Bıraktı kolumu.

"Sen sırada kal, kaptırma sakın, ben geliyorum şimdi," dedim. Hop, dur falan derken sıranın en önüne yürüdüm. Orada bir astsubay ve iki er, sıradan işlemleri alıyorlardı.

"Ben asker kaçağıyım iki saattir sırada bekliyorum," diye seslendim biraz uzaktan. Rütbeli olan kafasını kaldırdı, "kim o salak?" dedi.

"Benim," dedim.

"Baştan söylesene," dedi. Yanına çağırdı. Arkada, sıraya diktiğim polise bir el işareti yapıp yanıma çağırdım. Yanlış anlaşılma olmasın. Normalde polise saygılıyımdır. Ama bu polis gerçekten çocuk gibi görünüyordu. Kendime engel olamıyordum. Polis memuru kimliğimi adama verdi.

"Tamamdır, bilgisayara girip şimdi sülüse bakacağız. Sülüsü alınca birliğine teslim olmak zorundasın," derken, "Ben şişmanım, askere gidemem," dedim.

"Kaç kilosun?" diye sordu.

"Yüz onun üzerindeyimdir," dedim. Boyum da pek uzun olmadığı için, bana uzaktan bir baktı. Montu çıkardım.

"Şimdi sülüsü verirsem gitmen gerekir, seni hastaneye sevk ediyorum," dedi. "Onlar karar versin."

Oradan çıkıp elimizde sevk dosyasıyla Kasımpaşa Asker Hastanesine yola koyulduk. Neyse ki, emniyet şeridinden basıp

GEÇMİŞTEN BİR HİKAYE 139

gidiyordu çocuk. Yarım saat içinde, bu sefer Kasımpaşa Asker Hastanesindeydik. Tabi o zamanlar bu muayeneler için Asker Hastaneleri vardı. Beni bir grupla birlikte küme yaptılar. Elimizde evraklarla beş kişi, bir de polis, oradan oraya gidip duruyorduk. Nihayet muayene heyetinin olduğu yeri bulduk. Gruptan zengin bebesi bir geri zekâlı sürekli, benim işim var gitmem lazım, hadi benim işimi hızlı halledin, yurt dışına gideceğim daha deyip duruyordu. O embesil yüzünden tüm grubu yakacaklar diye korkuyorduk. Sonra bir başka astsubay gelip elemanın soyadını sordu. Küçük bir kağıda not aldı. Yine de dört saat kadar sıramızı bekledik. Herif sürekli sağda solda yakaladığı rütbelilere işini hızlı halletmeleri için laf söyleyip duruyordu. Sonra soyunup teker teker tartıya çıktık. Birkaç soru sordular. Ne iş yapıyorsun. Askere engel bir durumun var mı, falan.

"Çocuk bekliyoruz," dedim. İşimi söyledim. Sonra dışarı çıkıp beklemeye başladık. Biraz zaman geçtikten sonra tekrar içeri çağırdılar. Normalde pek olmazmış ama bana direkt çürük raporu verdiler. Az önce paşalara atar gider yapan eleman içeriden çıktığında ağlıyordu. Onu askeri hastaneye yatırıp iki ay sporla zayıflatacaklarını söylemişler. Her zaman atar yapmanın iyi bir şey olmadığını o gün öğrenmiştim.

Akşam karanlık çöktüğünde askerlik problemi üzerimden kalkmış bir şekilde eve dönebildim. Hande'den karmaşa için özür diledim. Eve giderken ona en sevdiği pastaneden sütlaç aldım. Bütün gün pek fazla haber de verememiştim. Olsun, dedi. Belki askere gitmem gerekir diye korkup, son yemek diye güzel bir yemek hazırlamıştı.

Bölüm 33.

Salı günü ikimiz de işten izin alıp tarih ve bilgi almak için Kadıköy Evlendirme Dairesine gittik. Evlendirme dairesinde bizimle, kalın çerçeveli gözlükleriyle kilolu, inanılmaz anne tipli bir kadın ilgilendi. Ona en kısa sürede evlenmek istediğimizi söylediğimizde, Ağustos sonunda çok güzel bir fırsat var dedi. Sonra, gerçekten acil dedik. Bizim aklımızda en geç Haziran başı vardı. Bebek Kasım ayı gibi gelecekti ama Ağustosta artık saklanabilecek bir yanı kalmazdı bu işin. Kadının yüzü ekşidi. Bilgisayarda bir şeyleri kontrol etti. Sonra bize dönüp; "Çocuklar, İstanbul'daki evlendirme programlarına baktım ama yakın zamanda hiç boşluk yok. Başka bir şehirde bulursunuz ama burası İstanbul," dedi. Haklıydı. Yine de bize gerekli prosedürlerin ne olduğunu anlattı. Yapmamız gereken tek şey şu anda sağlık raporu gibi duruyordu. Çıkışta bir kafede oturup ne yapabiliriz diye düşündük.

"Hikâyenin başladığı yere gidelim işte," dedim. "Orada başladı orada kıyalım nikahı. Küçük şehir zaten, mutlaka yer vardır."

"Uzak da sayılmaz, anneannem de gelir hem," dedi.

Hande'nin izin alması sorun değildi, zaten bu hafta ofiste bir işi yoktu ama benim için durum biraz karmaşık olacaktı. Ücretsiz izin almak istemiyordum çünkü zaten kıt kanaat yaşıyordum. Bir haftalık maaşımı alamamak canımı acıtırdı. Hande ile birlikte ofise gittik. İş çıkış saati yaklaşıyordu. Şansımıza, Erdem Bey hala odasındaydı. Genellikle akşamları ofiste, odasında takılmayı severdi. Biz ofisten çıkarken, o minibardan bir içki çıkarır, keyif yapardı. İşini mi çok seviyordu yoksa evini mi sevmiyordu bilmiyorum. Belki de sadece buna ihtiyacı vardı.

Kapısını çaldık. Hande'yi severdi. Bizi yakıştırırdı. Bazen de, bu herifte ne buluyorsun diye şaka yapardı. Her orta yaş üstü ajans patronu kadar flörtöz, bir İstanbul beyefendisi kadar da durması gerektiği yeri iyi bilen biriydi. Bizi içeri aldı. Elinde bir viski şişesi duruyordu. "İçer misiniz?" diye sordu. Yok dedik. Hemen konuya girdik. Ona evlenmeye karar verdiğimizi söyledik. "Daha çok gençsiniz oğlum, emin misiniz?" diye sordu. Ona emin olduğumuzu söyledim. Bir de zaten pek bir şey saklamadığım için, olan biteni anlattım. "Eh, tek yol bu görünüyor," dedi. Sonra benim için bir bardağa az viski doldurdu. "Buna kadeh kaldırılır," dedi. O hafta için izin istedim. "Eğer evlilik tarihi alıp hemen evlenebilirseniz zaten üç gün resmi olarak izinlisin, evlilik izni," dedi. "Geri kalan günleri de yıllık izinden borçlandırırız. Ama tarih bulamazsanız söyle, ben bir iki yeri arayıp ayarlamaya çalışayım."

Ona teşekkür ettim. Çarşamba sabahı ilk otobüsle yola çıktık.

Vardığımızda öğle tatili sona eriyordu. İskelede otobüsten inip cadde boyu belediye binasına yürüdük. Denizin kenarında büyük ve eski bir binaydı. Evlendirme dairesine ulaştığımızda çalışanlar da yemekten yeni dönüyorlardı. Sanırım bu evlendirme dairelerine, sadece ebeveyn figürlerinden koyuyorlar. Gayet güler yüzlü bir şekilde karşılandık. Ertesi sabah için uygun bir zaman vardı. Evlendirme memuru "İki şahit bulun, bir de evrakları hemen tamamlayıp getirin, yarın on bir gibi bir boşluk var, oraya sıkıştıralım. Tam vaktinde gelin yoksa kaçırırsınız," dedi. Tamam dedik.

Oradan çıkıp, daha hızlı rapor alabileceğimiz özel bir sağlık merkezine gittik. Bir saat içinde her şeyi hazır edip geri götürdük. Artık sadece, sabah iki şahitle evlendirme dairesine gitmemiz gerekiyordu. Hepsi bu.

Haberi duyduklarında Gökhan'la Vildan çok sevindiler. Onlara şehirde olduğumuzu söylemek ve evlilik haberini vermek için akşam üstünü beklemiştik.

"Bunu kutlayalım o zaman," dedi Gökhan. Yine de ertesi gün nikahtan sonra kutlayalım, dedim. Şahidimiz olmayı seve seve kabul ettiler.

GEÇMİŞTEN BİR HİKAYE 143

Akşam Gökhan'ın dükkanında, tezgâhın arkasındaki taburede akşam yemeği adına bir şeyler atıştırıyorduk. Vildan daha doğru düzgün bir yemek için evine davet etti ama sahafı özlemiştim. Burayı seviyordum. Biz yemek yerken bir kadın girdi içeri. Hande'yi andırıyordu. Hande'nin arkası kapıya dönüktü. "Baksana, şu teyzen mi?" diye sordum hemen. Arkasını döndü. "Annem," dedi. Hande, teyzesine şehre geldiğimizi ve evleneceğini söylemiş. Teyzesi de arada küskünlük kalmamasını umarak annesine haber vermişti. Gökhan ayağa kalkıp üzerinde "Kapalıyız" yazan tabelayı kapıya asarak dükkanı kapattı. "Biz yukarıdayız, siz keyfinize bakın," dedi. Vildan ile birlikte yukarı çıktılar. Ben ayağa kalkacaktım, Hande omuzuma dokunarak engel oldu. Şiddetli gözlerle annesine bakıyordu. Her şeyi anlatmak çok güç. Annesi nikaha onu çağırmadığı için çok kırgındı. Ancak durumu zaten Hande için yeterince zorlaştırmıştı. Tüm kapıları kapatıp, üzerine bir sürü şey söyleyip sonra neden nikaha çağırmadın diye kızmaya hakkı yoktu. Hande de çok sinirliydi. Kırgındı. Annesinden hayatı boyunca bir şey istememeyi öğrenmişti. En çok da bu kırıyordu kalbini. Kendini benim kadar kimsesiz hissediyordu. Yalnızlığının derinliği buradaydı. Annesi hiç yüzüme bakmadı. Beni yok sayıyordu. Ben de, anne kız arasındaki bu şiddetlenen diyaloğa şahit olmalı mıyım yoksa onları yalnız mı bırakmalıyım, bilemiyordum. Yerimden kıpırdarsam bir şeylerin düzeni bozulacak gibi hissediyordum ve hangi yönde bozulacağını kestiremiyordum. Aralarında konuşmaları gereken çok şey var gibiydi. Kalkarsam, ya daha rahat konuşacaklardı ya da annesi bu fırsatı kullanıp kalkıp gidecekti.

Sonraki bir saat bir sürü konu konuştular. Sesler yükseldi. Annesinin gözünde, biricik kızını genç yaşta hamile bırakan itin tekiydim. Mantıklıydı da. Karşı çıkamıyordum. Beni tanımıyordu. Bir anda hiddeti bana döndü. Her şeyin suçlusu olarak beni görüyordu. Ya da beni suçlamaya ihtiyaç duyuyordu. Bilmiyorum. Ama kimseye eğilmem. Dik durdum. Yerimden kıpırdamadım. Başımı öne eğmedim.

"Bir özür bile dilemeyecek misin! Utanmaz herif!" diye bağırdı. Sinirli gözlerini gözlerime dikmişti. Hande gözlerini annesinden almış, diye düşündüm. Tebessüm ettim. Sakin bir tonda konuşmaya başladım. "Benim çok boktan bir babam vardı. *-gömleğin kolunu sıyırdım-* Bakın bu yaraya. Sarhoştu. Gündüz top oynarken komşunun camını kırdım diye kızgın bıçakla dağladı orospu çocuğu. *-kolumu kapatıp karnımı açtım-* Bu da beni yetiştirme yurduna bırakmadan önceki gece oldu. Beni başına gelen her şeyin suçlusu olarak gördüğü için, uyurken karnıma sigara bastı. Uykumdan acıyla anne diyerek sıçradım. Beni kaldırıp yere fırlattı. Omuzum çıktı. Nefesim kesilene kadar, yorulana kadar dövdü. Annem öleli birkaç gün olmuştu daha. Bu yanığın izi sonra geçer sandım ama hiç geçmedi. Ben bir babanın nasıl olmaması gerektiğini çok iyi öğrendim. Dokuz yaşında beni yetiştirme yurduna atıp kaçtı, kimse de sahip çıkmadı, bir daha kendimi hiç evimde hissedemedim. Çok ev, çok yurt, çok şehir gezdim. Hiçbir yerde, hem de hiçbir yerde kendimi evimde hissedemedim. Hande dışında. Hande benim hayatta yüzüme gülen tek şans. Bana güvenmenizi istemeye hakkım yok ama...

"Bakın hayat çok fazla değişkene sahip. Havanın sıcaklığı. Ne yediğimiz. Cebimizde kalan para. Kızgınlıklarımız. Bazen çok alakasız bir film. Kararlarımızı, yaptıklarımızı etkileyen bir sürü şey var. Sonra zaman geçiyor ve biz bunları unutuyoruz. Cebimizde kaç para kaldığını unutuyoruz. Bizi üzen şeyleri unutuyoruz. Havanın sıcaklığını, yolda bastığımız sakızı, üzerimize dökülen meyve suyunu, her şeyi unutuyoruz. Geriye verdiğimiz karar ve o kararın pişmanlığı kalıyor. Kararımızı verirken bizi etkileyen her şeyin izi siliniyor. Onları unuttuğumuzu bile unutuyoruz. Sonrasında gelen her şeyi sadece o kararın üzerine yıkıyoruz. Siz de belki, erken yaşta anne oldunuz ve sonrasında yaşadığınız şeyleri kızınızın yaşamasından korkuyorsunuz. Bunu anlıyorum. Ama kızınız sizin gerçeğinizi yaşamıyor. O kendi hayatının içinde. Hande'yi var eden hayat ile sizinkisi çok farklı. Anneleriniz farklı. Babalarınız farklı. Size destek olanlar farklı. Tarih farklı. Filmler, kitaplar farklı. Ben sizin eski kocanız değilim. Bunu görmeniz gerekli. Hande bu çocuğu istiyor. Ve bir anne olacak. Çok da güzel bir anne olacak. Bunu size, Hande'yi çok seviyorum ve ölene kadar seveceğim diye söylemiyorum. Hayatta bunu söyleyen insanların çoğu yalan söyledi. Bunu size söylüyorum çünkü onun annesi erken yaşta anne olmanın ne olduğunu bilen, ona yol gösterebilecek tecrübelere sahip, yapmaması gereken hataları anlatabilecek tecrübeli bir insan.

"Bakın, size gerçekten saygısızlık yapamam. Çok kıymetlisiniz. Hande için de benim için de. Ben annesiz büyüdüm. Hande, onu bu kadar korumaya çalışan, düşünen, seven bir annesi olduğu için çok şanslı. Benim böyle bir şansım olmadı. İsterdim. Hayat işte. Beni bir tek Hande sevdi bu hayatta bir de annem. Eğer öfkeniz geçecekse bana bağırın, çağırın, vurun, yeter ki Hande'ye kızmayın."

Hande bana bakıyordu. Gözleri doldu. Ağlamaya başladığında, annesi Hande'nin saçlarını okşadı. Yanına yaklaşıp başını göğsüne dayadı. Dakikalarca ağladı Hande.

Annesi telefonumu aldı. Onu kaydettim.

"Madem bir karar vermişsiniz, bundan sonra aileyiz," dedi. Ama hala düğün problemi vardı. O akşam anlattı ki, onun için de durumlar çok iyi değildi. Bir süredir çalışamıyordu.

"Artık kimse şarkıcı eskisi istemiyor," dedi. Özel bir müzik okulunda şan dersi falan veriyormuş. Arada sırada küçük davetlere falan çağırıyorlarmış. "Kartlarla döndürüyoruz, dayından alıyoruz, eve ve masraflara biraz destek olabilirim ama insanlar düğün beklerler, anneannen çok istiyor," dedi.

"Sıkıntı yok, hepsini halledeceğim ben, siz sadece ne lazım onu söyleyin," dedim. Biraz düşünüp bana karşı olan duvarlarını biraz olsun indirdi. Daha anlayışlıydı. Buna sanırım, radikal kabullenme deniyor.

"Oğlum senin de zaten kimin kimsen yok, nasıl yapacaksın?" dedi.

"Bugüne kadar nasıl geldiysem öyle, siz merak etmeyin," dedim. Şimdilik nikah yaptığımızı kimseye haber vermeyecektik. Sadece yakın ailesi bilecekti. Bir de Gökhan'la Vildan. Hepsi bu. Sonra, yavaş yavaş elimizden geldiğince diğer adetlere geçecektik. Hande'nin içten içe bunları istediğini biliyordum. Kendisi için değil. Öyle evlilik budalası, beyaz gelinlik hayalleri kuran birisi değildi. Sadece, bir şeyler tam olsun, bir şeyler olması gerektiği gibi olsun, anneannesi, ailesi tekrar bir şeyler için bir araya gelsin, yüzü eğilmesin istiyordu. Onun adına bunları ben de istiyordum.

Sabah Vildan ile Hande erkenden çıktılar. Nereye gittiklerini söylemediler. Gökhan da beni alıp bir berbere götürdü.

"Bana bak, sakın nikahın olduğunu ağzından kaçırma götü vermeden çıkamayız buradan," dedi. Sessizce tıraş oldum. Sonra bir mağazaya soktu beni. Güzel bir gömlek, bir kravat ve uygun bir takım elbise aldık. Mağaza tanıdığıydı. Çok uygun bir fiyat söylediler. Gökhan hepsini ödemek istedi. İzin vermedim. Yarı yarıya bölüştük.

Hande'yi belediyenin önünde gördüğümde nefesim tutuldu. Onu güzel görmeye alışıktım. Hep güzeldi zaten. Ama bu sefer, bu sefer gerçekten tarif edemiyordum.

"Çok yakışıklı olmuşsun, eee söyle bakalım ben olmuş muyum?" diye sordu. Ona baktıkça gözlerim doluyordu. Hani bir bayram sabahı uyanıp baş ucunuzda yeni elbiseler görürsünüz. Anneniz ütüleyip koymuştur geceden. Bir çift yeni ayakkabı. Kendinizi dünyadaki en şanslı çocuk hissedersiniz. Öyle hissettim. Dünyadaki en şansı insandım ve bu kadar güzel bir aileyi hak etmediğime emindim. Gözümdeki bir damla yaşı sildim. Çok güzel, beyaz bir elbise giymişti. Işıklar saçıyordu.

Annesi o gece sakin sessiz bir otelde kalmıştı. Biz evlendirme dairesinin kapısındayken, dayısının arabasıyla anneannesi ve teyzesi de geldiler. Hepsiyle ayak üstü tanıştık. Beraber içeri girdik. Küçük bir salondaydık. Bizim dışımızda sırada bekleyen bir çift daha vardı. Ayak üstü sohbet ettik. İkisi de memurmuş. Tayin olabilmek için yazı beklemeden evlenmeye karar vermişler. Düğün yaza, diyordu. Hande gözlerini kısıp bana baktı.

GEÇMİŞTEN BIR HIKAYE

"Bu bana bir hikâyeyi hatırlattı," dedi.

"Hiç fikrim yok," dedim Melda'yı hatırlayarak. Küçük salonda, nikahlarının sırasını bekleyen ancak on kadar davetli vardı. Teyzesi gelince, Vildan yerine Hande'nin şahidi o oldu.

Beş dakika sonra Gökhan ve teyzesinin şahitliğinde nikahımız kıyıldı ve böylece resmi olarak evliydik.

Bölüm 34.

Hemen her şehirde bir saat kulesi vardır sanırım. Daha önce fark etmemiştim bunu.

Akşam hep birlikte yemek yedik. Kısa sürede birbirimizi daha iyi tanıma fırsatımız oldu. Belki bir ailem olmadığı için ya da ne beklediğimi bilmediğimden, hiç alışık değilimdir ailelere. Hiçbir dereceden hiçbir akrabam çıkıp da elimden tutmadığındandır, akrabalık ilişkileri falan, pek anlam taşımazlar bende. Bir kıymeti yoktu böyle şeylerin. Ama şimdi, herkesin nasıl da Hande'nin gözünün içine baktığını gördüğümde, o yemek masasında Hande'nin çocukluğundan, genç kızlığından hikâyeleri dinlerken, sanırım içimin bir yanında, gizli kalmış bir sandıkta bekleyen bir eksiklik, bir acı çöreklendi o akşam.

Kıskandım mı? Hayır. Çünkü hiç tereddütsüz, Hande'nin bunların hepsini, onu seven bir aileyi hak ettiğini biliyordum. Ama kendime acıyordum. Ben bu kadar yalnız büyümeyi hak etmiyordum. O gece, aslında o yaşa kadar ne denli yalnız büyüdüğümü, yalnız yürüdüğümü ve daha kötüsü bu yalnızlığa her hücremle alıştığımı fark ettim. Hande'nin yaşadığı yalnızlık duygusu, var olan insanları etrafında bulamaması, kendi yalnızlaşmasının bir bunalımıydı. Zenginken bir gecede fakir kalmak gibiydi. Bense yalnızlığı bir gömlek gibi giymiştim üzerime. O gece o masada annem olsun istedim. İlkokulda beni çok seven bir öğretmenim vardı, o olsun istedim.

Lisedeyken, çok arkadaşım yoktu. Sanırım o yaşlarda arkadaş edinmek için sadece okul yetmiyor. Okuldan sonra da çıkıp bir şeyler yapmak, bir yerlere gitmek, birlikte okulu kırmak falan gerekiyor. Ben bunları yapamazdım. Belki yapmak mümkündü ama korkardım. Öksüzlüğümden korkardım. Kaldığım yurdun müdürü çok disiplinli bir adamdı. Ona haber gitmesinden korkardım. Cebimde param

GEÇMİŞTEN BİR HİKAYE 149

olmazdı. Hafta sonları üç kuruş harçlık için çalıştığım bir atölye vardı. Başka bir hikâye. Yani benim kimseyle geçirebileceğim bir vaktim olmazdı. Ben çocukken, herkes beni yalnız bıraktı. Annem gitti, babam bıraktı. Akranlarım bıraktı. Ama kitaplar bırakmadı. Kimsenin konuşmadığı, doğum günlerine davet etmediği, okulu birlikte kırmadığı, maçlara çağırmadığı bir çocuk da olsanız, kitaplar sizi yalnız bırakmaz. Paranız yoksa yanınızda kütüphaneler vardır. Lisedeyken beni hep okulun kütüphanesinde gören bir edebiyat öğretmenim vardı. Semra hoca. Bir gün merak etti kadın, evladım senin arkadaşın falan yok mu neden her boşlukta kütüphanedesin, diye sordu. Yok hocam kimse, dedim. Sonra dosyamdan öğrenmiş yetiştirme yurdunda kaldığımı. Derslerim iyiydi. Kafam çalışırdı. Öksüz olduğumu da öğrenince, bana kol kanat germekten daha iyisini yaptı o kadın. Son sınıfın başındayken bir sabah beni dersten aldı. Boş bir sınıfa götürdü. Sabahtan akşama kadar üniversite nedir, sınavlara nasıl başvurulur, başvurmak için kaç para gerekli, üniversite yurtları nasıl işler, hangi haklarım var, vatandaşlık nedir, vergi nedir, takım elbise nedir, iş görüşmesi nedir, okul kaydı nedir, burs nasıl aranır... bilmem gereken, aklınıza gelebilecek ne varsa oturup saatlerce anlattı. Normalde böyle şeylerle insanların anne babaları ilgilenir. Hiçbir şeyi sakın atlama, dedi. Geceden hepsini uzun uzun not almış. O zamana dek kimsenin umurunda değildim. Üniversiteye kaydımı yapıp bir yurda yerleşene kadar hep sordu, hep gözü üzerimdeydi.

İşte hayatımda bir akrabaya en yakın iki kişiden birisi Semra öğretmenim, diğeri eski patronum Tuğrul Abiydi.

Tuğrul Abiyi düşününce, aramak geldi aklıma. Masadan izin isteyip dışarı çıktım. İstanbul'a gittiğimden beri görüşememiştik. Telefonu açtı. Bir abi gibi karşıladı beni. Ona müsait olup olmadığını, bir sürprizim olduğunu ve abim olarak yanımda olmasına ihtiyacım olduğunu söyledim. O saatte hala şirkette bir şeylerle uğraşıyormuş. "Hemen gelirim," dedi.

On dakika sonra restoranın kapısında buluştuk. Onu Hande'nin ailesiyle tanıştırdım. Şehrin zengin iş adamlarından birisi olarak restoranda tanınıyordu. Hemen masada ona da bir servis açıldı. Masa gözden geçirildi. Eksikler giderildi. Sabahki nikaha davet etmeyi unuttuğum için bana çok kızdı ama kızgınlıklarını kırgınlıklara çevirecek birisi değildi. Anlık yaşardı kötü duyguları. Zaten beni bilirdi. Tanırdı. Tüm gece beni anlattı Tuğrul Abi. O beni anlattıkça, Hande'nin annesinin ve ailesinin bana bakış açılarının gittikçe değiştiğini görebiliyordum. Rahatlıyordum.

Kalkmadan önce "Bebek odası benden, gidin ne istiyorsanız beğenin, fiyatını sormayın, mağazadan beni arayın. Bu hafta falan halledin ama, aradan çıksın," dedi. Kimse görmeden, masa altından şirket kartını bana uzattı. Kulağıma eğildi.

"Şifreyi hatırlıyorsun değil mi?" diye sordu.

"Abi gerek yok," dedim.

"Kalbini kırarım, git hesabı öde," dedi. Ben kalkıp hesabı ödedim. Çıkışta da cebime biraz para sıkıştırdı. Sitemle, "Abi seni para için mi aradım ben?" diye sordum.

Gökhan ve Vildan çıkışta sahafa giderlerken biz de Hande'nin ailesine kaldıkları otele kadar eşlik ettik. Hande'nin ailesi geceyi otelde geçirip ertesi sabah erkenden İzmir'e döneceklerdi. Sabah kahvaltı edelim, dedik. Otelden ayrıldığımızda hafif bir yağmur çiselemeye başladı. El ele sahil boyunca saat kulesine kadar yürüdük. Saat kulesinin yanındaki bir kafeden güzel bir piyano sesi yükseliyordu. Ilık bir erken ilkbahar havası, gelgeç yağmur. Saat gece yarısına yaklaşıyordu. Saat kulesinin önünde durdum. Sarı bir sokak lambasının altındaydık. Saçlarında peri tozları gibi yağmur damlaları. Bir elinden tuttum. Diğeriyle beline sarıldım. Onu kendime çektim. Sonra elimi bırakıp bana hafifçe sarıldı. Müziğin ritmiyle ağır ağır sallanıyorduk. Dans etmekten pek anlamam aslında, söylemiştim ya. Etrafta pek fazla insan yoktu. Kimsenin bizi umursadığı da yoktu zaten. Sarıldı bana. Saçları

GEÇMİŞTEN BİR HİKAYE 151

lavanta kokuyordu. En son ne zaman ona bu kadar sarılıp kalbini kalbimde hissettiğimi hatırlamıyordum. Buna ne kadar ihtiyacım olduğunu hatırladım. Saçlarından öptüm onu. Daha dün gibi hatırlıyorum.

Pazar günü mutlu bir şekilde İstanbul'a geri döndük.

Bölüm 35.

Her şey çok iyi değildi, biliyorum. Örneğin alınacak takılar vardı. Düğün ve evlilik süreciyle ilgili hiçbir şeyin eksik olmasını istemiyordum. Gelinlik, damatlık, düğün salonu, evin eşyaları, bebeğin eşyaları, doğum masrafları, aklınıza ne gelirse. Hepsi gider demekti ve çalışmak gerekiyordu. Aslında Hande'nin böyle talepleri yoktu. En çok da bu yüzden her şey tam olsun istiyordum. En büyük destekçim yine Hande'ydi. Biliyorum. Gece yarılarına dek çalışmakla geçen sürede birlikte yapabileceğimiz bir sürü güzel şeyi ertelememiz gerekti ve hiçbir zaman bunun için yakınmadı. Şikayet etmedi. Aksine, iyi dinlendiğimden ve çalışmak için motivasyonum olduğundan emin olmaya çalışıyordu. Stresli telefon görüşmelerinden sonra sakinleşmem için getirdiği kahvelerden, gözümün içine bakmasından anlıyordum beni çok sevdiğini. Çok defa, boş ver uğraşma bu kadar stresle, yıpranıyorsun, dedi. Akşamları ben çalışırken o da bir şeyler örüyordu bebek için. Kışın gelecek, soğuk olacak diyordu. Annesi ve teyzesi sürekli eve bir şeyler yolluyorlardı. Kısa sürede evin her yanında zıbınlar, bebek kıyafetleri boy göstermeye başladı.

İstanbul'da Vildan'ın tanıdığı bir kadın doğum doktoru vardı. Bizi onunla tanıştırdı. Aralarında ne konuştular hiç fikrim yok ama adam bize çok babacan davranıyordu. Hem bir devlet hastanesinde hem de bir özel hastanede çalışıyordu. Devlet hastanesinde nöbetçi olduğu günlerin öncesinde bize haber veriyordu. Biz de o nöbetçiyken yanına gidiyor, ücretsiz muayene oluyorduk. Artık yavaş yavaş o siyah beyaz ekrana baktığımda ne görmem gerektiğini anlamaya başlamıştım. Maddi olarak yük olabileceğinden çekinse de doğum için özel hastaneyi öneriyordu. Bir şeyler ters giderse imkanları daha iyiydi.

Kendisi için bir para istemiyordu. Sadece özel hastanenin yatış ücretini ödeyecektik. Halledebileceğimden fazlası değildi. O kadar çok iş geldi ki elime, çok ilginç müşterilerle akla gelmedik problemler yaşamaya alışmıştım. Hayatımda karşılaştığım ve iş yaptığım ilk ya da son mafya tipli kişi Tuna değildi. İşleri sorunsuz teslim etmeye devam ettikçe daha fazla müşteri geliyordu. Özellikle Erdem Beyin ilgi alanındaki şirketleri ajansa yönlendiriyordum. Onun dışındakileri bir sıraya koymuştum. Paranın yarısı peşin, yarısı iş bitince. Ajanstan tanıdığım tasarımcı bir çocukla birlikte çalışıyorduk. Benden önce tasarımcı zaten tasarımlarda anlaşmış oluyordu. Gerisi, işleri bilgisayar koduna döküp gerekli altyapıyı kurmak ve istenen siteyi yayına almaktı. Eğer iş Ömer Abi üzerinden geliyorsa zaten müşteri beni görmüyordu bile. Broşür ya da diğer basılı medyanın revizyonu çok oluyordu ama internet sitelerinde bu pek yaşanmıyordu. O yüzden basılı reklamlardan uzaklaşmıştım. Sadece internet sitelerine odaklanıyordum. Bir de görselleştirme işleri vardı inşaat şirketleri için ama onlar ajansın ilgi alanına giriyordu. Gelirse onları ajansa yönlendiriyordum. Tabi bunlar için de Erdem Bey genellikle maaşıma bonus ödeme yapıyordu. Tamamen boşa gitmiyorlardı.

Bir gün, üniversiteden tanıdığım bir arkadaşın çalıştığı bir başka reklam ajansından bir iş geldi. Bir otomobil galerisine ait biraz özel bir işti. Araçların üç boyutlu görselleri falan olacaktı. Siteyi ziyaret edenler, araçları evirip çevirebilecek, renkleri anında değiştirip sonucu etraflıca görebileceklerdi. Fikir çok güzeldi. Maaşımın iki katı kadar bir fiyata anlaştım. Bana arabaların modelleri tasarlanmış hazır gelecekti. Neyse, bir şekilde işe başladım. Hızlı ilerledim. Parayı hemen alıp, oturma odasını halletmek istiyordum. Her şeyin düzgün olması için, iş çıkışlarında iki saat otobüste sürünerek oto galerisine gidiyor, sahibiyle birebir neler yaptığımı ve nelerin eksik kaldığını falan konuşuyor, fikir alışverişi yapıyorduk.

GEÇMİŞTEN BİR HİKAYE 155

Aradan birkaç gün geçti. Galerinin sahibi aradı. Dediğim gibi ben sadece işi yapan kişiydim ama işi alan diğer ajansın sahibiydi. Yirmilerinin sonunda, babasının oyalansın diye reklam ajansı açtığı Tanem adında zengin ve uyuz bir kadındı. Kadın aslında oto galericinin televizyon reklamlarını almanın peşindeydi ama adamın çok niyeti yoktu. Bu internet sitesine ihtiyacı vardı. Spor arabalar satıyordu. Spor araba alan kimse televizyondaki üçüncü sınıf dizileri seyretmiyor ki, derdi. Haklıydı. Neyse, bu hatun adama henüz iş bitmeden faturanın tamamını yollayıp üzerine bir de ihtarname yollamış. Neden öyle bir şey yaptığını bir türlü anlamadım. Oysa ben iş bitti dememiştim. Aksine, iş devam ediyor ama az kaldı diyordum. Bir cumartesi günü adam beni galeriye davet etti, gittim.

Kahve söyledi, karşılıklı oturduk. Öyle yapardı ben gittiğimde. Ne kadar güçlü biri de olsa, masasının arkasında değil, karşılıklı otururduk.

"Demir bak seninle açık konuşalım," diye lafa girdi.

"Kaç para alacaksın sen bu iş için?" diye sordu. Söylemek istemedim. Sonuçta ben fiyat konusunu bu adamla konuşmamıştım. Arada Tanem hanım vardı. Adam, Tanem Hanımın müşterisiydi.

"Söyleyemem, uygun olmaz," falan diye geveledim.

"Söylemezsen paranı alamazsın," dedi. "Tanem Hanım beni arayıp duruyor. İhtarname yollamış. Bizimle bu iş için ne kadara anlaştı haberin var mı?" diye sordu.

"Onu bilmiyorum," dedim. Bu işe iki haftadır emek veriyordum ve parasını almam gerekiyordu. Ben de açık oynamakta fayda var diye düşündüm. Anlaştığım tutarı söyledim.

Tanem Hanım galericiyle, bana ödeyeceği fiyatın tam sekiz katına anlaşmıştı. Şok oldum. Ücretin yarısını da peşin almıştı. Yani çoktan kadın benim kazanmam gereken tutarın dört katını almıştı bu işten. Televizyon reklamlarını alamayacağını anladığında da sinirlenip geri kalan dört katı için de ihtarname yollamıştı.

"Bak Demir," dedi. "Sen çok yeteneklisin. Çok da emek verdin. Biz bu işi başkasına yaptırmayı denedik, daha fazlasını da verdik, kimse senin kadar ilerlemedi. Aslında bu haliyle bile tamam benim için. Senden istediklerim işin tuzu biberi. Ben bu kadınla uğraşacağım. Bu parayı benden alamaz. Ama senin emeklerin boşa gitsin istemiyorum. O yüzden söyle, sana ödemeni hemen çıkaralım şimdi, gerisini bana bırak. Tanem ararsa açma," dedi. Adamın söyledikleri çok mantıklıydı. Kabul ettim. Anlaştığımıza ek olarak bir miktar daha ödeme yaptı. İstediği son revizyonları o akşam bitirip ertesi gün işi teslim ettim.

Sonraki günlerde Tanem yani reklamcı kadın öfkeyle arayıp duruyordu. Bilmediği şey, çoktan bu gibi boktan sinirli telefonlara karşı derimin kalınlaşmış olduğuydu. Onu ciddiye almadığımı anlayınca işin boyutunu arttırmaya çalıştı.

Bir gün ajansta otururken Erdem Bey geldi yanıma. Usulca odasına çağırdı. Gittim.

"Tanem kim?" diye sordu. Ajansın ismini söyledim.

"Bu kadın geldi sabah, senin dolandırıcı olduğunu söyledi. Seni kovmamı istedi benden. Çok da cins konuşuyordu. Gerçi güzel kadındı, hakkını vermem gerek de konuyu bir anlatsana sen bana."

Oturdum, olduğu gibi anlattım.

"Tamam," dedi. "Bu dışarıdan aldığın işlerde bir daha ajanslarla çalışma. Kulağına küpe olsun. Her ajans bizim gibi değildir. Kurtlar sofrası. Fatura falan lazım olursa beni bul, hallederiz oğlum," dedi. Teşekkür ettim.

"Bana bak, ben bu kadına fena kuruldum yalnız, akşam yemeğe davet edip sonra yatağa atmaya bakacağım, var mı senin için bir sorun?" diye sordu gülerek. Böylece konuyu kapattık.

Hafta sonu oradan gelen parayla koltuk takımını aldık. Bir de Tuğrul Abi'nin söz verdiği gibi, bebek odasını beğendik. Mağazadayken Tuğrul Abiyi aradık. Hızlıca mağaza sahibiyle bir şeyler konuştular. Birkaç gün sonra da bebek odası geldi.

GEÇMIŞTEN BIR HIKAYE

Bölüm 36.

O zamanlar Gökhan hala torbacılık yapıyordu ama Vildan ile arası bu yüzden gittikçe kötüleşiyordu. Nikah zamanı bize belli etmemeye çalışmışlardı ama Vildan birkaç hafta daha süre vermişti Gökhan'a. Sonra ben yokum, diyordu. Haklıydı da. Gökhan da zaten böyle şeyler yapacak birisi değildi. Boktan bir durumun içine girmişti ve çıkamıyordu. Onu çok iyi anlıyordum. Vildan'ı kaybetmek istemiyordu. Onun hayatta başına gelen en güzel şey de Vildan idi. Arada sırada telefonda konuşuyorduk. Çok sıkıntıdaydı. Bir gün İstanbul'a mal almaya geldiğinde birkaç saat oturup anlattı. Mobilyacı pezevenk Tuna, ödemeleri arttırmıştı. Ne öldürüyordu ne de nefes aldırıyordu. Bir şekilde hayatta kalarak tüm varını yoğunu tefeciye vermesi gerekiyordu. Onun için elimden bir şey gelmiyor olması çok zoruma gidiyordu.

"Şu çocuk gelsin, masrafları bir atlatalım, sana destek çıkacağım merak etme," dedim.

"Destek çıksan ne olacak oğlum. Daha fazla ödersem daha fazla isteyecek. Adam hesabını bile tutmuyor artık. Sadece haraç veriyor gibiyim. Hayatımın sonuna dek kanımı emmeye devam edecek. Sanırım dükkanı ona devredip bir yerlerde başka bir hayata başlamak en doğrusu," dedi.

"Dur bekle bakalım," dedim ama aklımda ne yapacağıma dair en ufak bir fikir yoktu.

Birkaç gün sonra Suna aradı. Görüşmeyeli çok oldu. Neler yapıyordu, nasıl hayatta kalıyordu, merak ediyordum aslında. Ama hayatın karmaşası, yoğunluğu derken kimseyle görüşmeye fırsatım kalmıyordu.

"İstanbul'dayım bir iki gün, alışverişe geldim, görüşelim," dedi.

İş çıkışı ayak üstü bir kafede iki kahve içmek için sözleştik. Hande'ye haber verdim. Sorun olmaz, dedi.

Suna ile çok şey konuştuk. En son görüşmemizin ardından başına çok şey gelmiş. Uzunca bir süredir bir adamın metresi olmuş. Başta adamın evli olduğunu anlamamış. Sonra da bir şekilde alışmış bu duruma. Tekinsiz biri diyordu. Tanıdığım birisi değildi. Suna her şeyi, olduğu gibi, en yalın ve şiddetli haliyle anlatmaktan çekinmezdi. Dediğim gibi, onu ilk tanıdığımda da bela kokuyordu. Elinizde tutabileceğiniz, yuva kurabileceğiniz bir kadın değildi. Çok iyi bir kadındı, eğer dürüst ve iyi niyetliyseniz sizin için çok verici olabilirdi ama bir o kadar da dengesizdi. Uçlarda yaşamaktan çekinmezdi. Onu tarif etmesi benim için çok güç. Belki de içinde yaşadığı başka hayat koşulları vardı. Ben hayatın bir başka ucunda duruyordum. Onun geldiği yolu görmem mümkün değildi.

Bana arada sırada dedikodusunu duyduğum bir şehir efsanesinden bahsetti. Metresi olduğu adam bunu bir gün bir otele götürmüş.

"Otelin en üst katındaki odalar, diğer odalardan daha genişlerdi. Bir de dandik disko vardı. İçeridekiler hep otuz yaş üstü çiftlerdi. Pek çoğunu bilirsin aslında. Hep gördüğümüz, cemiyette bilinen kişiler. Zaten ne kadar büyük ki şehir. Ama nereden baksan yirmi kişiye yakındık. Cemiyetten birisinin doğum günü var falan zannettim önce. Herkes alkol alıyordu. Biraz zaman geçince tuhaflaştı ortalık. Baktım, millet birbirinin eşleriyle falan dans ediyor. Öpüşüyor, koklaşıyor. Demir, aklım almadı. Sonra el ele başka odalara gitmeye başladılar. Ya, belediyeden bildiğim biri, bir başkasının karısını oracıkta duvara yaslamış eteğinin altından çaktırmadan dayıyordu utanmadan. İki kişi de onları izliyordu. Yaşlı bir adam yanaştı bana o ara. Adam özel hastanede doktor, biliyorum. Karısı da var orada falan. İlker, erkek arkadaşım kulağıma eğildi, hadi git adamla dedi. Çok korktum ama mecburdum. Herkes nüfuslu adamlar. Ben yapamam desem, cesedim çıkar oradan. Ya o sırrın bir parçası olup taşıyacağım, ya da öldürürler yani. Yaşlı doktor kalçalarımı sıkıştırıyor, boynumdan falan öpüyor.

İstemiyorum gibi yapamadım. Kaçamadım. İlker de bir baktım doktorun karısına yapışmış. Kadının göğüslerini sıkıştırıyor orada. Kendimden iğrendim. İşini bitiren diskoya geri dönüyordu. İçkiler içiliyordu yine, sonra yeni çiftler bulunuyordu. O gece iki üç farklı çiftle birlikte olduk. Hayatımın en uzun ve en kötü gecesiydi," dedi.

Anladığı kadarıyla pislik adam kendi karısını o ortama sokmak istemiyordu. Ancak oraya bir eşle katılması gerekiyordu. Bu yüzden de Suna'yı bulmuş, bir mekanda tanışmışlar, baştan çıkarmış. Suna'yı anlatmıştım zaten. Sert ve maço görünen erkeklere büyük bir zaafı vardı. Adam da biraz parayla ve Suna'nın kirasını falan ödeyerek gözünü boyamıştı. Sonra bir kez daha gitmek zorunda kalmış.

"Şimdilerde çok aramıyor, ayrılmadık herhalde ama birlikte de değiliz, bilmiyorum," dedi.

Acaba bizim Melda ile gittiğimiz otel mi diye merak ettim. Sordum. "Yok dedi, adı Esay". Esay, bilin bakalım kimin oteliydi? Tabi ki, kan emici orospu çocuğu mobilyacının.

Çok uzun zamandır beklediğim fırsat buydu.

Aklımda sadece Tuna denen o orospu çocuğundan intikam almak vardı. Bana yaşattığı, Gökhan'a yaşattığı her şey için. Mobilyacıyı o gece ya da sonrasında orada görüp görmediğini sordum. Yok dedi. Ama bu işin içinde otel sahibi olmadan olmazdı. Bir kere, asansördeki görevli ya da diğerleri mutlaka konuşurlardı. Tüm katı bu ahlaksızlığa kapattığına göre de, bu işin içinde iyi para dönüyor olmalıydı. Şimdi, bu bilgiyi kullanmak gerekliydi.

"Suna, seni bundan kurtarabilirim. İyi de bir fikrim var, güzel para da kalır. Hayatını kurtarır, başka bir şehirde istediğin gibi yaşarsın. Ama bana bir sonraki partinin ne zaman olacağını öğrenmen lazım," dedim.

Biraz konuştuktan ve düşündükten sonra, erkek arkadaşının aslında çok azgın olduğunu ve bir daha istediğini söylerse, ilk partiye koşa koşa gideceklerinden emin olduğunu söyledi. Ama çok korkuyordu. Bunlar, otoriter insanlardı. Güçlülerdi. Kanun onların olduğu yere pek uğramazdı. Şimdi bile, bana anlattığına pişman olmaya başlamıştı. Görebiliyordum.

"Eğer bunların bitmesini ve bu insanların canının yanmasını istiyor olmasaydın bana anlatmazdın," dedim.

"Haklısın," dedi. Sonra, bir sonraki partinin ne zaman yapılacağını öğreneceğine söz verip ayrıldı. Şimdi ondan haber bekleyecektim.

Bölüm 37.

Suna'dan haber beklerken bir iş geldi. İzmir'de turistik bir beldede bir su parkının tanıtım işiydi. Mayıs ayı falandı. Sezon açılmadan yetiştirmek istiyorlardı. Güzel bir paradan bahsediyordu bizim Ömer Abi. Tasarımı da benim yapmam gerekecekti ama çok zorlamazdı. Tabi ona göre de para alacaktım. Olur, dedim.

İşten birkaç günlüğüne izin aldık. Hande üç aylık hamileydi ve duyguları çok yukarıda yaşamaya başlamıştı. Ailesini görebileceğine çok sevindi. Cebimizde biraz para olduğu için uçakla gidip gelmeye karar verdik. Yollarda yorulsun istemiyordum. Biletleri alıp yola koyulduk.

Hande'nin ailesinin bir aile apartmanında oturduğunu o zaman öğrendim. Aslında çok apartman gibi de değildi. Üç katlı, küçük bahçeli bir binaydı. Bir katında dayısı ve yengesi, bir katında teyzesi ve bir katında da anneannesiyle annesi aynı evde yaşıyorlardı. Binayı zamanında dedesi yaptırmış. Bize yatak odasını ayırdılar. İlk tanıştığımız andan sonra çok güler yüzlü karşılandık. Bu kez, aileden birisi olarak kabul edildiğimi hissettirmişlerdi. Üstelik Hande'nin annesinin, anneanne olma heyecanı yüzünden okunuyordu. Kızına olan kızgınlığından eser yoktu. Sanki, erken yaşta anne olması Hande'nin yaptığı en güzel şeymiş gibi davranıyordu.

Su parkı biraz uzaktaydı ama biraz da beni daha yakından tanımak adına, dayısı beni götürüp getirmeyi teklif etti. Zaten emekli adamım diyordu. Sabahları birlikte çıkıp bir saat arabayla gidiyor, öğlen yemeğini orada yiyip geri dönüyorduk. Eve döndüğümüzde de, teyzesinin evinde mutfakta bir masada ben işi çalışmaya devam ediyordum.

Hande'nin teyzesi Gülcan Teyze çok eğlenceli bir kadındı. Annesi de öyleydi ama bana karşı biraz daha mesafeli görünmeye çalışıyordu. Yine de, çalışıyor olmamı ve o kadar şeyi halletmiş olmamı çok takdir ediyorlardı. Hiç yorulmuyor mu, diye soruyordu annesi Hande'ye. Hande'nin bir an yüzü düşüyordu bu soruya. Çünkü çok yorulduğumu biliyordu. Ama her şeyi güzel bir amaç için yapıyordum. O yüzden çok yorgun olduğumu belli etmemeye çalışıyordum. Bazen bu çok zor oluyordu tabi. Özellikle akşam yemeğinde konuşacak kelime bulamıyordum. Kendime gelmem zaman alıyordu. Sonra yine çalışmaya devam ediyordum.

Su parkında işleri takip eden bilgi işlemci yavşak bir eleman vardı. Sürekli patrona göstereceğim diyerek işin bir kopyasını alıyordu. İşi teslim etmemize az bir zaman kala, su parkına gittiğimde elemanı göremedim. Sağda solda tanıyanlara sordum, ayrıldı dediler. Olsun, dedim. Beni ilgilendirmiyordu. Ben de su parkının sahibinin odasına gittim.

Adam ne kadar ilerlediğimizi bilmiyordu. Her işi elemana bırakmıştı ama eleman anladığım kadarıyla bir başka su parkıyla anlaşmış, sezon başlamadan oraya kaçmıştı.

"Ne yaptınız, nereye kadar ilerlediniz?" diye sordu.

"Size göstermediler mi?" diye merak ettim.

"Yok," dedi. Şaşırdım. Bilgisayarı açıp adama siteyi gösterdim. Bilet alma sayfası, işleyiş falan. Her şey tamamlanmış sayılırdı. Adamın başından aşağı kaynar sular döküldü.

"Dur bak sana ne göstereceğim," dedi. Bilgi işlemcinin gittiği yeni su parkının sitesini açtı. Köşedeki logo hariç her şey aynıydı. Hem de her şey.

Orospu çocuğu, bir haftadır bu şirketten aldığı parayla bana siteyi yaptırmış, bir kopyasını almış, sonra biz yayına alamadan yeni gittiği yere çakmıştı. İşi teslim edemezdim bu şekilde. Orospu çocuğunu yakalayıp ellerimle öldürmek istiyordum.

GEÇMİŞTEN BIR HIKAYE 165

"Senin suçun yok, adam bizi sattı," dedi. "Tasarımı tamamen değiştirmen lazım. Bize yeni bir site çalışabilir misin?" diye sordu. Ben yıkılmıştım. Tüm zamanımı buna harcamıştım.

"İstanbul'da bir işim var, izin alıp geldim, oraya dönmem lazım," dedim sıkıntıyla.

"Sorun değil, sana bu işin parasını ödeyelim. Sen bitirmişsin, bu parayı ben o itten çıkarırım merak etme. Eğer bizimle çalışmak istersen, onun için de anlaşalım seninle, peşinatını vereyim, öyle dön İstanbul'a. Oradan günlük bana elektronik posta atarsın. Ben senin yaptığın işe güveniyorum," dedi. O şekilde anlaştık.

Orada bir iki gün daha kaldım. En azından İstanbul'a gitmeden önce tasarımda anlaşmış olduk. Gerisi sadece kodlamaydı. Emeklerimin çalınması hoşuma gitmemişti ama en azından parasını fazlasıyla kurtarmıştım.

Bölüm 38.

Mayıs ayı sonuna geldiğimizde evimizin bir eksiği kalmamıştı. Kirayı ödeyebiliyordum. Mobilyaları ödemiştik. Geriye düğün masrafları, düğün salonu ve takılar kalıyordu. Bir de düğün tarihi almak gerekliydi.

Hande son zamanlarda maaşının tamamını çocuğun gelecek masrafları için biriktirmeye başlamıştı. Bu yüzden uzun zamandır kendisi için bir alışveriş yapmadığı dikkatimi çekti. Bu konuda bir şey yapmam gerektiğini hissediyordum.

Bir gün oturdum, internetten makyaj malzemelerinin, güzel birkaç parça kıyafetin fiyatlarını araştırdım. Not aldım. Bir kadının tam olarak nelere ihtiyacı olabilir emin değildim aslında. Ama bir fikre ihtiyacım vardı. Sonra Hande'yi çağırdım yanıma.

"Bak lavantam. Sen yetişkin, tanıdığım ayakları yere en sağlam basan insansın. Her şeyin içinde hep gülüyorsun. Hep mutlusun. Ama haftalardır, belki aylardır kendin için bir şey yapmıyorsun. Bir şeyler almıyorsun, alışveriş yapmıyorsun, makyaj malzemelerin azalıyor, belki bittiler, ne bileyim, zaten hamilesin, kıyafetlerin küçülecekler, hep bir şeylerden kısmaya çalışıyorsun ve ben bu yüzden mutsuzum," dedim.

Şaşırdı, yanıma gelip oturdu.

"Sen gece gündüz bizim için çalışırken benim gerçekten gidip makyaj malzemesi almamı mı istiyorsun?" dedi.

"Evet aynen öyle," dedim. "Çok doğru anlamışsın. Çünkü kendin için bir şeyler yapmayı bırakırsan, zamanla kendini özlemeye başlayacaksın. Enerjini, güneşini kaybedeceksin. Solacaksın. Bak ben, ben seninle mutluyum. Yani, nasıl demeli? Sen benim yoğun nemlendiricili kremim, kalıcı dolgun kirpikler için rimelimsin. *-kendini tutamayıp güldü-* sen benim ruhumu besliyorsun. Enerjinle, gülüşünle.

Ben ne olursa olsun bunu kaybetmeni istemiyorum. Sağlıklı olan, senin çocuk kadar kendine de bakman. Kendini de şımartman. Kendin için bir şeyler yapman. Kendini de sevmen. Hem ayrıca, sen kendine bakıp kendinle ilgilendiğinde, müthiş çekici oluyorsun ve bu beni inanılmaz motive ediyor, biliyorsun. Bu çabanı çok takdir ediyorum. Teşekkür ederim. Ama sen kağıda yazdığım tutarı her ay kendine harcamazsan ben de tüm işi bırakıyorum haberin olsun. Bak sana söz, düğünden sonra gidip en iyi oyun konsolunu alıp şuraya koymayan ne olsun. Ben de yapacağım."

"Çok yoruluyorsun Demir, kıyamıyorum sana ben ama," dedi.

"Bana kıyamıyorsan lütfen kendine iyi bak. Bu alışverişleri de yap. Merak etme, biz gayet iyi bakacağız bebeğe. *-gözlerimin içine baktı sevgiyle-* Hadi şimdi Sinem'i ara, alışverişe gidin. Bana da bir defter alabilirsen sevinirim, bu eski defterim doldu artık," dedim.

"Tamam çıkıyorum," dedi. Dudaklarımdan usulca öptü. Hala beni her öptüğünde kalbim bir sonraki atışını kaçırıyordu, hayattaki en doğru, en harika histi.

Akşam eve döndüğünde enerjisinin müthiş yükseldiğini görebiliyordum. Sinem'le buluşmuşlar, alışveriş yapıp kahve içmişler, dedikodu yapmışlar, Sinem Hande'ye küçük bebek pabuçları almış. Onları gösterdi gülerek. Ve ben sanki yüzyıllar gibi üstüme çöken yorgunluğumu bir anda unutuverdim.

Düğün için bir tarih ve düğün salonu ayarlamak gerekliydi. O akşam internette biraz araştırıp İzmir'deki mahallelerine yakın, uygun bir yer bulduk. Bir çay bahçesiydi. Şansımızı deneyip aradık. Temmuzun ilk cumartesi akşamı için iptal olan bir yer vardı. Hemen tutuyoruz, dedim. Bir miktar kapora istedi. Kapora bile yarı maaşımdı. Ek işlerden gelen paradan yolladım. Geri kalanını nasıl ödeyeceğimi bilmiyordum ama takılar kurtarmazsa bankadan kredi çekerim diye tahmin ediyordum. Güzel bir yerdi ve Hande orayı tuttuğumuzu öğrenince çok mutlu oldu. Bildiği bir yerdi.

GEÇMİŞTEN BİR HİKAYE

"Çocukken hafta sonları oraya giderdik teyzemle. Oğlanlarla buluşmak için beni bahane ederdi. O oğlanlarla buluşurdu, oğlanlar teyzemin gözüne girmek için bana gazoz ısmarlardı," diye anlatıyordu. Bazen, böyle şeyleri anlatırken tekrar çocuk oluyordu. Onun bu küçük hikâye anları bana büyük bir huzur veriyordu. *Bir de evimiz her daim lavanta kokuyordu.*

Bir gün bir kedi getirdi eve. Topallıyordu. Sokakta görmüş. Daha bir yaşında yoktu. Açtı. Cılızdı. Bir kedimiz eksikti sanki ama kıyamıyordu işte. Alıp veterinere götürdük. Ayağı kırıktı. Maaşımızın hatırı sayılır bir kısmını, onun tedavisine harcadık ama çabuk toparladı. "Yine de sokakta yaşamasın, çok hızlı koşamaz bu ayakla, arabalardan falan kaçamaz," dedi veteriner. Mecbur kapımızı ona açtık. Adını Minik koydu. İki yaşında tam boyuna ulaştığında, hiç uygun olmayan bir isim seçtiğimizi anlayıp buna çok gülmüştük.

Balkonu bir çiçek bahçesine çevirmişti. Saksılar, sarmaşıklar. Arada sırada ben çalışırken bir tütsü yakıyordu. Her sabah yoga yapıyordu. Esniyordu. Bana da öğretmeye çalıştı ama bazı şeyler herkese yakışmıyor. Ben daha çok, göbekli Buda heykeli gibi oturup gözlerimi kapatmayı ve Hande'nin çevremdeki varlığını hissetmeyi seviyordum. "Hiçbir şey düşünmemeye çalış," diyordu bana. Ben olduğum yerde bağdaş kurup gözlerim kapalı otururken, balkondaki çiçekleri suluyordu. Onlarla konuşuyordu. Kediyi tarıyordu. Akşam yapacağı yemeğin hazırlıklarını yapıyordu. Bilgisayarda işlerini hallediyordu. Bazen bir şarkı mırıldanıyordu. Saçlarını tarıyordu. İstemsizce elleri göbeğine gidiyor, kızını hissediyordu. Ben işte gözlerim kapalı, onu hissediyordum. Evren, yıldızlar falan umurumda değildi. Ben henüz on yaşında yurt köşelerinde dayak yerken vazgeçmiştim tanrıdan. Hande, benim tanrıyla olan bağım oluyordu. Evren oluyordu. En dipten tekrar çıkmak için sebebim oluyordu. İnsanca yaşama inancım oluyordu.

Evet, bir kızımız olacaktı. Birkaç hafta önce söylemişti doktor. Bir cinsiyet tercihim yoktu ama kız olmasına sanırım erkek çocuğundan daha çok sevinmiştim.

Bölüm 39.

Suna'dan beklediğim haber Haziran'ın başında geldi. "On gün sonra büyük bir parti veriyorlar. Bu sefer çok önemli kişiler katılacak. Sanırım uyuşturucu falan da olacak. Baya, referansla alıyorlar. Ama şimdiden çok güvenlik var. Eve özel davetiye geldi. Sözleşme falan imzaladık. Gözünü seveyim yakma beni. Ne yapacaksın? Başarabilecek misin?" diye sordu telefonda.

Ona merak etmemesini söyledim. Hande'ye anlatmadım. Anlatabileceğim bir şey değildi. Ondan bir şeyler saklamak hoşuma gitmiyordu ama bilmemesi daha iyiydi. Bu çok tehlikeli bir oyun olacaktı. Ateşle oynadığımın farkındaydım ama bu savaşı ben başlatmamıştım. İçimde sönmeyen bir öfke vardı. Uğradığım haksızlık, bir türlü o çukurdan çıkamamak, Gökhan'a yaptıkları, tehditler... Çok ama çok öfkeliydim. Gökhan'a borçluydum. O bana evini açtı. Benim için hep bir abi gibi elinden geleni yaptı. Kendisinden ayırmadı ve bu Gökhan'ın tek çıkış biletiydi.

Tuğrul Abi'nin bir iş vereceğini, o yüzden birkaç gün gitmem gerektiğini söyledim. Açıkçası Hande'nin oraya gitmek için çok fazla sebebi yoktu. Bir de, evlilik ve doğum iznine ayrılmadan önce elindeki işleri tamamlamak için o da fazlaca çalışmaya başlamıştı.

Eş değiştirmeli, bol yerleştirmeli, şirk koşmalı efsanevi seks partisine bir hafta varken işten izin alıp sabah erkenden yola çıktım.

Öğlen otobüsten iner inmez Gökhan'a uğradım.

Sahaftaydı. Müptezellerden birisine Anna Karenina veriyordu. Eleman çıkınca bana bakıp, "İnşallah okur da azıcık adam olur," dedi. Güldük. Sarıldıktan sonra neden geldiğimi sordu.

"Büyük oynuyoruz," dedim. Suna'yı aradım. Sahafa çağırdım. Geldi.

Gökhan'ın öncesinde ne yapacağıma dair bir fikri yoktu. Suna'dan bahsetmiştim ama yeni tanışıyorlardı.

İkisine birden aklımdaki tüm planı anlattım. Planın özellikle ilk bölümü ikisinin de aklına yatmamıştı. İmkansız diyorlardı. Yine de planın en güvenli kısmı ilk kısmıydı. Kaybedecek hiçbir şey yoktu. O yüzden denemekten zarar gelmez dediler. İlk kısmı kendim yapacaktım. Çok para lazımdı. Gökhan, haraç için ayırdığı parayı verdi.

"Başarırsan zaten gerekmez. Başaramazsan da zaten boku yedik demektir. Bu para seni, beni kurtaramaz," dedi.

Suna'nın bir tereddüttü vardı. Ama planın işe yaraması ve onun asla suçlanmaması için, onu herkesle bir tutmam gerekiyordu. Mantıklı buldu.

Çıkıp bir teknoloji mağazasından ihtiyacım olan her şeyi satın aldım. Kocaman bir kutunun içindeydiler. Gökhan bana bir elektrikçiden ihtiyacım olan kabloları, bir merdiven ve ustanın işçi tulumlarını buldu.

Sahafta tulumları üzerime giydim. Adam benimle neredeyse aynı ölçülerdeydi. Tulumlar kullanılmıştı. Sağında solunda yamalar vardı. Üstü kir pas içindeydi. Alet kemerini taktım. Kablo rulolarını da büyük kolinin üzerine koydum. Gökhan arabayı aldı. Birlikte otele gittik. Otelin servis girişi, otelin arkasındaki bir ara sokaktaydı. Servis girişini gözlemeye başladık. Arada sırada birileri girip çıkıyordu ama ben özellikle aradığım profilde birisini görmeyi bekliyordum. Yarım saat kadar sonra aradığım fırsat geldi. Yeni yetme bir stajyer ara sokaktan servis girişine yönelmişti. Hemen merdiveni omuzuma takıp, ağır koliyi yüklenip arabadan indim. On beş, on altı yaşlarında bir kızcağızdı. Elindeki anahtarla kapıyı açtı. Benim geldiğimi görünce kapıyı tuttu. Yaklaşırken bir kablo rulosunu yere düşürdüm.

"Bir saniye, yardım edeyim abi," dedi. Ben kapıyı tutarken arkamda düşürdüğüm ruloyu alıp kutunun üzerine koydu. Teşekkür ettim. Birlikte içeri girdik.

GEÇMİŞTEN BİR HİKAYE 173

Elimde koliyle mutfağın ve depoların yanından geçtim. Personelin kullandığı bir servis asansörü vardı. Orada beni gören bir güvenlikçi benim için asansörü çağırdı.

"En üst kata basabilir misin birader?" dedim.

"Dur sana yardım edeyim," dedi.

Yukarı çıkarken beni bir yerde görüp görmediğini sordu. Tanıdık geliyordum. Aslında alışveriş merkezinde stantta çalışırken, orada görevli güvenlikçilerden birisiydi. Ama böyle tulum içinde olunca, aradan da iki sene falan geçince, çıkaramamıştı.

Ben de "Otelde görmüşsündür, hep çağırıyorlar," dedim.

"Olabilir, haklısın," dedi. Beni nereden hatırladığına bir bahane bulunca üstelemedi.

"Has siktir, anahtarları unuttum," dedim.

"Ben getiririm birader rahat ol," dedi.

En üst kat bomboştu. Bir süre güvenlikçinin asansörle aşağı inip geri gelmesini bekledim. Geri döndüğünde elinde tüm kapıları açan servis kartlarından birisi vardı.

"Çıkışta bana bırakırsın," dedi. Teşekkür ettim.

Tüm odalara yetecek kadar kamera ve kablo getirmediğimi fark ettim. Odaları teker teker gezdiğimde, beş tanesinin süet oda olduğunu gördüm. Bunlarda kodamanlar kalmalıydı. Kameraları gizleme zahmetine bile girmedim. Hepsini televizyonların yanına sabitledim. Televizyon kumandalarının alıcısı gibi görünüyorlardı. Televizyon hattının kablolarıyla birlikte tüm tesisatı döşedim. Ana bilgisayar, bir mini bilgisayardı. Kata internet dağıtan dağıtıcıya doğrudan bağladım. Her şey açık seçik ortadaydı. Biraz ayarlamadan sonra, rahatça tüm kameraları görebiliyordum. Arada güvenlikçi bir bardak çay getirdi, sohbet ettik. Bana alışveriş merkezindeki hatıralarını bile anlattı. Arada kablo çekerken yardım etti. Soketlerinden çıkmış iki üç tane priz vardı. Dikkat çekmemek için onları da onardım.

Tüm sistemin elektrikler arada kesilip gelse dahi, çalışmaya devam edeceğine emindim. Geriye sadece beklemek kalıyordu.

Güvenlikçiye teşekkür edip kartı geri verdim. Ön kapıdan çıkarken resepsiyondakilere selam verdim, merdiven ve boş koliyle ayrıldım.

Geri dönüp tüm olan biteni Gökhan ve Suna'ya anlattığımda ağızları bir karış açık dinlediler. Bu kadar rahat olacağını tahmin etmemişlerdi.

İşin aslı, hepimiz bu gibi durumlara karşı çok açığız. Eğer yüksek güvenlik için özel bir güvenlik eğitimi almadıysanız, arkanızdan gelen, eli kolu dolu bir işçiye karşı sempatiniz olur. Yorucu işleri olan emekçilere yardım etmeye çalışırsınız. Üstelik çoğu zaman bir işçi tulumu ve bir merdiven, en yetkili kimlik kartının açamayacağı kapıları açar. Özellikle iş yeri sizin değilse, bu gibi kişileri sorgulamazsınız. Çünkü size karşı kişisel bir tehdit oluşturmazlar. Aklınıza gelmez. Kapıyı tutarsınız. İçeri alırsınız. Yardımcı olursunuz. Bunlar insan doğasının temelidir. İşte bu yüzden bu gibi durumlara sosyal mühendislik diyoruz.

Suna'ya, "Sakın renk verme gözünü seveyim, halledelim şu işi," dedim.

"Beni o odadan bu odaya götürüp sabaha kadar en az üç dört kişi sikecekler farkındasın değil mi?" diye tersledi. Kelimeleri ağır ağır söylüyordu. Haklıydı.

"Özür dilerim ama eğer kaçarsan, geri adım atarsan ya da bir şekilde kameralarda görünmezsen, senin bunu bildiğini anlarlar. Gökhan ve beni de zaten sikecekler ama seni korumam zor olur. Sana aradığın intikamı tattıracağım, söz veriyorum," dedim.

"Doktorunki küçüktü, onu kafalıyayım bari," dedi sinirle gülerek.

Geriye bir hafta beklemek kalıyordu. Beklemek için İstanbul'a döndüğüm gün, büyük bir internet firmasından iş görüşmesi için bir telefon aldım. Online alışveriş platformuydu. Bir şekilde yaptığım işler aracılığıyla tanıştığım kişiler önermişler. Bekletmeden görüşmeye gittim. Büyük bir yerdi ve görüşme sürecini iyi geçirebilirsem, iyi bir maaş teklif ediyorlardı. Hande doğum iznine ayrılacaktı. Sonra da bir süre evde çocuğa kendisi bakmak istiyordu. Annesi bize yardıma

GEÇMİŞTEN BIR HIKAYE 175

gelecekti ama Hande'nin hala iş konusunda kafası karışıktı. Eğer merak ediyorsanız, doğum izninden sonra işten ayrıldı. Kızımız bir buçuk yaşındayken doktoraya kabul edildi. Akademisyen oldu. Ama o vakitler kaygılarımız vardı. Bu yeni teklif edilen maaşla, ek iş almadan evi rahatça geçindirebileceğime emindim. Sonraki üç dört günü, hafta sonu yaklaşan partiyi tamamen aklımdan çıkarıp, iş görüşmelerine ayırdım. Arka arkaya teknik mülakatlar, insan kaynakları derken cuma günü el sıkıştık. Düğün için bir hafta yıllık izinden borçlandıracaklardı. Her şeyi halletmiştik. Bir hafta sonra, ay başında başlayacaktım. Ajanstan istifamı verdim. Bir hafta kendime tatil ilan ettim.

Bölüm 40.

Parti cumartesi gecesiydi. Suna bir hafta öncesinden bizi telefon rehberinden ve son aramalardan sildi. Eğer söylemesi gereken bir şey olursa, sahaftan bir kitap almaya gelecek, o esnada söyleyecekti. Olabildiğince birbirimizden bağımsız hareket etmeye çalışıyorduk. Otele kurduğum bilgisayar sistemi problemsizdi. Tüm kameralardan o zamana göre iyi kalitede görüntü alabiliyordum. Bir de bilgisayarın kendi hafızası vardı. Eğer bağlantıyı bir sebepten kaybedersek, bilgisayar tüm geceyi kaydedecekti. Ara sıra internetten girip kontrol ediyor, sonra işime gücüme bakıyordum.

Hande'ye hiçbir şey anlatmadım. O esnada zaten yeni işin görüşmelerine odaklıydım. Genellikle yeni işi ya da dışarıdan gelen diğer işleri konuşuyorduk. Bir de çok yorgundum. Hiçbir sabaha uykumu alarak uyanamıyordum. O güne kadar Hande'den hiçbir şeyi gizlememiştim. Yine gizlemek istemiyordum ama anlatırsam beni vazgeçirecekti. Buna emindim. Ve vazgeçmek istemiyordum. Sonuna kadar gitmem gerekiyordu. Bu benim için bir onur meselesi haline gelmişti. Belki kindar olduğumu düşünebilirsiniz. Haklısınız da. Hayat beni kindar bir adam haline getirdi. Aslında basit şeyleri çabuk unuturum. Kimseden bir beklentim olmadığı için kırılmam da. Ama bana atılan kazık ağırıma gidiyordu. Bir de Gökhan'a karşı sorumlu olmasam da, yardım etmek istiyordum.

Ve her şeyin en derininde bir yerde, dünya yansın istiyordum. Otorite sahiplerinin içinde bulundukları rezil durumun bir parodisiydi yaşanan. O yüzden her şey sona erdiğinde Hande'ye anlatmaya söz verdim. Muhtemelen çok kızacaktı ama olsun. Eğer kızacak diye ondan bir şeyler gizlersem, kendimi bir daha asla onun yanında huzurlu hissedemeyeceğimi biliyordum.

Cumartesi sabah erkenden Tuğrul Abiye işi teslim edeceğim diyerek yola çıktım. Öğleden sonra Gökhan ile buluştuk. Gökhan, tanıdığı birisinden birkaç iyi bilgisayar bulmuş, sahip olduğu internet hızını da arttırmıştı. Ona bunlara ihtiyacımız olmadığını söyledim. Biz direkt çeşmeden dolduracaktık. Nasıl yani, dedi. Otelde farklı bir kimlik adına rezervasyon yaptırmıştım. En üst katta olmamıza gerek yoktu. Bir şekilde aynı ağa bağlansam yeterliydi benim için. Bilgisayarları ve zamazingoları alıp otele gittik. Odaya yerleştik. Sadece beklemek kalmıştı.

İki bilgisayar küçük otel masasının üzerinde duruyordu. Televizyonu kabloyla bilgisayarlardan birisine bağlamıştım. Oradan sürekli disko alanını görebiliyorduk. Önce güvenlik tek tek tüm odalarda arama yaptı. Sonra kendilerine ait güvenlik kameralarının üstüne tam olarak göremediğim bir şeyler geçirerek görüntü almalarını engellediler. Ardından orayı terk ettiler. Akşam yedi gibi misafirler gelmeye başladı. Kimler yoktu ki. Yıldızlar karmasıydı. Pek çoğunu yerel gazetelerde her hafta görmek mümkündü. İki sanayici ve eşleri, üç doktor ve eşleri, bir önemli siyasetçi ve eşi, Suna ve inşaatçı erkek arkadaşı, bir başka önemli siyasetçi ve eşi... liste uzayıp gidiyordu. Herhalde yirmiye yakın önemli insan vardı. Bir o kadar da eşleri. Bizim mobilyacı ortalıklarda yoktu. Gördüğüm kadarıyla, o sadece mekan sahibiydi. Bu rezilliğe aracı oluyordu. En üst kata otel personelinden kimse alınmıyordu. Gökhan'ın gördüğü kadarıyla, aşağıda bir görevli sadece belli kişilerin en üst kata çıkmasına izin veriyordu ama görevli kata girmiyordu. İhtiyaç olunan tüm içkiler, atıştırmalıklar, enerji içecekleri, prezervatifler, seks oyuncakları... hepsi diskodaki bir masanın üzerinde hazır duruyordu. İçkiler bittiği zaman, kadınlar servis yapıyorlardı.

Gece sekiz gibi başladı. İlk bir saat sadece ayakta sohbet edip içki içtiler. Her şey sanki bir yılbaşı balosu gibiydi. Sıradan ve sıkıcı. Bizim odamız giriş kattaydı ama bağlantımız iyiydi. Her şeyi anlık kaydediyorduk. Gökhan'a nasıl yapması gerektiğini anlatmıştım.

Gece ilerlerken, ortamın yavaş yavaş gevşediğini görebiliyorduk. Kravatlar ve ceketler çıkmıştı. İnsanlar flörtöz tavırlarla birbirlerine dokunuyor, bazen kaçamak bakışlar atıyor ya da farklı eşler kuytu köşelerde birbirleriyle cilveleşiyorlardı. Ancak ortamda henüz yeteri kadar alkol yok gibiydi. Sonra, geceyi asıl köpürten şeyin alkolden fazlası olduğu ortaya çıktı. Ortaya kocaman bir masa geldi. Birisi, birkaç poşeti masanın üzerine attı. Poşetlerde kokain olduğunu tahmin ettiğimiz beyaz bir toz ve farklı renklerde haplar vardı. Biraz sonra, pek çok kişi sırayla kokaini burunlarına çekiyordu. Kokaini çeken kenara çekiliyor, biraz bekliyor sonra gittikçe rahat tavırlar sergiliyordu.

Başlangıçta çok tedirgin ve korkak davranan Suna, bu sıraya girdikten sonra, baştaki tedirginliğini bir kenara bıraktı. Onu bunun içine sürüklediğim için kendimi kötü hissediyordum. Ancak ok yaydan çıkmıştı bir kere.

Saat on gibi, ortam iyice sulanmaya ve ilk eş değiştirenler odalara çekilmeye başlamışlardı. Siyasetçilerden birisi gözüne genç bir kadını kestirmişti. Genç kadın da bu duruma çok karşı görünmüyordu. Birlikte büyük bir odaya geçtiler. Ön sevişme ve biraz oral seksten sonra, kadın yapay bir penisi siyasetçinin götüne soktuğunda, o ana kadar gördüğüm her şeyi unutabilmek için terapiye ihtiyacım vardı. Bu bambaşka bir boyuttu artık. Gökhan ile şok olmuş bir halde birbirimize baktık.

"Bunu unutmak için doktora falan gitmem lazım," dedi. Kahkahayla güldük. Bir taraftan diskodaki hareketlilik devam ediyordu. Suna, daha önce birlikte olduğu yaşlıca doktorun ona dokunmasına izin verirken erkek arkadaşı İlker de doktorun eşiyleydi. Sonra dörtlü bir grup olarak bir başka süet odaya geçtiler. Şimdi büyük yatağın üzerinde iki erkek ve iki kadın, uyuşturucunun etkisiyle kendilerinden geçiyorlardı.

Bu bütün gece böyle sürüp gitti. Bütün detaylara gerek yok sanırım. Bu hikâyeyi size tatmin olmanız için anlatmıyorum. Ders çıkarmanız için de anlatmıyorum aslında. Sadece sarhoşum ve bu sarhoşken anlatılacak bir hikâye. Hepsi bu.

Sabaha kadar cinsellikten soğuduk. Tüm kayıtları topladık. Her şeyin mükemmel olduğundan emin olduktan sonra, sabah oteli terk ettik.

Ertesi gün tüm vaktimizi bu videoları doğru düzgün bir film haline getirmek için kesip biçerek geçirdik. Arada sırada Vildan geliyordu. Ne yaptığımızı söyleyemeyeceğimiz için, bir şekilde oyalamaya çalışıyorduk. Hande ile konuştum birkaç kez. Çok uykusuzdum ama sürekli bir adrenalin patlaması içindeydim. Akşama doğru elimizde on tane film DVD'si vardı. Herkese ihtiyacımız yoktu. Kimisi küçük balıktı. Biz sadece büyük balıkları korkutmak istiyorduk. Suna geldi.

"Ne yaptınız?" diye sordu. Sonra kendisini izlemek istediğini söyledi. Sanırım hakkı var diye düşündüm. Bir bilgisayardaki kayıtları gösterdik. Birkaçına hızlıca baktı. Sonra dörtlü yaptıkları videoyu izlemeye başladı. İzlerken de ağlamaya.

"Bitirelim bu orospu çocuklarını," dedi öfkeyle. Gökhan onun yanına oturup biraz sakinleştirdi.

İçerideki herkesin kim olduklarını geceden bulmuştuk. Zor değildi. Dediğim gibi, biraz yerel haberleri okumak yeterliydi. Sosyal medyanın ilk zamanlarındaydık ve her şey her yerdeydi. Kimsede bir bilgi saklama, gizleme duygusu henüz başlamamıştı. O yüzden kolay oldu.

Bir sonraki gün, yani pazartesi sabahı çingene mahallesinden güvenebileceğimiz sekiz on tane çocuk bulduk. Kuryelik yapacaklardı. Şehrin küçük bir havalimanı vardı. Suna sabah erkenden İstanbul uçağına binip, diğerlerinden daha büyük bir paketle yola çıktı. Onun adresinde iki rakip gazete vardı. Plana göre, eğer öğleye dek bizden haber alamazsa, birbirine rakip iki gazeteye elindeki ham görüntüleri verecekti. Siyasetin basın üzerinde henüz o kadar büyük bir gücü yoktu. Birinden biri bunları yayınlama riskine mutlaka girerdi. Girmezse de, sorun değildi. Saat dört gibi tüm görüntüler video paylaşım sitelerinde otomatik yayına girecekti. Mesele yayınlama meselesi değil, yayını

GEÇMİŞTEN BIR HIKAYE 181

durdurma meselesiydi. Suna'yı ve internete yayılacak videoyu sadece biz durdurabilirdik. Çocuklara adresleri ve paketleri verdik. İmza alın, gelince paranızı verelim deyip yolladık. Biz de Gökhan ile birlikte mobilyacının yolunu tuttuk.

Bölüm 41.

Tefeci orospu çocuğu mobilyacının çam yarması tahsilatçısı İsmet kapıda durmuş bir sigara içiyordu. Beni gördü.
"Hayırdır, hangi rüzgar attı seni buraya?" diye sordu. "Uslanmadın mı oğlum sen buradan?"
Ayak üstü sohbetin vakti değildi. Yüzümün ciddi olduğunu görüyordu.
"Abi, birazdan çarşı pazar karışacak. Bu konu seni beni aşar. Bak sen beni idare ettin, ben de seni idare etmiş olayım. Sen buradan yavaşça voltanı al, bir iki gün gelme," dedim. Yüzü karardı.
"Ne demek lan o?" diye sordu.
"Birazdan senin patron beni öldürmeni isteyecek. Konu benlik değil ama. Çok büyük isimlere büyük kazık attı diyelim. Yine de sen bilirsin ama senin patronun kendisi ölü, haberi yok. O yüzden sen kendi dümenine bak abi. Beni öldürmen seni ya da Tuna'yı hiçbir boktan kurtarmayacak," dedim. Bir cevap vermesini beklemeden Gökhan ile içeri yürüdük. Onu bir daha görmedim.

Mobilyacı muhabbet tellalı Tuna, odasında bir şeylerle uğraşıyordu. Yanına girdik. Masasının karşısındaki koltuklara oturduk. Hayırdır der gibi yüzümüze bakıyordu. Sinirlenecek oldu, etrafa bakındı, İsmet'i göremeyince bize yöneldi.
"Hayırdır baylar?" dedi.
"İki kahve, benimki sade olsun. Sen nasıl içersin kardeşim?" diye sordu Gökhan.
"Sade, sade. Sade iyidir," dedim. Mobilyacı neden böyle davrandığımızı anlamadan güldü. Sanırım borcu kapatacağımızı falan zannetti ya da başka bir şey, bilmiyorum. Biz ona yüksek özgüvenin yan

etkileri diyelim. Ahizeyi kaldırıp mağazada duran seksi kıza üç kahve siparişi verdi.

"Nedir konu?" diye sordu.

"Hiç, sohbete geldik. Özledim seni. Nasıl, siteyi sevdin mi? Görüyorum baya sipariş falan alıyorsun siteden, güzel iş çıkardık be," dedim.

"Bitmedi ki oğlum. Bitirseydin daha güzel olacaktı," dedi bıyık altından gülerek.

"Bitmemiş siteyi neden açtın ki öyleyse?" diye tersledim. Cevap verecek oldu, araya girdim. "Neyse, neyse. Keyif bozmaya gelmedik biz. Kahveler gelsin, öyle konuşalım, hayırlı bir iş için geldik," dedim.

"Peki bakalım," dedi.

Kahveler geldi. Kahvelerimizi içerken, abuk sabuk gündelik sorular soruyorduk. Gökhan, yeni çıkacak tabela ve reklam yönetmeliği hakkındaki fikrini sordu. Yaz sezonu açılıyordu. Marina ile ilgili merak ettiklerimi sordum. Gerçekten çok saçma bir muhabbetin içindeydik. Tuna'nın da sabrının tükenmek üzere olduğunu görüyordum.

Sonra bir telefon geldi Tuna'ya.

"Pardon baylar," diyerek ayağa kalkıp telefonu cevaplamak için dışarı çıktı. Ofisin penceresinden yüzünün bir anda kıpkırmızı kesildiğini görebiliyordum. Çok keyiflendim. Gökhan gülmeye başladı. Herif telefonu kapatıp bir küfür savurdu, etrafa bakındı. "İsmet!" diye bağırdı. Gelen giden olmadı. Tam öfkeyle yanımıza gelirken yine telefonu çaldı. Şimdi bir başkası arıyordu. Onunla telefonda konuşurken biz ayağa kalktık. Henüz telefonu kapatamamıştı. Biz yaklaşınca sustu ancak karşı taraftan yükselen bağırışları duymamak elde değildi.

"Abi sen meşgulsün galiba, biz sonra uğrayalım sana," dedim. Koluma yapışıp tüm gücüyle çeneme bir yumruk indirdi. Bu yumruğu beklemiyordum. Çok da kuvvetliydi şerefsiz herif. Arkadan bir dişimin o an gevşeyerek ağzıma düştüğünü hissettim. Canım çok acısa da sinirle gülmeye başladım. Ağzım kan içindeydi.

Birazdan bu adamla işleri bittiğinde karısı bile onu tanıyamayacaktı, bunu biliyorduk. Burası ana baba gününe dönecekti. O yüzden lafı fazla uzatmaya gerek yoktu. "Bak sen zaten öldün. Muhtemelen bizi satarsın, senin gibi yavşaklar çok rahat adam satarlar. Abilerin gelir bizimle konuşmaya. Fark etmez. Ne olursa olsun, sen zaten bittin. Seni birazdan burada pis sikecekler. Biz benim dükkandayız. Eğer kasetler gazetelere, televizyonlara veya internete liseli ifşa videoları gibi yayılsın istemiyorsanız gelin, konuşalım," dedi Gökhan.

Biz mağazadan çıkarken, iki siyah Mercedes hızla gelip mağazanın önünde durdular. Arkama bile bakmadan birkaç kişinin apar topar arabadan indiğini, ardından birisinin "Amına kodumun piçi!" diye bağırdığını duydum.

Gökhan'ın dükkanına geldiğimizde heyecan ve stresten titriyorduk. Masanın altından bir viski şişesi çıkardı. Vildan o gün, gündüz çalışıyordu. Gökhan iki bardağı ağzına kadar viskiyle doldurdu. Büyük yudumlarla mideye yuvarladık. Beş dakika içinde sakinleşip çakır keyiften daha sarhoş bir halde beklemeye başladık. Yarım saat sonra, iki siyasetçi birden Gökhan'ın dükkanından içeri daldı. Geçen geceden birkaç kodaman da dışarıda bekliyordu. Çevredeki esnaf şaşkındı. Bir siyasetçinin sivil polis korumaları kapıda beklerken diğerinin korumaları içeri girdi.

"Siz kimsiniz ulan!" diye bağırdı biri. Önüne gelen rafları devirdi. Kasayı kaldırıp yere vurdu. Silahını çekti. İki koruması da etrafı kırıp dökmeye başladılar. Sadece korkutmak istedikleri ortadaydı. İşin aslı, her şeyden çok onlar korkuyorlardı. Biz zaten dipteydik. Daha dibe düşmemiz fizik kurallarına aykırıydı. Onlar ise çok yüksekten düşeceklerdi. Bağıran lavuğun adı sanırım adı Kılıç ya da öyle bir şeydi. Diğerine de Mehmet diyelim şimdilik. Karışmasın. Kılıç, arkasına penis sokturan kıllı tuhaf adamdı. Mehmet'ten daha yüksek bir konumdaydı. Diğerinin erken boşalma hariç çok büyük bir olayı yoktu. Kayda değer iki dakika ya kaydedebildik ya kaydedemedik.

Korumalar bacaklarımıza vurup yerde diz çökmeye zorladılar. Kılıç, elindeki silahı yukarıdan bize doğrultuyordu. Onlar gelmeden önce içtiklerimiz sağ olsun, biz hayli sakindik. "Geçen geceden sonra rahat yürüyorsun. O dalga bana girse bir hafta yamuk yürürdüm herhalde. Alışıksın sanırım?" dedim. Dediğim gibi, sarhoştum. Silahın kabzasını kafama geçirdi. Başımdaki yarıktan akan kan, şimdi gözümü kapatıyordu.

"Bir saat kadar sonra bir arkadaşımız C ve H gazetelerine aynı anda tüm ham görüntüleri teslim edecekler. Eğer gazetecileri ya da arkadaşımızı sustursursanız diye de, videolar çoktan video paylaşım sitelerine yüklendi. Bir süre sonra otomatik yayınlanacaklar ve tüm dünya götünüze girenleri ya da dünya hızlı boşalma şampiyonluğunuzu tebrik edecek. Engelleyemem. Engellemem de. Ben zaten bittim, siz de bitin amına koyayım," dedi Gökhan. Benim başından süzülen kan ve acıdan o anda konuşmaya mecalim yoktu.

Korumalardan birisi Gökhan'ın karnına kötü bir tekme indirdi. İki büklüm oldu. Ardından erken boşalan siyasetçi bana bir tokat yapıştırdı. Elindeki yüzüğün izi yanağıma geçti. Bizi on dakika kadar korumalarla birlikte tertemiz dövdüler. Kaburgalarımız ezildi, bir kolum çatladı. Sanatsal çalıştı devletin maaşlı fedaileri. Dışarıdaki esnaf içeriyi görmeye çalışıyordu ama kapıdaki korumalar herkesi uzaklaştırdılar.

Çok canım yandı ama kahkahayla gülüyordum. Viskinin uyuşukluğu tüm damarlarımda ilerliyordu. Damarlarımda adrenalin ve alkol arasında bir savaştı yaşanan. Hissetmem gereken acının yarısını bile hissetmiyordum. Hissettiklerimse çok canımı yakıyordu. Yine de belli etmemek için elimden geleni yapıyordum.

"Bak, beni istediğiniz kadar dövebilirsiniz. Derim kalındır. Alışığım ben. Zaten yarı ölüyüm. Gökhan da daha farklı değil hani. Ama kendinizi kurtarmak için tek şansınızı şu anda boşa harcıyorsunuz. *-ağzım kanla dolunca yere tükürdüm-* Arkadaşımızı bulabilirsiniz. Sorun değil. Ama internete görüntülerin yayılmasını

GEÇMİŞTEN BİR HİKAYE

engelleyemezsiniz. Benim hayatım çocuk esirgeme yurtlarında inat uğruna yediğim dayaklarla geçti. Bu sizin attığınız dayağı yemekten sonra veriyorlardı bize. İşler sizin zamanınızdaki gibi yürümüyor. Bir şey internete düştüğü andan itibaren, -*nefesim kesildi, derin bir nefes aldım, kaburgalarımın arasından bir yerden keskin bir acı yükseldi*- onu yok edemezsiniz. Kopyalar o partiye katılan herkeste var. Ben size, yani siz yirmi kişiye... aman ne yoruyorum kendimi. Azıcık mantıklı davranın. Biz her şeyi unutmaya hazırız. Basit birkaç isteğimiz var. Bizi şurada öldürürseniz, sadece katil olacaksınız geri zekâlılar, kameraya el sallayın," dedim. Dükkanın köşesinde bir kamera daha vardı.

Mehmet ile Kılıç önce birbirine bakıp sonra dükkanın arkasına geçtiler. Beş dakika kadar aralarında konuştular. Sonra geri döndüler.

"Ne istiyorsun?" diye sordu Kılıç.

"Bakın bizim sizinle gerçekten bir işimiz yok. Biz küçük insanlarız. Hani, ameleye sormuşlar, zengin olsan ne yaparsın diye. Soğanın sadece cücüğünü yerim demiş. Bizim vizyonumuz o kadar. Bizim tek derdimiz Tuna denen o mobilyacı pezevenk. O it, Gökhan'ın tüm borçlarını silecek. Bizi rahat bırakacak. Buradan siktir olup gidecek. Üzerine yattığı bana olan borçları için de hesabıma bir milyon geçecek. Biz de tüm ham kopyaları size teslim edeceğiz. Görüntülerin bir kopyası var mı yok mu emin olamazsınız biliyorum ama basına bugün hiçbir şey sızmayacak. Bu görüntüler de, o gece orada olanlar arasında bir garanti görevi görecek. O yirmi kişinin bir daha birbirine kazık atma şansı yok çünkü görüntüler hepinizde var. Ne yapacaksın? Yirmi kişinin birden ipini mi çekeceksin. Sana güç vaat ediyorum. Ham görüntülerden istediklerini ayıkla. Size yolladığımız, tüm görüntülerin yüzde biri," dedim.

Korumasına bir şeyler söyledi. İki dakika sonra Tuna suratı darmadağın halde kapıda göründü. Bizden daha kötü durumdaydı. Bir koruma koluna girmişti. Güçlükle yürüyordu.

"Orospu çocukları", dedi ağzının kenarıyla.

"Küfrederek nefesini yorma," dedim. Kılıç, taleplerimi anlattı adama. Adam tamam, dedi. Bir şeyler geveledi.

Bir saat sonra bir milyon hesabımdaydı. Tüm bilgisayarları ve harddiskleri teslim ettik. Yapabilecekleri başka bir şey kalmamıştı. Suna'yı aradım. İş bitti, dedim. Güvendeyiz. Videoları da yayınlanmadan internetten sildim.

Paranın yarısını Suna'ya yolladım. Daha fazlasını da hak ediyordu ama anlaşmamız böyleydi. Yarısı. O tüm onurunu bunun için ortaya koymuştu.

Sonraki günlerde otelin ve marinanın işletme ruhsatları iptal edildi. Otel bir başkasına devredildi. Sanırım bir şekilde otelin üzerine çöktüler. El elden üstündür. Tuna da dükkanı kapatıp o şehirden siktir olup gitti. Bir daha adını duymadım.

Adamlar gittikten sonra çevre esnaf içeri hücum etti ama bir şey anlatmadık. Sonra kulaktan kulağa anlatılan birkaç asılsız dedikodu döndü o kadar. Birkaç kişi kalıp yaralarımızı temizlememizde yardım etti. Akşam üstü Vildan geldi. Masadaki senetleri gördü. Bizi gördü. Ağzımız yüzümüz dağılmış, gözlerimiz şişmişti. Dişimin kanaması yeni duruyordu. Çıkan dişi avucumda tutuyordum. Tek gözüm artık tamamen kapanmıştı. Diğeri de yarımdı. Birisinin elime tutuşturduğu içi erimiş bir buz poşetini ala gözüme tutmaya çalışıyordum. Halimiz perişandı.

"Ne oldu!?" diye sordu korkuyla.

Gökhan içerideki birkaç kişiyi yolladı. Kapıyı kapatıp zuladaki tüm hapları çıkardı. Vildan'ın elinden tutup arkadaki tuvalete götürdü. Tüm hapları tuvalete döküp sifonu çekti.

"Hepsi bitti, artık özgürüz," dedi.

Kalan paranın yarısını Gökhan'a verdim. İki yüz elli bin de bana kaldı. O paranın elli binini -*ki bu o zamanlar lüks bir araba parasıydı*- kendime ayırdım. Bu orospu çocuğunun üstüne yattığı emeklerimin karşılığıydı. Geri kalanını da daha sonra Çocuk Esirgeme Kurumuna bağışladım.

GEÇMİŞTEN BIR HIKAYE

Gökhan ile birbirimize sarıldık. Ağladık. Vildan başımdaki yaranın dikilmesi gerektiğini söyledi. Gökhan'ın da kaşındaki yarık kendi kendisine kapanmayacak gibi görünüyordu. Bizi acil servise götürdü. Polis ne oldu diye sordu. Kavga ettik ama birbirimizden şikayetçi değiliz, alkollüydük dedik. Çok da üzerinde durmadı. Artık borcu kalmayan, tamamen Gökhan'a ait sahafa geri döndüğümüzde gece yarısıydı. Gökhan tüm senetleri yaktı. Sonra her şeyi Vildan'a anlattık. Çok kızmasını bekliyordum ama, kızmadı. Sadece "Ben seni Hande'ye nasıl yollayacağım bu halde," diye söylenip durdu.

"Sabah birlikte gidelim ne olursunuz," dedim. "Hamile kız zaten, her duyguyu on kat yukarıda yaşıyor, paramparça eder beni, ağzıma sıçar ya."

Bölüm 42.

Çözünmek. Yoksa çözülmek mi? Sözlüğe göre çözünmek, çözülme işine konu olmak demek. Erimek. Yok olmak mı? Hayır. Aslında daha büyük bir şeyin içinde varlığının dağılması. İlginçtir, polisiye romanlarda, televizyonda falan, suçlarını itiraf eden suçlular için de bu değim kullanılır.

"Amirim adam çözüldü," der bir polis memuru. Suçlu kişi, çözülme işine konu olmuştur aslında. Çözündü demesi gerekirken, kelimeyi katleder. Neyse.

Şimdi kapatın gözlerinizi. Ya da işte, metafor olarak. Anladınız siz beni. Kusura bakmayın.

Şimdi kapatın gözlerinizi. Denizdesiniz. Mevsim, yazın sonları. Gökyüzünde gri bulutlar. Siz denizin içindesiniz. Kumsal sessiz ve ıssız. En yakın insanın nerede olduğuna dair hiç fikriniz yok. Bedava girilen ve kimsenin kendisini kumlara gömmediği, üstsüz güneşlenmediği, seyyar satıcıların yalınayak kavruk tenleriyle güneşin altında dolaşmadığı, çocukların çığlık atmadığı, hatta insanoğluna dair hiçbir şeyin ve hatta kıyıya vurmuş bir çöp tanesinin bile olmadığı bir hiçlik plajındasınız. Saat yok. Zaman yok. Gri bulutların engellediği güneşin yerini kestiremiyorsunuz. Rüzgarsız bir yağmur yağıyor. Siz denizin içindesiniz. Yüzünüz gökyüzüne dönük, kollarınız iki yana açılmış, hareketsiz bir şekilde, dalgasız denizde uzanıyorsunuz. Tatlı yağmur damlaları yüzünüze vuruyor. Damla damla. Gözlerinizi kapatıyorsunuz. Derin bir nefes alıyorsunuz. Ciğerleriniz tuzlu deniz havasıyla doluyor. Ve işte orada, tüm zamansızlığın içinde, derinizden başlayarak küçük parçalar halinde, tuzdan bir heykel misali yavaşça suyun içinde çözünüyorsunuz.

Denizin içinde, denizle bir oluyorsunuz.

GEÇMİŞTEN BİR HİKAYE 191

Birden, uzak kıyıların, başka kumsalların, okyanustaki fırtınaların, yakamozların, hazinelerin, rüzgarların, dalgakıranların, deniz fenerlerinin, dalgaların vurduğu Batı Sahra kıyılarının, göçmen kuşların, Japonya'da okyanusa girmekte olan bir çocuğun, martıların, karanlık derinliklerin, her şeyin farkındalığı zihninize hücum ediyor. Balinaların şarkılarını duyuyorsunuz. Hepsi, her şey, bir anda yaşanıyor. Siz, deniz oluyorsunuz. Okyanus oluyorsunuz. Dereler, nehirler ekleniyor parmak uçlarınıza, hissediyorsunuz uzak köylerin, sessiz vadilerin coğrafyasını. Denizde ufak parçalarla çözünüyorsunuz. Zaman duruyor. Siz, sadece denizin içinde yok olmuyorsunuz. Deniz oluyorsunuz. Okyanus oluyorsunuz. Varlığınız bir sonsuzluk zelzelesi içinde anlamsızlaşırken, şairler ve ressamlar ve denizin türküsü ve ağıtlar ve uzak rotalar ve çocuklar ve askerler ve tanrılar ve hatta Poseidon, sizden bahsediyor.

İşte Hande o ışıltılar saçan gözlerindeki tomurcuk yaşlarla beni yine dizlerine yatırıp küçük kuşlar gibi hafif ve çırpınan elleri, uzun ve narin parmaklarıyla yaralarımı temizler ve onlara merhemler sürerken, tam olarak hissettiğim buydu. Bazıları buna "anda olmak" diyor. Oysa, anda olmak için zamanın varlığı gerekir. Bense size, zamanın var olmadığı bir başka dünyanın mümkün olduğunu anlatıyorum.

Ben, kızımız doğmadan önce, düğünden önce, her şeyden önce böyle büyük bir riske girip hayatımı tehlikeye attığım için kızacağını zannediyordum aslında. Ama kızmadı. Kızmak küfürlerle, şiddetiyle gelir. Hande ise sadece derin bir sitem içindeydi ki bu sitem, çocukken bir arkadaşımda gördüğüm küfürler sözlüğündeki tüm küfürlerden daha ağırdı.

"Neden bana anlatmadın?" diye sordu halimi gördüğünde. Gökhan ve Vildan bir şeyler açıklayıp beni savunacak oldular ama dinlemeden susturdu onları.

"Kızacaksın ve engel olacaksın diye korktum," dedim.

"O adamlardan korkmadın ama benden mi korktun?" diye sordu. Tabi, soruyu bu şekilde sorduğunda, konu çok farklı bir hale geliyordu.

İlk kez fark ediyordum. Aklımda kurduğum onlarca farklı soru-cevap içerisinde bunu düşünmemiştim.

"Ben seni anlarım Demir. Ben sana kızmam. Seni anlayamasam da, derim ki, Demir akıllı adam. Bir bildiği vardır. Ben sana kızmam. Kızamam. Sen sevdiğim adamsın. Eğer benden korkarsan ve anlatmazsan, biz nasıl var olabiliriz ki? Sen kendini benim yanımda güvende hissetmiyor musun? Gökhan kadar değil miyim senin için?" diye sordu.

Bu son kurşun beynimi dağıtmadan önce arkasına sığınıp kaçabileceğim tek bir bahane vardı. Bariz bir yalandı ama bu ucuz manevrayı yapmak zorundaydım.

"Hamilesin ama, ben, çok üzgünüm. Şimdi anlatıyorum ama. Kavga ettim, dayak yedim de diyebilirdim. Çok üzgünüm," dedim. Ve bir daha ne ben ondan bir şey gizledim ne de o bir kez olsun ağzını açıp bana kızdı. Bugün dahi en salakça şeyleri bile ona kızacağından korkmadan anlatabilmek, dünyanın en büyük özgürlüğü benim için.

Tabi insan o zamanlar fark etmiyor. Şimdi düşününce, bu benim için o zamanlar yapması çok zor bir şeydi. Hande'nin sevgisiyle bir imkansızı öğrenmiştim. Küçükken babamın dayakları yüzünden, sonra yetimhanede, yaptığım salakça şeyleri, kırdığım eşyaları, kötü gelen notları, kavga ettiğimi gizlemeyi, saklamayı, yalan söylemeyi öğrenmeseydim, işler benim için hiç iyi gitmezdi. Okul da bundan daha farklı değildi hani. Yani aslında buna şartlanmıştım. Bir iç güdüydü gizlemek, saklamak. Hayatta kalmak için bir savunma mekanizmasıydı.

İlk bir iki günü biraz diken üstünde geçirdik açıkçası. Suna telefonlarını kapatıp kayboldu. Ondan haber alamayınca, acaba her şeyi açıklar mı diye korktuk ama sonra bunun kimsenin yararına olmayacağını, Suna'nın da öfkeyle ve acıyla hareket etmeyeceğini düşünüp en iyisi sakin olmak dedik. Sonra sosyal medyadan bir mesaj aldım. Her şeyi silmiş. Bu hayatı arkasında bırakıp başka bir şehre yerleşeceğini yazıyordu. Onun bu kaybolma isteğine saygı duyup bir daha onunla iletişime geçmedik.

GEÇMİŞTEN BİR HİKAYE

Artık Hande içki içemediği için pek Kadıköy'e inmiyorduk. Daha çok, cadde üzerindeki kafelerde oturup sohbet ediyor, ya da film izliyorduk. Düğünü yapacağımız çay bahçesinin parasını yolladım. Bir de düğünde takacağımız takıları falan aldık. Dediğim gibi, Hande'nin hiç o konularla alakası yoktu zaten. Olabildiğince sade, günlük de kullanabileceği şeyler seçmeye çalıştı. Tuna sağ olsun, paramız vardı. Her şeyin eksiksiz olmasını istediğim için, bunları yatırım gibi düşün, dedim. Düğünden sonra bir kasa kiralayıp orada saklarız.

Çok sade ama peri masalları kadar güzel bir gelinlik beğendi. Ona istediği gelinliği alabilmenin mutluluğu yediğim tüm dayaklara değerdi. Ben de bir takım elbise aldım. Takım elbiseyi aldığım yer, yakasına yaptığı eklemelerle onu bir damatlığa çevirdi. Sonrasında bu eklemeleri çıkarıp sıradan bir takım elbise olarak kullanabilirim, diye düşündüm ama bir daha hiç takım elbise giymedim açıkçası.

Bir hafta sonra, en azından gözümü açabiliyordum. Yanağımdaki ve kafamdaki şişlikler gitmişti. Hala her yanım morluk içindeydi. Bir süre daha öksürürken kaburgalarıma bıçak saplanıyor gibi hissetmeye devam ettim. Gökhan'ın durumu da benden daha iyi değildi. Yeni iş yerine başlamadan önceki gün Gökhan ve Vildan geri döndüler. Haziranın ortasıydı. Düğüne iki hafta kalmıştı. Düğünde görüşmek üzere ayrıldık.

Yeni iş gerçekten güzel bir yerdi. Orada uzun yıllar hiç sıkılmadan çalıştım. İş arkadaşları samimiydi. İyi ücret alan herkesin yüzü gülüyordu. Ek iş stresi, yorulmalar, küfürler, ajansın iş baskısı, müşterilerin kaprisi falan yoktu. Kendimiz için çalışıyor gibi hissediyorduk. Zaman içinde bu rutine alışıyor insan. Oradaki rahatı görüp bir şeyler yaptığımı, önüme konan başarı basamaklarını falan geçtiğimi hissettikçe, aklımdaki "kendi işimi yapmalıyım" geri zekâlılığı yavaşça son buldu.

Bölüm 43.

Düğüne iki gün kala İzmir'e gittik. Hande dört aylık hamileydi. Zayıf bir kadın olduğu için, bana göre göbeği belli olmaya başlamıştı ama gelinliğin sert ve sıkı kumaşı belli etmiyordu. Bir noktadan sonra endişelenmeyi bırakmıştı. O endişelenmiyorsa, benim için de bir sebep yoktu.

Düğünden bir gün önce, mekanı kontrol edip son hazırlıkların yetiştiğinden emin olmak için çay bahçesine gittik. Her şey yolundaydı. Müzisyenlerle ve pastacıyla anlaşılmıştı. Yemek yoktu ama en azından pasta ve içecek servisi verebiliyorduk. Zaten oldum olası yemekli düğünleri anlamadım gitti.

Yaralarım ve morluklarım artık geçmiş sayılırdı. Hala kaburgalarımda ve kolumda ağrı vardı ama ağrı kesiciyle idare ediyordum. En azından hayattaydım. Düğünden çıkacak ve hatta yakın bir yerlerde iki üç gün tatil yapacak paramız vardı.

Çay bahçesinde işimiz biterken birisi yanaştı yanımıza. Çay bahçesinin sahibi adama dönüp "Buyur abi birine mi baktın?" diye sordu.

Adam beni işaret ederek, "Delikanlının babasıyım," dedi. O an adamın yüzüne bakmak için kafamı kaldırdım.

Aradan kaç yıl geçti? Çok değişmemişti. Öyle olur. Gamsız pezevenkler geç yaşlanırlar. Onlar yıpranmazlar, yıpratırlar. Çay bahçesinin sahibi ayağa kalkıp babamla tokalaştı.

"Zaten konuşacaklarımız bitti, ben size birer kahve yollayayım, yarın akşam bekliyoruz," diyerek uzaklaştı. Hande de kalkmak istedi, babam "Otur evladım sen de benim kızım sayılırsın artık," dedi. Hande bana baktı. Ben öfkeyle babamın yüzüne bakıyordum.

GEÇMİŞTEN BİR HİKAYE 195

"Sevgilim, sen kuaföre git. Her şey yolunda mı diye kontrol et. Oradan da annemle buluşacaksınız daha, kınaya anca yetişirsiniz," dedim.

"Tamam aşkım sen de geç kalma," dedi. Hızlıca öpüştük ve o gitti.

Babam karşımdaki sandalyeye oturdu. Sigara tablasını ve telefonunu çıkarıp masaya bıraktı. Etrafa bakındı. Bir garson yanımıza gelip kahveyi nasıl istediğimizi sordu. Babam orta dedi. Ben istemedim.

"Bir elimi öpmeden niye gönderdin kızı?" diye sordu.

"Konuş ne konuşacaksan," dedim. Yüzü asıldı.

"Ulan piç kurusu, babaya haber vermeden evlenir mi insan! Eşek başı mıyız biz?!" diye çıkıştı kendince.

"Tamam sen istedin, anlat bakalım düğünde ne takacaksın gelinine?" diye sordum.

Kısa bir sessizlik oldu. Kendince yüzüne sinirli, otoriter bir tavır vermeye çalışıyordu. Küçük bir çocukmuşum gibi, beni korkutabileceğini, bastırabileceğini düşünüyordu.

"Oğlum sen babanın başını öne mi eğeceksin? Bak kaç yıldır arayıp sormadın, açmıyorum bile o konuyu. Sen vereceksin, ben takacağım," dedi ciddiyetle.

Durdum. İçimde büyüyen bir volkan vardı. Aynı his. Aynı karanlık duman, yine aynı yerden, karnımın biraz yukarısı, ciğerlerimin ortasından yavaşça kaynayarak yoğun bir katran karalığında ağır ağır yükselmeye başlıyordu. Hissediyordum. Birazdan boynumdaki damarlardan geçecekti. Oradan beynime ulaşacak, her hücreyi işgal edecek, insafa, şefkate, sevgiye dair tüm hücreleri susturacak ve şiddete dair ne varsa, serbest bırakacaktı. Onu engellemek olanaksız gibiydi. Tek bir şey vardı aklımda. Her şeyi, tüm şiddeti, tüm öfkeyi bir anda yutmamı sağlayan tek bir düşünce, tek bir simge vardı ki, Hande idi. Onun şefkatli gözleri, gülen yüzü, gülen gözleri. O, tanıdığım hiçbir insana benzemiyordu.

Binlerce kelime vardı söylemek istediğim. Hepsi birden ağzıma hücum ettiler, sıkışıp kaldılar. Onları sıraya koymak gerekti.

"Tokatlarını, dayaklarını unuttum da, ne karnımda söndürdüğün sigara, ne kolumdaki bıçak yarası hala geçmedi. Ben nasıl bir adam olmak istemediğimi senden öğrendim. Beni yetimhaneye atıp gittiğin gün, öyle bir dayak yedim ki, bana attığın tüm dayaklar yanında amatör kümeydi. Anne diye ağlayamadım. Anamı benden aldın sen. Baba diye ağlayan zaten namert olsun. Ben dayak yerken yanımda değildin. Okulda bana piç dediklerinde, öksüz dediklerinde yanımda değildin. Yetiştirme yurtlarını gezdim bir şehirden diğerine. Elimde ağır bir çanta. Yanımda asabi suratlı bir yurt görevlisi. Kimse elimden tutmadı bir daha. Kimse çantamı taşımadı. Ağzıma sıçıldı kaç defa, bir kez yanımda değildin. Daha bir iki hafta önce çok güzel dayak yedim biliyor musun? Tertemiz dövdüler beni. Bir kez, yetiş baba demedim. Aç gezdim. Sokakta yattım. Yanımda değildin. Ben senden korkmuyorum. Benim canımı acıtamazsın. Bana baba olamazsın. Senden sadece, annemin intikamı var alacağım. Onun da zamanı gelecek," dedim.

"Nasıl konuşuyorsun ulan sen benimle! Babanım senin ben!" dedi. Sesinin yükseldiğini fark edince etrafa bakındı. Birkaç masa bize bakıyordu. Yerine oturdu.

"Okulda arkadaşlarım olurdu. Gerçi onlar beni pek arkadaştan saymazdı, benimle konuşmazlardı. Ama onların babaları vardı. Anneleri vardı. Aileleri vardı. Sevenleri vardı. Başları dara düşerse, babaları koşardı yardıma. Öğretmenle bozuşurlarsa velileri gelirdi konuşmaya. Yalnız hissetmedi onlar. Çok büyük bir lüks biliyor musun? Başın dara sıkışınca birisine anlatabilmek, birisinden yardım görmek. Sen bana, güçlü olmayı öğrettin çünkü kimse, benim elimden tutmadı. Ben ne gelirse başıma kendim yüzleştim. Kendim hallettim. Kendim yedim dayağımı. Kendim çektim çilemi ama kendim yüzleştim ve hayatta kaldım. Ben tanrıya bile güvenemedim senin yüzünden. Şimdi başım sıkışsa dua bile etmem biliyor musun?"

Gözlerini kısıp kendisini öfkeli gibi göstermeye çalışarak cevap verdi.

GEÇMİŞTEN BIR HIKAYE 197

"Sen benim çocukluğum iyi miydi sanıyorsun? Beni dövmedi mi ulan babam? Ben acı çekmedim mi, ağlamadım mı anam öldüğünde? Ben keyfimden mi içtim! Biz de zorluk çektik, acı çektik, tek göz evde beş kardeştik. Senin sefil karnın doysun diye, bana benzeme diye yurda verdim seni, fena mı oldu bak büyüdün adam oldun. Evlenip babayı çağırmamak ne demek ulan!" dedi.

İşte o ağır katran beynimin tüm hücrelerini sarıyordu. Hissediyordum. Şefkat susuyordu. Sevgi susuyordu. Hande'nin sesi, yüzü, izi siliniyordu yavaşça. Daha hayvani, daha vahşi bir halime dönüşüyordum.

"Sen benim babam falan değilsin birader. Benim babam hiç olmadı. Annemin de sırtını yaslayacağı bir kocası olmadı. Ulan hadi geçtim, bari bir akrabaya falan da mı bırakamadın? Hiç mi yoktu bana bakabilecek birisi? -*derin bir nefes aldım*- Neyse. Bak birader sen beni unut, tamam? Ben senin oğlun değilim. Bir daha karşıma çıkarsan da seni adam yerine koyup karşıma almam. Annem gelir aklıma, kötü olur senin için. Ölümün benim elimden olmasın. Benim karşıma bir daha çıkma. Eşimin karşısına çıkma. Sakın bir daha görünme bana. Şimdi buradan sessizce siktir ol git," dedim. Gözlerim keskin. Bakışlarımı yüzünden, gözlerinden bir an olsun ayırmıyordum. O anda, tek yapmak istediğim, boğazına sarılıp son nefesini çekip almaktı. Geri kalan hiçbir şeyin anlamı yoktu. Vahşice onu orada öldürmek istiyordum. O kadar.

Yüzüme baktı. Ciddi olduğumu anlıyordu.

"Bak hata yapı..." derken ayağa kalktım.

"Siktir ol git!" diye bağırdım. Garson çocuk yanıma gelip bize baktı. Sonra babamın kolunu tuttu.

"Abi gel seni dışarı alalım," dedi. Sitemle başını sallayıp uzaklaşıyordu.

Kalktı ve gitti. Aradan yıllar geçti. Bir daha görmedim. Sağ mıdır, ölü müdür bilmiyorum. Umurumda da olmadı bir daha.

Belki özür dilese, her şeyin farkında olsa, çocukluğumu, gençliğimi, hayatımı benden çaldığının, ağzıma sıçtığının farkında olsa, mesela dese ki, artık yanındayım, param pulum yok ama gel birlikte düzeltelim bir şeyleri ya da bilsem ki benden çok sevecek torununu, belki affetmesem de dinlerdim. Etrafımda olmasına bir şans verirdim. Ama gördüğüm bu adam, yıllar önceki aynı adamdı. Hiçbir şey değişmemişti.

Gökhan geldi biraz sonra. "Sen mi çağırdın babamı?" diye sordum. "Bir şey mi oldu?" diye sordu korkarak. İyi niyetini anlıyordum tabi. O babamın ne kadar anlamsız bir insan olduğunu bilemezdi. Zannetmişti ki, aradan geçen yıllar, evladından uzak olmak, belki değiştirirdi onu. Ama insanlar değişmezler.

Ertesi gün, düğünde öksüz kalacağımı düşünüyordum. Ama öyle hissetmedim. Birincisi, Hande'nin annesi ve diğer tüm akrabaları, beni kendi evlatları gibi görüyorlardı. Bir an olsun, beni yalnız bırakmadılar. Dayısı arada sırada gelip bir şeyleri hallediyordu. Bahşişleri dağıtıyor, pastacının ve diğer şeylerin yolunda gidip gitmediğinden emin oluyordu. Her işe koşturuyordu. Kendimi ister istemez mahcup hissediyordum.

Lisedeki edebiyat öğretmenimden bahsetmiştim değil mi? Gökhan ne yapmış etmiş, onu bulmuş bir şekilde. Nasıl başardı bilmiyorum. Kadıncağızı almış getirmiş. Hande'nin annesi ve yakın ailesinin olduğu masaya oturttum onu. Elini öptüm. Kadının gözleri doldu. Ayak üstü neler yaptığımı sordu. Yeni girdiğim iş yeri, reklamları da televizyonda döndüğü için, biliniyordu. Orada çalıştığımı duyunca sevindi. Her detayı anlatmama gerek yoktu. Gurur duysun istedim. Bir çocuğun hayatını kurtardığını bilsin istedim. Bunu hak ediyordu.

Ve Hande... Onu tarif edebileceğim bir kelime yoktu. Ben ona aşıktım. Biliyorum. Ama aşkın üzerine kat ve kat yeni aşklar katılabileceğini, her seferinde aynı kadına bakıp cennetin bir üst katında hissedebileceğimi bilmiyordum. Şimdi çıkıp, *onu hiç o kadar güzel görmedim,* demeyeceğim. Çünkü bu yıllardır onunla uyandığım

GEÇMİŞTEN BİR HİKAYE 199

her sabaha haksızlık olur. Her saniyeye, her dakikaya, her güne, her yıla... ama diyebilirim ki, o akşam gelinlikle, pırıltılarla, makyajıyla, süzülüşüyle, elini omuzuma koyup gelenleri izleyerek benimle dans edişiyle, davetlilere bakıp kimin kim olduğunu anlatmaya çalışırken ya da rujunu bozmadan pasta yemeğe çalışıp, sonunda vaz geçip koca bir dilimi mideye indirmesiyle, saf ışık saçan bir yıldız tanesi gibiydi.

Gece boyunca en büyük destekçim Gökhan oldu. Bir daha yolumuz hiç ayrılmadı. O benim hep ihtiyaç duyduğum abimdi. Yaşananlardan, birlikte yenen bir kamyon dayaktan sonra ne olursa olsun, birbirimize sırtımızı yaslayabileceğimizi biliyorduk. Arada sırada görüşemediğimiz olur. Bazen bir iki ay ses alamayız birbirimizden ama bir anda kaldığımız yerden devam ederiz. Dostlar öyledir. Varlıkları yeter. Vildan ile kendi yuvasını kurdu. Hala aynı sahafta. Bir kitapevi açtı. Kimsenin okumadığı güzel kitaplar ve fanzinler basıyor. Eğleniyoruz.

Gece bitince Hande'nin dayısı bizi arabasıyla -*yani gelin arabasıyla*- bir saat kadar uzakta yazlık bir otele bıraktı. Üç gün güzel bir tatil yaptık. Dinlendik. Şaşkındık ikimiz de. Neler olup bittiğini anlamaya çalışıyorduk. Sık sık birbirimize bakıp gülüyorduk. O, oteldeki içkilere dokunamadığı için üzülüyordu. Ben onun istediği bir şeyi içip sonra ona tadını anlatıyordum. Beni dinliyordu hayran gözlerle. O beni dinledikçe bir sürü hikâye anlatıyordum. Bar hikâyeleri işte.

Hande'nin dayısı, annesi ve teyzesiyle gelip üç gün sonra bizi alıp havalimanına bıraktı. İstanbul'a döndük.

Bölüm 44.

Ada. Kızımın adı.

Bir iki hafta erken geldi zibidi. Ekimin ortasıydı. Bir akşam yemekten sonra sancısı tuttu Hande'nin. Hep dalga geçtiğim gibi, gazdır diyordum. Bu sefer cıvık gelecek dedi. Suyu da gelmeye başlayınca, kalk gidiyoruz, dedi annesi. Birkaç gün önce doğuma hazırlık için gelmişti. Komşumuz Ragıp Abi vardı. Hemen kapısını çaldım. Postanede şefti. Apar topar ceketini alıp çıktı. Hande ve annesi arkada, biz Ragıp Abiyle önde. Telefonda doktoru aradım. Gülerek, gelin ben nöbetçiyim hastanede, dedi. Devlet hastanesindeydi.

"Yetişebilir miyiz abi?" diye sordum Ragıp Abiye.

"Sıkıntı yok şimdi sakin trafik," dedi. Şansımıza yolda bir trafik polisi denk geldi, durumu anlattık. Trafik polisi önde sireniyle, biz arkasında. Yirmi dakikaya emniyet şeridi falan kendimizi hastaneye attık.

Güzel bir ekim akşamında dünyaya geldi Ada.

Aradan yıllar geçti.

Merak ediyorsanız, başımıza başka bir şey gelmedi. Şimdilerde çok başka işlerle uğraşıyorum ama keyfimiz, halimiz vaktimiz yerinde. Hande bir üniversitede akademisyen. Öğrencileri var. Ara sıra başka ülkelerdeki seminerlere, çalışmalara falan katılıyor, peşinde dolaşıyoruz. Şimdi işte bir bar köşesinde size bu hikâyeyi anlatıyorum ben de. Gece karanlığı çökmüş. Ada geldi yanıma. Alışverişleri bitmiş.

Eve gidiyorum.

Don't miss out!

Visit the website below and you can sign up to receive emails whenever sinan islekdemir publishes a new book. There's no charge and no obligation.

https://books2read.com/r/B-A-ASDBB-LCVHF

BOOKS 2 READ

Connecting independent readers to independent writers.